面向"十二五"高职高专规划教材·计算机系列

U0140995

Java 程序设计教程

陈 暄 焦亚冰 高 俊 主 编

许方恒 楚文波 房玲玲 副主编

清华大学出版社
北京交通大学出版社
·北京·

内 容 简 介

本书详细介绍了 Java 程序设计的基本环境、概念和方法。内容分为三个部分：第一部分介绍了 Java 语言基础，包括数据、控制结构、数组、类、包、对象、接口等。第二部分介绍了 Java 深入知识，包括传值调用、虚方法调用、异常处理、工具类与算法。第三部分是 Java 的应用，包括线程、流式文件、AWT 和图形用户界面，以及 Java 在网络、多媒体、数据库等方面的应用。

本书内容详尽，循序渐进，在介绍编程技术的同时，还着重讲解了有关面向对象程序设计的基本概念和方法。书中提供了丰富的典型案例，具有可操作性，便于读者学习与推广应用。各章附有大量习题，便于读者思考和复习。

本书内容和组织方式立足于高校教学教材的要求，同时可作为计算机技术的培训教材，还可以作为 Sun 认证考试（SCJP）的考试用书。

图书在版编目(CIP)数据

Java 程序设计教程/陈暄，焦亚冰，高俊主编. —北京：清华大学出版社；北京交通大学出版社，2011.4

（面向"十二五"高职高专规划教材·计算机系列）

ISBN 978-7-5121-0030-5

Ⅰ. ①J…　Ⅱ. ①陈…　②焦…　③高…　Ⅲ. ①Java 语言–程序设计–高等学校：技术学校–教材　Ⅳ. ① TP312

中国版本图书馆 CIP 数据核字（2009）第 236306 号

责任编辑：郭东青
出版发行：清 华 大 学 出 版 社　　　　邮编：100084　　电话：010-62776969
　　　　　北京交通大学出版社　　　　　邮编：100044　　电话：010-51686414
印 刷 者：环球印刷（北京）有限公司印刷
经　　销：全国新华书店
开　　本：185×260　　印张：14.25　　字数：356 千字
版　　次：2011 年 4 月第 1 版　　2011 年 4 月第 1 次印刷
书　　号：ISBN 978-7-5121-0030-5/TP·566
印　　数：1~4 000 册　　定价：23.00 元

前　言

　　Java 语言经过最近十年的快速发展，技术越来越成熟，应用也越来越广泛，随着 Internet 的产生和发展，Java 语言的这些优点引起软件开发人员极大的关注，Java 语言已经成为最流行的网络编程语言之一。

　　本书主要是为高等学校学生学习"Java 语言程序设计"课程而编写的教材，教学对象是 Java 语言的初学者。在学习本书之前，并不要求具备面向对象的基础知识，也不要求学习或者接触过 C 语言或其他高级程序设计语言。

　　本书主要讲述 Java 程序设计的基础知识和基本方法，在编写过程中，结合编者多年 Java 程序设计教学过程中的经验和体会，针对程序设计语言初学者的特点，适当加大流程控制语句等 Java 语言基础知识方面的内容，在教学安排上注重编程能力的培养，着力训练好程序设计的基本功。在全面讲述了 Java 语言基本语法和面向对象程序设计基本概念的基础上，更强调如何利用 Java 语言解决实际应用问题的能力。

　　本书还结合新技术的发展，通过一组实例介绍网络、多媒体、JDBC 数据库等编程技术，使读者在掌握 Java 基本概念和编程方法的同时，能全面了解 Java 的特点，掌握 Java 最新实用技术。

　　本书由陈暄、焦亚冰、高俊任主编，许方恒、楚文波、房玲玲任副主编。具体分工如下：陈暄编写第 1 章和第 2 章，高俊编写第 3 章和第 4 章，楚文波编写第 5 章和第 6 章 ，许方恒编写第 7 章和第 8 章，房玲玲编写第 9 和第 10 章，焦亚冰编写第 11 章和第 12 章。

　　本书可以作为各类大专院校和等级考试的教学用书，也可以作为对 Java 语言程序设计感兴趣者的自学用书。

　　本书在编写过程中，参阅了大量国内外书籍和网站参考资料，在此表示衷心的感谢。

　　由于作者水平有限，书中难免还存在缺点和错误，期待广大读者批评和指正。

编者

2011 年 3 月

目　录

第 1 章　Java 语言概述

    Java 是一种当下流行的计算机语言，拥有"因特网上的世界语"的美称。本节主要介绍 Java 的来历、语言特点和工作机制。

1.1　Java 语言简介

1.1.1　Java 的来历

    Java 的发展历程充满了传奇色彩。最初，Java 是由 Sun 公司的一个研究小组开发出来的，该小组起先的目标是想用软件实现对家用电器进行集成控制的小型控制装置。开始，准备采用 C++，但 C++太复杂，而且安全性差，最后基于 C++开发了一种新的语言 Oak，据说当时是小组成员之一 Gosling 在苦思冥想这种语言的名字时，正好看到了窗外的一颗橡树，Oak 在英文里是"橡树"的意思，所以给该语言命名为 Oak。它是一种用于网络的精巧而安全的语言，但是这个在技术上非常成功的产品在商业上却几近失败，可怜的 Oak 几乎濒临夭折的危险。

    Internet 的诞生给 Oak 的发展带来了新的契机。在 Java 出现以前，Internet 上的信息内容都是一些乏味死板的 HTML 文档。这对于那些迷恋 Web 浏览的人们来说简直不可容忍。他们迫切希望能在 Web 中看到一些交互式的内容，开发人员也极希望能够在 Web 上创建一类无须考虑软硬件平台就可以执行的应用程序，当然这些程序还要有极大的安全保障。对于用户的这种要求，传统的编程语言显得无能为力。

    Sun 公司的工程师敏锐地察觉到了这一点，从 1994 年起，他们开始将 Oak 技术应用于 Web，并且开发出了 HotJava 的第一个版本。当 Sun 公司 1995 年正式以 Java 这个名字推出的时候，几乎所有的 Web 开发人员都感觉到：噢，这正是大家想要的。那么 Java 的名字又是由何而来呢，据说有一天，几位 Java 成员组的会员正在讨论给这个新的语言取什么名字，当时他们正在咖啡馆喝着 Java（爪哇）咖啡，有一个人灵机一动说就叫 Java 怎样，这一提法得到了其他人的赞赏，于是，Java 这个名字就这样传开了。随后 Java 成了一颗耀眼的明星，丑小鸭一下子变成了白天鹅。

1.1.2　Java 语言的现状

    Java 是 Sun 公司推出的新一代面向对象程序设计语言，特别适合于 Internet 应用程序开发，它的平台无关性直接威胁到 Windows 和 Intel 的垄断地位。一时间，"连 Internet，用 Java 编程"，成为技术人员的一种时尚。虽然新闻界的报道有些言过其实，但是 Java 作为软件开发的一种革命性的技术，其地位已被确定，这表现在以下几个方面。

    （1）计算机产业的许多大公司购买了 Java 的许可证，包括 IBM、Apple、DEC、Adobe、SiliconGraphics、HP、Oracel、Toshiba、Netscap、Novell 及 SGI 等，包括最不情愿的 Microsoft。这一点说明，Java 语言已得到了工业界的认可。

（2）众多的软件开发商开始支持 Java 的软件产品。例如，Borland 公司开发了基于 Java 的快速应用程序开发环境 JBuilder，Sun 公司自己的 Java 开发环境 Java Workshop 等。数据库产商如 Illustrator、Saybase、Versant、Oracle 公司等都在开发 CGI 接口，以支持 HTML 和 Java 语言。

（3）Intranet 正在成为企业信息系统最佳的解决方案，而其中 Java 将发挥不可替代的作用。Intranet 的目的是把 Internet 用于企业内部的信息系统，它的优点表现在：便宜、易于使用和管理。用户不管使用何种类型的机器和操作系统，界面是统一的 Internet 浏览器，而数据库、Web 页面、应用程序（用 Java 编的 Applet）则存在 WWW 服务器上，无论是开发人员，还是管理人员，还是用户都可以受益于该解决方案。

1.1.3　Java 语言的特点

Java 之所以能够受到如此众多的好评及拥有如此迅猛的发展速度，与其语言本身的特点是分不开的。其主要特点总结如下。

1．简单性

Java 语言是在 C 和 C++计算机语言的基础上进行简化和改进的一种新型计算机语言，它去掉了 C 和 C++中最难准确应用的指针和最难理解的多重继承技术等内容，通过垃圾自动回收机制简化了程序内存管理，统一了各种数据类型在不同操作系统平台上所占用的内存大小。Java 程序的简单性是其得以迅速普及的最重要的原因之一。

2．面向对象

面向对象可以说是 Java 最重要的特性。Java 语言的设计完全是面向对象的，它不支持类似 C 语言那样的面向过程的程序设计技术，在面向对象特性上它比 C++更彻底。Java 支持静态和动态风格的代码继承及重用。

3．支持网络编程

Java 吸取了 C++面向对象的概念，将数据封装于类中，利用类的优点，实现了程序的简洁性和便于维护性。类的封装性、继承性等有关对象的特性，使程序代码只需一次编译，然后通过上述特性反复利用。程序员只需把主要精力集中在类和接口的设计上。Java 提供了众多的一般对象的类，子类可以继承父类的方法。在 Java 中，类的继承关系是单一的、非多重的，一个子类只有一个父类。Java 提供的 Object 类及其子类的继承关系如同一棵倒立的树形，根类为 Object 类。Object 类功能强大，经常会使用到它及其派生的子类。

4．健壮性

Java 致力于检查程序在编译和运行时的错误。类型检查帮助检查出许多开发早期出现的错误。Java 自动回收内存，减少了内存出错的可能性。Java 还实现了真数组，避免了覆盖数据的可能。这些功能特征大大缩短了开发 Java 应用程序的周期。Java 提供 Null 指针检测、数组边界检测、异常出口和字节码校验。

5．平台可移植性

Java 语言的设计目标是让其程序不用修改就可以在任何一种计算机平台上运行，Java 将它的程序编译成一种结构中立的与机器无关的中间文件格式（byte-code 格式，字节码格式）。只要有 Java 运行系统（Java 虚拟机）的机器都能执行这种中间代码。现在，Java 运行系统可以安装在多种软、硬件系统平台上。例如，UNIX 系统和 Windows 系统等。

6．安全性

Java 的编程类似 C++，学习过 C++的读者将很快掌握 Java 的精髓。Java 舍弃了 C++的指针对应存储器地址的直接操作。当程序运行时，内存由操作系统分配，这样可以避免病毒通过指针侵入系统。Java 对程序提供了安全管理器，防止程序的非法访问。

7．解释性

Java 解释器（运行系统）能直接运行目标代码指令。连接程序通常比编译程序需要更少的资源，所以程序员可以在创建源程序上花上更多的时间。因为解释执行的语言一般会比编译执行的语言（如 C 和 C++语言）的执行效率低，所以，这其实也是 Java 的一个缺点。

8．高性能

如果解释器速度不慢，Java 可以在运行时直接将目标代码翻译成机器指令。Sun 用直接解释器 1 秒钟内可调用 300 000 个过程。翻译目标代码后运行的速度与 C 和 C++的性能没什么区别。

9．多线程

Java 提供的多线程功能使得在一个程序里可同时执行多个小任务。线程（有时也称小进程）——是一个大进程里分出来的小的独立的进程。因为 Java 的多线程技术实现得比较好，所以比 C 和 C++更健壮。多线程带来的更大的好处是更好的交互性能和实时控制性能。当然实时控制性能还取决于系统本身（UNIX、Windows、Macintosh 等）。任何用过当前浏览器的人，都感觉为调一幅图片而等待是一件很烦恼的事情。在 Java 里，你可用一个单独的线程来调一幅图片，这时你可以访问 HTML 里的其他信息而不必等它。

多线程主要是用来处理复杂事物或需要并行的事物。Java 虚拟机本身就是一个多线程的程序。采用多线程机制是提高程序运行效率的一种方法，当然也增加了程序设计的难度。

10．动态性

Java 的动态特性是其面向对象设计方法的发展。它允许程序动态地装入运行过程中所需要的类，这是 C++语言进行面向程序设计所无法实现的。Java 从如下几方面采取措施解决这个问题。Java 编译器不是将对实例变量和成员函数的引用编译为数值引用，而是将符号引用信息在字节码中保存下来传递给解释器，再由解释器在完成动态链接类后，将符号引用信息转换为数值偏移量。这样，一个在存储器生成的对象不在编译过程中决定，而是延迟到运行时由解释器确定。这样，对类中的变量和方法进行更新时就不至于影响现存的代码。解释执行字节码时，这种符号信息的查找和转换过程仅在一个新的名字出现时才进行一次，随后代码便可以全速执行。在运行时确定引用的好处是可以使用已被更新的类,而不是担心会影响原有的代码，如果程序连接了网络中另一系统中的某一类，该类的所有者也可以自由地对该类进行更新，而不会使任何引用该类的程序崩溃。Java 还简化了使用升级或者更新协议的方法。如果你的系统运行了 Java 程序时遇到了不知该怎样处理的程序，没关系，Java 能自动下载你所需要的功能程序。

11．面向分布

Java 建立在 TCP/IP 网络平台上。Java 库函数提供了用 HTTP 和 FTP 协议传送和接收信息的方法，这使得程序员像使用网络上的文件和使用本机文件一样容易。使用 Java 语言和相关技术可以十分方便地构建分布式应用系统。

12．类库

Java 提供了大量类以满足网络化、多线程、面向对象系统的需要。

总而言之，Java 语言是一种易学好用，健壮性强，但执行效率相对较低的计算机语言，它适合于各种对执行时间要求不是很苛刻的应用程序。用 Java 语言编写程序一般比其他计算机语言编写程序花费更少的时间，而且调试所需的时间也会较短。对于计算机初学者或正打算开始学习一门计算机语言的工程师或教学科研工作者来说，选择 Java 程序设计是一个很好的方案。

1.1.4　Java 程序的开发原理

在 Java 编程中，首先是以.java 为扩展名的文件写入 java 的源代码。这些源代码通过 javac 编译器译成了.class 文件。.class 文件中并不包括特定于用户处理器的本地代码，它包含的是字节码，是 JVM（Java Virtual Machine）机器语言。然后导入工具就能够在 JVM 上运行用户的应用程序了。

1.2　Java 语言开发环境

要学会任何一门计算机语言，都必须加强练习，要知道编程是看不会，听不会，而只能是练会的。要练习，首先就需要建立 Java 的开发环境。建立 Java 的开发环境就是要在计算机上安装 Java 开发工具包并设置相应的环境参数，使得 Java 开发工具包可以在计算机上顺利正确地运行。Sun 公司免费提供的开发工具包的早期版本简称为 JDK（Java Developer's Kit），JDK1 版本之后称为 J2SDK，即 Java2。Java2 平台有三个版本。

1.2.1　Java 平台的三个版本

随着 Java 技术的不断发展，Sun 公司根据市场需求将其进一步细分为：针对企业级应用的 J2EE（Java2 Enterprise Edition）、针对普通 PC 应用的 J2SE（Java2 Standard Edition）和针对嵌入式设备及消费类电器 J2ME（Java2 Micro Edition）三个版本。

1．J2SE

J2SE（Java 2 Platform，Standard Edition），Java 标准版是一种开发和部署平台，提供了编写桌面、工作站应用程序所必需的功能。J2SE 软件是快速开发和部署关键任务和企业应用程序的首选解决方案。J2SE 1.4 版本是基于 Java 跨平台技术和强有力的安全模块而开发的，其最新的特征和功能极大地提高了 Java 语言的伸缩性、灵活性、适应性及可靠性，它具有良好的计算机性能和缩放能力，具有跨平台、支持 Web 服务、完整性等基本特点。

2．J2EE

J2EE（Java 2 Platform，Standard Edition），J2EE 是 Java2 企业版,主要用于分布式的网络程序的开发，如电子商务网站和 ERP 系统.J2EE 是 Sun 公司推出的一种全新概念的模型，比传统的因特网应用程序模型更有优势。

J2EE 的应用程序模型（J2EE Blueprints）提供了一种用于实施基础 J2EE 多层用于文档和实用套件的体系模式，简化了这项复杂的工作。他被开发人员用作设计和优化组建，以便开发人员从策略上对开发进行分工。

J2EE 平台是运行 J2EE 应用的标准环境，由 J2EE 部署规范（一套所有 J2EE 平台产品都必须支持的标准）、IETF 标准集和 CORBA 标准组成。最新的 J2EE 平台还添加了 JavaBean

组件模型。开发人员可以利用 JavaBean 组建模型来自定义 Java 类实例，并可通过已定义的时间访问 Java 类。

1）J2EE 的优势

J2EE 为搭建具有可伸缩性、灵活性、易维护性的商务系统提供了良好的机制。

（1）保留现存的 IT 资产。由于企业必须适应新的商业需求，因此，利用已有的企业信息系统方面的投资，而不是重新制定全盘方案就变得很重要。这样，一个以渐进的（而不是激进的、全盘否定的）方式建立在已有系统之上的服务器端平台机制是公司所需求的。J2EE 构架可以充分利用用户原有的投资，如一些公司使用的 BEA Tuxedo、IBM CICS、IBM Encina、InpriseVisiBroker 及 Netscape Application Server。这之所以成功的原因之一是因为 J2EE 拥有广泛的业界支持和一些重要的"企业计算"领域供应商的参与。每一个供应商都对现有的客户提供了不用废弃已有投资进入可移植的 J2EE 领域的升级途径。由于基于 J2EE 平台的产品几乎能够在任何操作系统和硬件配置上运行，现有的操作系统和硬件也能被保留使用。

（2）高效的开发。J2EE 允许公司把一些通用的、很烦琐的服务端任务交给中间件供应商去完成。这样开发人员可以集中精力在如何创建商业逻辑上，相应地缩短了开发时间。

（3）支持异构环境。J2EE 能够开发部署在异构环境中的可移植程序。基于 J2EE 的应用程序不依赖任何特定操作系统、中间件和硬件。因此，设计合理的基于 J2EE 的程序只需开发一次就可部署到各种平台。这在典型的异构企业计算环境中是十分关键的。J2EE 标准也允许客户订购与 J2EE 兼容的第三方的现成的组件，把它们部署到异构环境中，节省了由自己制订整个方案所需的费用。

（4）可伸缩性。企业必须要选择一种服务器端平台，这种平台应能提供极佳的可伸缩性去满足那些在它们系统上进行商业运作的大批新客户。基于 J2EE 平台的应用程序可被部署到各种操作系统上。例如，可被部署到高端 UNIX 与大型机系统，这种系统单机可支持 64~256 个处理器（这是 NT 服务器所望尘莫及的）。J2EE 领域的供应商提供了更为广泛的负载平衡策略，它能消除系统中的瓶颈，允许多台服务器集成部署。这种部署可达数千个处理器，实现可高度伸缩的系统，满足未来商业应用的需要。

（5）稳定的可用性。一个服务器端平台必须能全天候运转以满足公司客户、合作伙伴的需要。因为 Internet 是全球化的、无处不在的，即使在夜间按计划停机也可能造成严重损失。若是意外停机，那将会有灾难性后果。J2EE 部署到可靠的操作环境中，它们支持长期的可用性。一些 J2EE 部署在 Windows 环境中，客户也可选择健壮性能更好的操作系统，如 Sun Solaris、IBM OS/390。最健壮的操作系统可达到 99.999%的可用性或每年只需 5 分钟停机时间。这是实时性很强的商业系统的理想选择。

2）J2EE 的四层模型

J2EE 使用多层的分布式应用模型，应用逻辑按功能划分为组件，各个应用组件根据它们所在的层分布在不同的机器上。事实上，Sun 设计 J2EE 的初衷正是为了解决两层模式（client/server）的弊端，在传统模式中，客户端担当了过多的角色而显得臃肿，在这种模式中，第一次部署的时候比较容易，但难于升级或改进，可伸展性也不理想，而且经常基于某种专有的协议，通常是某种数据库协议。它使得重用业务逻辑和界面逻辑非常困难。现在 J2EE 的多层企业级应用模型将两层化模型中不同层面切分成许多层。一个多层化应用能够为不同的每种服务提供一个独立的层，以下是 J2EE 典型的四层结构：

（1）运行在客户端机器上的客户层组件；

（2）运行在 J2EE 服务器上的 Web 层组件；

（3）运行在 J2EE 服务器上的业务逻辑层组件；

（4）运行在 EIS 服务器上的企业信息系统（Enterprise Information System）层软件。

3）J2EE 的结构

这种基于组件，具有平台无关性的 J2EE 结构使得 J2EE 程序的编写十分简单，因为业务逻辑被封装成可复用的组件，并且 J2EE 服务器以容器的形式为所有的组件类型提供后台服务。因为你不用自己开发这种服务，所以可以集中精力解决手头的业务问题。

容器设置定制了 J2EE 服务器所提供的内在支持，包括安全、事务管理、JNDI（Java Naming and Directity Interface）寻址、远程连接等服务，以下列出最重要的几种服务。

（1）J2EE 安全（Security）模型可以让你配置 Web 组件或 Enterprise Bean，这样只有被授权的用户才能访问系统资源。每一客户属于一个特别的角色，而每个角色只允许激活特定的方法。你应在 Enterprise Bean 的布置描述中声明角色和可被激活的方法。依靠这种声明性的方法，你不必编写加强安全性的规则。

（2）J2EE 事务管理（Transaction Management）模型让你指定组成一个事务中所有方法间的关系，这样一个事务中的所有方法被当成一个单一的单元。当客户端激活一个 Enterprise Bean 中的方法时，容器介入一管理事务。因为有容器管理事务，Enterprise Bean 中不必对事务的边界进行编码。要求控制分布式事务的代码会非常复杂。你只需在布置描述文件中声明 Enterprise Bean 的事务属性，而不用编写并调试复杂的代码。容器将读此文件并为你处理此 Enterprise Bean 的事务。

（3）JNDI 寻址（JNDI Lookup）服务向企业内的多重名字和目录服务提供了一个统一的接口，这样应用程序组件可以访问名字和目录服务。

（4）J2EE 远程连接（Remote Client Connectivity）模型管理客户端和 Enterprise Bean 间的底层交互，当一个 Enterprise Bean 创建后，一个客户端可以调用它的方法，就像它和客户端位于同一台虚拟机上一样。

（5）生存周期管理（Life Cycle Management）模型管理 Enterprise Bean 的创建和移除，一个 Enterprise Bean 在其生存周期中将会历经几种状态。容器创建 Enterprise Bean，并在可用实例池与活动状态中移动它，而最终将其从容器中移除。即使可以调用 Enterprise Bean 的 create 及 remove 方法，容器也将会在后台执行这些任务。

（6）数据库连接池（Database Connection Pooling）模型是一个有价值的资源。获取数据库连接是一项耗时的工作，而且连接数非常有限。容器通过管理连接池来解决这些问题。Enterprise Bean 可从池中迅速获取连接，在 bean 释放连接之后可为其他 bean 使用。

4）J2EE 的核心 API 与组件

J2EE 平台由一整套服务（Service）、应用程序接口（API）和协议构成，它对开发基于 Web 的多层应用提供了功能支持，下面对 J2EE 中的 13 种技术规范进行简单的描述。

（1）JDBC（Java Database Connectivity）。JNDI API 被用于执行名字和目录服务。它提供了一致的模型来存取和操作企业级的资源（如 DNS 和 LDAP）、本地文件系统，或应用服务器中的对象。

（2）EJB（Enterprise JavaBean）。J2EE 技术之所以赢得媒体广泛重视的原因之一就是 EJB。

EJB 提供了一个框架来开发和实施分布式商务逻辑，由此很显著地简化了具有可伸缩性和高度复杂的企业级应用的开发。EJB 规范定义了 EJB 组件在何时如何与它们的容器进行交互作用。容器提供公用的服务，例如，目录服务、事务管理、安全性、资源缓冲池及容错性。但这里值得注意的是，EJB 并不是实现 J2EE 的唯一途径。正是 J2EE 的开放性使得有的厂商能够以一种和 EJB 平行的方式来达到同样的目的。

（3）RMI（Remote Method Invoke）。正如其名字所表示的那样，RMI 协议调用远程对象的方法。它使用了序列化方式在客户端和服务器端传递数据。RMI 是一种被 EJB 使用的更底层的协议。

（4）Java IDL/CORBA。在 Java IDL 的支持下，开发人员可以将 Java 和 CORBA 集成在一起。它们可以创建 Java 对象并使之可在 CORBA ORB 中展开，还可以创建 Java 类并作为和其他 ORB 一起展开的 CORBA 对象的客户。后一种方法提供了另外一种途径，通过它 Java 可以被用于将新的应用和旧的系统相集成。

（5）JSP（Java Server Pages）。JSP 页面由 HTML 代码和嵌入其中的 Java 代码组成。服务器在页面被客户端所请求以后对这些 Java 代码进行处理，然后将生成的 HTML 页面返回给客户端的浏览器。

（6）Java Servlet。Servlet 是一种小型的 Java 程序，它扩展了 Web 服务器的功能。作为一种服务器端的应用，当被请求时开始执行，这和 CGI Perl 脚本很相似。Servlet 提供的功能大多与 JSP 类似，不过实现的方式不同。JSP 通常是在大多数 HTML 代码中嵌入少量的 Java 代码，而 Servlet 全部由 Java 写成并且生成 HTML。

（7）XML（eXtensible Markup Language）。XML 是一种可以用来定义其他标记语言的语言。它被用来在不同的商务过程中共享数据。XML 的发展和 Java 是相互独立的，但是，它和 Java 具有的相同目标正是平台独立性。通过将 Java 和 XML 组合，可以得到一个完美的具有平台独立性的解决方案。

（8）JMS（Java Message Service）。JMS 是用于和面向消息的中间件相互通信的应用程序接口（API）。它既支持点对点的域，又支持发布/订阅（publish/subscribe）类型的域，并且提供对下列类型的支持：经认可的消息传递，事务型消息的传递，一致性消息和具有持久性的订阅者支持。JMS 还提供了另一种方式对用户的应用与旧的后台系统相集成。

（9）JTA（Java Transaction Architectrue）。JTA 定义了一种标准的 API，应用系统由此可以访问各种事务监控。

（10）JTS（Java Transaction Service）。JTS 是 CORBA OTS 事务监控的基本的实现。JTS 规定了事务管理器的实现方式。该事务管理器在高层支持 Java Transaction API（JTA）规范，并且在较低层实现 OMG OTS specification 的 Java 映像。JTS 事务管理器为应用服务器、资源管理器、独立的应用及通信资源管理器提供了事务服务。

（11）JavaMail。JavaMail 是用于存取邮件服务器的 API，它提供了一套邮件服务器的抽象类，不仅支持 SMTP 服务器，也支持 IMAP 服务器。

（12）JAF（JavaBeans Activation Framework）。JavaMail 利用 JAF 来处理 MIME 编码的邮件附件。MIME 的字节流可以被转换成 Java 对象，或者转换自 Java 对象。大多数应用都不需要直接使用 JAF。

3. J2ME

J2ME（Java 2 Platform，Micro Edition），J2ME 是为了无线电子市场所设计的，包括 JVM 规范和 API 规范。其 API 规范是基于 J2ME 的。J2ME 定义了一套合适的类库和虚拟机技术。这些技术可以使用户、服务提供商和设备制造商通过物理（有线）连接或无线连接，按照需要随时使用丰富的应用程序。

J2ME 又被称为 Java2 微型版，被使用在各种各样的消费电子产品上，例如，智能卡、手机、PDA、电视机顶盒等方面。当然了，J2ME 也提供了 Java 语言一贯的特性，那就是跨平台和安全网络传输。它使用了一系列更小的包，而且 Javax.microedition 为 J2ME 包的子集。J2ME 可以升级到 J2SE 和 J2EE。

1.2.2　Java 程序执行开发环境的建立

Sun 公司提供的 JDK（Java Development Kit）即 Java 开发工具包，它既可以直接从 Sun 公司的网站（http://Java.sun.com）上下载，下载时要注意自己计算机的操作系统，同时该网站还提供不断更新的免费下载版本。本书介绍的是基于 J2SE 的 Java 程序设计，以 J2SE 1.5.0 为例，建立 Java 开发环境的步骤如下：

（1）下载 J2SE 安装程序；

（2）运行 J2SE 安装程序，安装 J2S；

（3）设置环境变量运行途径（path）和类路径（classpath）；

（4）下载 J2SE 的在线帮助文档。

Sun 公司提供了多种操作系统平台的 JDK，这里以最常见的 Windows XP 操作为例说明 JDK 的安装和设置。

（1）下载和安装 JDK。在 Sun 公司的网站上下载 Windows 下的 JDK，安装文件（如"j2sdkl.5.0_03.exe"），在相应的目录下双击该安装文件，根据提示设置安装的组件（"ProgramFiles"和"Native Interface Header Files"必须选中，本例选择"全部选中"）和安装目录（本例为"c：\j2sdk"）后单击 Next，最后单击 Finish 按钮安装结束。JDK 安装完毕后，需要进行环境变量的设置。

（2）在 Windows XP 下设置环境变量。单击桌面菜单项。

双击"控制面板"上的"系统"图片，就会弹出一个"系统属性"对话框，打开"高级"选项卡如图 1-1 所示。

下面只以 Microsoft Windows XP 操作系统为例来阐述设置环境变量的后续步骤，在 Microsoft Windows 或 XP 系统下操作步骤是相似的。如图 1-1 所示单击"系统属性"对话框中"高级"选项卡的"环境变量"按钮，弹出"环境变量"对话框，如图 1-2 所示。

在该对话框中，分别给"用户变量"和"系统变量"列表设置添加（如果改变量表中没有改变量）运行路径（path）和类路径（classpath）这两个变量。一般来说，这两个变量表均会有运行路径（path）这个变量。在变量表中选中该变量（即 path），再单击"编辑"按钮（如果没有 path 变量，就单击"新建"按钮），这时出现如图 1-3 所示的"编辑系统变量"对话框。在"变量值"文本框中，在原有值的末尾加入"；c：\j2sdk\bin"。其中，分号用来分隔原来的路径和新加入的 J2SE 运行路径。输入完成之后，单击"确定"按钮，关闭对话框，同时回到如图 1-2 所示的对话框。通常在"用户变量"列表和"系统变量"列表中都不会有类路径（classpath）

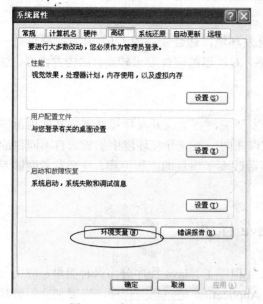

图 1-1　"高级"选项卡

图 1-2　"环境变量"对话框

这个变量，需要用鼠标左键分别单击在图 1-2 所示的两个变量列表下面的"新建"按钮，创建这个变量（如果已经有 classpath 变量就单击"编辑"按钮，进行编辑）。这时弹出"新建系统变量"对话框，如图 1-4 所示，输入相应变量名及其值。输入完成之后，单击"确定"按钮。但这个变量都设置完成之后，依次单击图 1-3 和图 1-4 所示对话框中的"确定"按钮，就完成了 J2SE 环境变量的设置。

图 1-3　"编辑系统变量"对话框

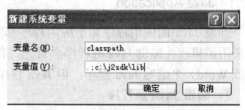

图 1-4　"新建系统变量"对话框

1.2.3　Java 集成环境开发工具简介

随着 Java 语言的迅速发展，各大厂商都纷纷推出了很多功能强大的开发工具，常用的 Java 集成环境开发工具有 Sun JDK，Borland JBuider，Eclpise 等。下面对几种常见的集成环境开发工具做一个简单的介绍。

1. JDK

从初学者的角度来说或，采用 JDK 开发 Java 程序能够很快理解程序中各部分代码之间的关系，有利于理解 Java 面向对象的程序设计思想。JDK 的另一个显著的特点是随着 Java 版本的升级而升级。但它的缺点是从事大规模企业级 Java 应用开发非常困难，不能进行复杂的 Java 软件开发，也不利于团队的协作开发。

2. JBuilder

JBuilder 是 Borland 公司推出一种 Java 集成环境开发工具，它满足很多方面的应用，尤其适合于服务器方及 EJB 开发者的集成开发。

JBuilder 环境开发程序方便，它是纯的 Java 开发环境，适合企业的 J2EE 开发；缺点是一开始人们往往难以把握整个程序各部分之间的关系，对机器的硬件要求较高，比较占内存，这时运行速度显得较慢。

3．Eclipse

Eclipse 是一种可扩展的开放源的 Java 集成开发环境，该集成开发环境经常将其应用范围限定在“开发、构建、调试”周期中，Eclipse 允许在同一集成开发环境中集成来自不同供应商的工具，并实现了工具之间的互操作性，从而显著改变了项目的工程流程，使开发者能够专注在实际的嵌入式的目标上。

1.3　了解 Java 程序

Java 开发环境建立之后，就可以开始编写 Java 程序了。Java 程序分为两种类型：应用程序（Application）和小应用程序（Applet）。Java Application 是完整的程序，需要独立的解释器解释执行，也就是通常所讲的可以独立运行的计算机应用程序。而 Java Applet 则是嵌在用 HTML 编写的 Web 页面中的非独立程序，由浏览器内包含的 Java 解释器来解释执行，也就是用 Java 语言开发的嵌入在网页中运行的小程序。

Java Application 和 Java Applet 各自的使用方法及使用场合都不相同，下面分别通过相应的例子说明这两种程序的开发过程，同时讲述如何使用 Sun 公司的在线帮助文档。

1.3.1　Java Application

开发 Java 的应用程序和小应用程序都要经过三个基本步骤：编辑、编译和运行。编辑就是采用编辑软件编辑 Java 源程序。首先，使用你熟悉的 Java IDE 或文本编辑器（例如，写字板或 Word）来编写 Java 程序，但 Java 程序必须被另存为无格式的纯文本文件。

1．编辑 Java 源程序

【例 1-1】 应用程序的开发过程。

```
public class Exp1_1
    {
        public static void main (String args[])
        {
            //将字符串"Hello Java"输出到屏幕
            System.out.println("Hello Java!");
        }
    }
```

编写 Java 程序的首要工作就是创建一个类（class）。这里，类名与使用的文件名必须完全一样，包括字母的大小写，否则在编写时会提示出错。在例 1-1 中，由于使用 Exp1_1.Java 作为文件名。因此，必须使用 Exp1_1 作为类名，即：

```
public class Ex1_1
```

紧接着的代码为：

```
public static void main (String args[])
```

这一行声明一个 main 方法，标志着 Java 应用程序的开始，之所以称其为应程序，其标志就是程序中含有一个 main 方法，在任何 Java 应用程序都必须创建一个且仅能创建一个 main 方法。

该 Java 应用程序的目的就是向屏幕输出一个字符串"Hello Java"。

```
Systerm.out.println("Hello Java!")
```

Systerm.out.println 可以用来向系统输出（默认是屏幕）文本，功能与 C 语言中的 printf 或 C++中的 count 函数相同。在此，还可以了解到 Java 中对象成员的引用是通过"."连接引用的。

由于 Java 是由 JVM 解释执行的。只要你在不同平台上装了相应的 JVM 解释器，就可以实现跨平台执行。下面来看看 Java 程序编辑好后的编译和运行工作。

2. 编译 Java 程序

在控制台窗口中输入命令：

```
javac Exp1_1.java
```

表示将 Java 源文件 Exp1_1.java 编译为 Java 类文件 Exp1_1.class。类文件如果给出存放路径，则表示存放在源文件所在路径下，本例中为 C 盘根目录。注意 javac 与 Exp1_1.java 即编译命令与文件名之间需要有一空格。至此便完成了对上述程序的编译工作。

3. 运行 Java 程序

编译完成即可进入 Java 的运行阶段。执行上面的程序只要在控制台窗口中输入如下 Java 执行命令就可以了：

```
Java Exp1_1
```

其中 Java 是执行 Java 的命令，紧跟其后的是空格和 Java 命令所需要的参数，参数表示要执行的程序。Java　Exp1_1 解释运行编译生成的类文件 Exp1_1.class。

运行结果

```
Hello Java
```

1.3.2　Java Applet

1. 什么是 Applet

Java Applet 是一种特殊的 Java 应用程序。Applet 是能够嵌入到一个 HTML 页面中，并且通过 Web 浏览器下载和执行的一种 Java 类。它是 Java 技术容器的一种特定类型，其执行方式不同于 Application。

一个 Application 必须有一个 main()方法。当程序开始执行时，解释器首先查找 main()方法并执行。而 Applet 的生命周期在一定程度上则要复杂得多。

由于 Applet 在 Web 浏览器环境中运行，所以它并不直接通过输入一个命令来启动，必须创建一个 HTML 文件来告诉浏览器需装载什么及如何运行它。一个 Applet 在运行时需要：

（1）浏览器装入 URL；

（2）浏览器装入 HTML 文档；

（3）浏览器装入 Applet 类；

（4）浏览器运行 Applet。

在 Applet 中，也可以像 Application 一样使用 AWT 组件和 Swing 组件。要实现用户的

Applet，需要继承自 Java 提供的类 Applet 或 JApplet。两者的不同之处在于：

（1）Applet 由 java.applet 包提供；

（2）JApplet 由 javax.swing 包提供；

（3）Applet 提供对 AWT 组件的支持；

（4）JApplet 继承自 Applet，除了支持 AWT 组件外，还提供对 javax.swing 包的支持。

2．一个简单的 Applet

下面就来编写一个简单的在网页中显示"欢迎使用 Applet"的 Applet。

```
import javax.swing.Applet;
import java.awt.*;
public class FirstApplet extends JApplet{
    public void paint(Graphics g){
        g.drawString("欢迎使用 Applet",20,20);
    }
}
```

3．对应的 HTML 文档

创建一个 HTML 文档：

```
<HTML>
    <BODY>
        <applet code="FirstApplet.class"width=400 height=200>
        </applet>
    </BODY>
</HTML>
```

4．Applet 的运行结果

可以将上述 HTML 文档在浏览器中运行，也可以通过 JDK 提供的 appletviewer 程序对该 HTML 文档进行解释并运行，结果如图 1-5 所示。

图 1-5　Applet 的运行结果

5．Applet 的生命周期

在浏览器中运行 Applet 程序，从开始到运行结束，Applet 程序表现为一些不同的行为，如初始化、绘图、退出等。每一种行为都对应一个相关的方法。其中，常用的方法如下。

1）public void init()，初始化方法

在整个 Applet 生命周期中，该方法只被执行一次。当第一次浏览含有 Applet 的 Web 页面时，浏览器首先下载该 Applet，然后生成一个该 Applet 的实例对象，并调用 init()方法对 Applet 进行初始化。

因此，在该方法中，可以设置 Applet 的初始状态、载入图形或字体、背景音乐文件等。

2）public void start()，启动方法

在整个 Applet 生命周期中，该方法可被多次执行。在下列情况下，浏览器会调用 start() 方法：

（1）Applet 第一次载入时；

（2）离开该 Web 页面后，再次进入时；

（3）reload 该页面时；

（4）在用浏览器右上角用缩放按钮调整浏览器窗口大小时。

因此，在该方法中可以启动动画或播放声音（如网页背景音乐的运行）。

3）public void stop()，停止执行方法

在整个 Applet 生命周期中，该方法可被多次执行。在下列情况下，浏览器会调用 stop() 方法：

（1）离开 Applet 所在的页面时；

（2）Reload 该页面时；

（3）在用浏览器右上角用缩放按钮调整浏览器窗口大小时；

（4）关闭该浏览器页面时。

stop()的作用是挂起 Applet，可以释放系统处理资源，否则当浏览器离开该页面时，Applet 还将继续运行。

4）public void paint（Graphics g），绘制图形方法

在整个 Applet 生命周期中，该方法可被多次执行。在下列情况下，浏览器会调用 paint() 方法：

（1）Web 页面中含有 Applet 的部分被卷入窗口时；

（2）Applet 显示区域在视线内而浏览器的大小、位置发生变化时；

（3）Reload 该页面时。

与前几个方法不同的是，paint()方法中带一个参数 Graphics g，它表明 paint()需要引用一个 Graphics 类的实例对象。

在 Applet 中不用编程者操心，浏览器会自动创建 Graphics 对象并将其传送给 paint()方法。

5）public void destroy()，撤销方法

在整个 Applet 生命周期中，该方法只被执行一次。在彻底结束对该 Web 页的访问和结束浏览器运行时调用一次。

在该方法中可以实现释放系统资源。在通常情况下，由于 Java 提供了垃圾处理机制，因此，不需要再覆盖（override）该方法。

6．Applet 可以完成的工作

通过在网页中嵌入 Applet，可以丰富网页，实现图片和动画制作、视频播放、语音播放、用户交互游戏、网络资源访问。其具体应用可参见其他书籍。

1.4　Java 程序的基本输入与输出

本节将介绍如何编写具有基本输入与输出功能的 Java 程序，Java Application 程序输入和输出的可以是字符界面，也可以是图形界面，而 Java Applet 只能在图形界面中工作。

1.4.1　Java Application 字符界面的输入与输出

所谓字符界面，是指字符模式的用户界面中，用户用字符串向程序发出命令，传送数据，程序运行的结果也用字符的形式表示。虽然图形用户界面已经非常普及，但是在某些情况下仍然需要用到字符界面的应用程序，例如，字符界面操作系统或者仅仅支持字符界面的终端等。

字符界面的输入输出要用到 Java.io 包，用 System.in 及 System.out 来表示输入及输出，System.in 的 read()方法可以输入字符，System.out 的 print()方法可以输出一个字符串，字符串之间或字符串与其他变量之间用加号"+"表示连接。System.out 的 println()方法可以输出一个字符串并换行。

【例 1-2】　Java Application 字符串的输入与输出。

```
import java.io.*;
public class Exp1_2
 {
  public static void main(Srting args[]) throws  IOExcepton
      {
          char c='';
          System.out.println("please input a char:");
          c=(char)System.in.read();
          System.out.println("You have entered:"+c);
      }
 }
```

【运行结果】

```
Please input a char:
C✓
You have entered:C
```

1.4.2　Java Applet 图形界面的输入与输出

Java Applet 程序需要在 WWW 浏览器中运行而浏览器本身是图形界面环境，所以 Java Applet 程序能且只能在图形界面下工作。

图形界面最基本的输入与输出手段是使用文本框对象（TextFiled）获取用户输入的数据，使用标签对象（Label）或文本框对象输出数据，使命令按钮（Button）来执行命令。

下面我们来举一个简单的 Java Applet 程序例子。更详细的内容将在后面的章节中讲述。

【例 1-3】　Java Applet 图形界面输入与输出。

本实例的作用是在文本框中输入一个浮点数，计算器立方并在标签中显示结果。

```
import java.applet.*;
```

```
import java.awt.*;
import java.awt.event.*;
public class Exp1_4  extends Applet implements ActionListener
   {
    TextField in = new TextField(6);
    Button btn = new Button("确定");
    Label out = new Label("                ");
    public void init()
    {
      setLayout(new Flowyout());
      add(in);
      add(btn);
      add(out);
      btn.addActionListener(this);
    }
    public void actionPerformed(ActionEvent e)
    {
      String s = in.getText();
      double d = Double.parseDouble(s);
      double q= d*d*d;
      out.setText(d+"的立方是:"+q);
    }
   }
```

HTML 中的 applet 标记为：

```
<applet code ="Exp1_4.class" WIDTH=200 HEIGHT=200>
</applet>
```

运行 HTML 文件，结果如图 1-6 所示。

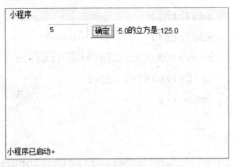

图 1-6　运行结果

　　在本程序中，文本框、按钮、标签分别对应的类型为 TextField、Button、Lable，分别生成一个文本框 in 用于输入，一个标签 out 用于输出，一个按钮 btn 用于触发动作事件。在 Applet 的 int()（初始化）方法中，将这三个对象加入。

在本程序中，还有一点很关键，就是加入一个时间监听者。当单击"确定"按钮时，时间监听者的 actionPerformed()方法被调用（当然，先要为按钮注册）。在该方法中，通过 getText()方法得到用户的输入，然后用 Double.parseDouble()方法来转为一个实数（double），再计算其立方，用 label 的 settext()方法显示其立方值。

1.4.3　Java Application 图形界面的输入与输出

与 Java Applet 程序不同，Java Application 程序没有浏览器提供的现成浏览器图形界面可以直接使用，所以需要首先创建自己的图形界面。

【例 1-4】　Java Application 图形界面输入与输出。

```java
import java.awt.*;
import java.awt.event.*;
public class Exp1_5
    {
        public  static void maint()
          {
              new AppFrame();
          }
    class AppFreme extends Frame implements ActionListener
      {
          TextField in = new TextField;
          Button btn = new Button("确定");
          Label out = new Label("            ");
      }
    public AppFrame()
      {
              setLayout(new Flowyout());
              add(in);
              add(btn);
              add(out);
              btn.addActionListener(this);
              setSize(400,100);
              show();

      }
          public void actionPerformed(ActionEvent e)
          {
          String s = in.getText();
          double d = Double.parseDouble(s);
          double q= d*d*d;
```

```
                out.setText(d+"的立方是:"+q);
            }
        }
```
程序运行结果如图 1-7 所示。

图 1-7   程序运行结果

习　　题

1．简述 Java 语言主要有哪些特点。

2．上机配置 Java 的开发运行环境。

3．简述 Java 程序的版本有哪些。

4．编写一个 Application 程序，在屏幕上输出"welcome to java world"，利用 JDK 工具编译并运行程序。

5．编写一个 Applet 程序，在浏览器中输出"welcome to java world"，利用 JDK 工具编译这个程序并在浏览器中运行。

第 2 章 Java 数据类型与表达式

每个数据都有一定的数据类型，数据类型决定了数据在内存中的存储及操作方式。Java 采用两种数据类型来存储和处理数据，这两种数据类型分别被称为"基本数据类型"和"复合数据类型"，如图 2-1 所示。基本数据类型主要包括布尔型（boolean）、字符型（char）、整型（byte、short、int、long）和浮点型（float、double）。复合型数据类型有数组、类和接口。另外，空类型是一种特殊的数据类型。

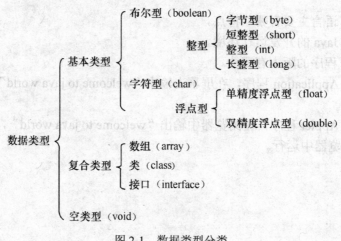

图 2-1 数据类型分类

2.1 基本数据类型

2.1.1 基本数据类型

这一章主要学习布尔型（boolean）、整型（byte、short、int、long）、字符型（char）和浮点型（float、double）等 8 种基本数据类型。

1. 布尔型（boolean）

布尔型（boolean）数据通常用于检查特定的条件，并根据条件的结果为真（true）或假（false），来采取事先描述的动作过程。它只有两个值：true 和 false Java 中用 1bit 空间来存放。

2. 整型（int）

Java 的整型数据用 32 位（bit）4 个字节（byte）来存储。例如：

Int X=12;

X 在内存中的存状态如下：

0|0000000 00000000 00000000 00001100

最高位（左边第一位）是符号位，用来区分正数或负数，0 表示正数，1 表示负数。其他位是数据位，表示这个数绝对值的大小，所以 int 类型数据的取值范围是-2^{31}～2^{31}-1 计算机是以补码的形式存放数据的。

3．字节型（byte）

Java 用一个字节（8 个二进制位）存储 byte 类型的数据。与 int 类型一样，在内存中存放的是数据的补码，最高位是符号位，用来区分正数或负数（正数是 0，负数是 1），其余 7 位是数据位，所以 byte 类型数据的取值范围是$-2^7 \sim 2^7-1$。

4．短整型（short）

Java 用两个字节（16 个二进制位）存储 short 类型的数据。与 int 类型一样，在内存中存放的是数据的补码，最高位是符号位，用来区分正数或负数（正数是 0，负数是 1），其余 15 位是数据位，所以 byte 类型数据的取值范围是$-2^{15} \sim 2^{15}-1$。

5．长整型（long）

Java 用 8 个字节（64 个二进制位）存储 long 类型的数据。与 int 类型一样，在内存中存放的是数据的补码，最高位是符号位，用来区分正数或负数（正数是 0，负数是 1），其余 63 位是数据位，所以 byte 类型数据的取值范围是$-2^{63} \sim 2^{63}-1$。

6．单精度浮点型（float）

存储 float 类型数据时，Java 用 4 个字节（32 个二进制位）类存储。float 类型数据提供 6 位有效数字，数值范围为$-3.4028234663852886 \times 10^{38} \sim -1.40129846432481707 \times 10^{-45}$ 和 $1.40129846432481707 \times 10^{-45} \sim 3.4028234663852886 \times 10^{38}$。

7．双精度浮点型（double）

存储 double 类型数据时，Java 用 8 个字节 964 个二进制位来存储。double 类型数据提供 15 位有效数字。数值范围为$-1.7976931348623157 \times 10^{308} \sim -4.94065645841246544 \times 10^{-324}$ 和 $4.94065645841246544 \times 10^{-324} \sim 1.7976931348623157 \times 10^{308}$。

8．字符型（char）

字符型的数据（如字符：'a'、'A'、'$'、'#' 等）在内存中以相应的 Unicode 代码存放，不同字符对应不同的 Unicode 代码。

Java 用两个字节（16 个二进制位）来存储字符类型（char）数据。其中最高位不是符号位，没有负数，所以 char 类型数据的取值范围为 0~65536。

2.1.2　数据类型的转换

由于数据类型很多，所以在进行数据运算时，有时是同种类型数据进行运算，比如：2+3，有些是不同数据之间的混合运算，如 3.14×5。在 Java 语言中，需要将不同类型的数据转换为相同类型后才能进行运算。数据类型转换包括自动数据类型转换和强制数据类型转换。

1．自动数据类型转换

自动数据类型转换由系统自动完成，转换规则如下：

（1）字符型、短整型转换为整型；

（2）单精度浮点型转换为双精度浮点型；

（3）在整型、长整型、双精度浮点型进行混合运算时，将按照整型、长整型、双精度浮点型的顺序从低级别类型向高级别类型自动转换。

（4）如果一个字符型和一个浮点型数据进行运算，则首先将字符型转换为整型，然后将整型转换为浮点型。

2．强制数据类型转换

自动数据类型转换过程有系统自动完成的，当自动转换无法满足要求的时候，可以使用强制数据类型转换。强制数据类型转换使用强制类型转换运算符将数据转换成所需要的数据类型。其一般形式是：

（数据类型名称）表达式：

例如，int x=(int)14.79；首先要把浮点型数据 14.79 转换成 int 类型的数据 14，然后赋给整型变量 x，得 x 的值为 14。

又如，long y=(long)32.78；首先要把浮点型数据 32.78 转换成 long 类型的数据 32，然后赋给长整型变量 y，得 y 的值为 32。

注意：强制转换运算可能导致数据精度的损失。前面两例中 14.79 和 32.78 在强制类型转换时都损失了精度，变成了 14 和 32。

【例 2-1】 数据类型转换。

```java
public class Exp2_1
{
public static void main(String args[])
{
byte a=100;
short b=255;
int c=1356;
long d=5800;
float f;
double g=0.12345;
b=a;                        //数据类型自动转换
c=(int)d;                   //数据类型自动转换
f=(float)g;                    //数据类型自动转换，精度有损失
System.out.println("a="+a);
System.out.println("b="+b);
System.out.println("c="+c);
System.out.println("d="+d);
System.out.println("f="+f);
System.out.println("g="+g);
}
}
```

【运行结果】

```
a=100
b=100
c=5800
d=5800
f=0.12345
g=0.12345
```

2.2　常量与变量

前面讨论了数据的类型，数据类型决定了数据在内存中的存储空间大小和存储方式。另外，数据有两种形式：常量和变量。

2.2.1　标识符与关键字

在学习常量与变量前，先来了解一下标识符与关键字。标识符是用来表示类名、变量名、方法名、类型名、数组名、文件名的有效字符序列。简单地说，标识符就是一个名字，是由数字、字母、美元符（$）和下画线（_）组成的一个字符序列，同时满足以下条件：

（1）标识符只能由数字、字母、美元符（$）和下画线（_）组成；

（2）标识符不能是数字；

（3）标识符可以是任意个数的字符，但只有前 32 个字符有效。

例如，有效的标识符：myname、ict_network、Hello　_sys_path、$bill　int　float；无效的标识符：3abc（第一个字符是数字）、root-1（不能有"-"号）、my=you（不能有"="号）、100%（不能有"%"号）。

有些标识符是在标准 Java 中保留使用的，称为关键字或保留字，它不能出现在自己定义的标识符中。因为每个关键字都有特定的意义，如 char、int、float 用于声明数据类型，interface 用于声明接口；class 用于声明类等。

Java 的保留字如表 2-1 所示（按字典顺序排列）。

表 2-1　Java 保留字

abstract	boolean	break	byte	byvalue	case
catch	char	class	const	continue	default
do	double	else	extends	false	final
finally	float	for	futrue	generic	goto
if	implements	import	inner	instanceof	int
interface	long	native	new	null	operate
outer	package	private	return	short	static
super	switch	synchronized	this	thread	throw
throws	transient	true	try	var	void
volatile	while				

2.2.2　常量

在程序运行过程中，其值不能被改变的量称为常量。常量可分为不同的类型，如 12、0、-3 为整型常量，4.6、-1.23 为浮点型常量，'a'、'd' 为字符型常量，true、flase 为布尔型常量。

1．整型常量

整型常量通常称为"整数"，它为 0 或任何正的或负的不带小数点的数字。例如：

0　5　－11　＋33　256　1000　－256345

整型常量可以是带符号的（以"＋""或"－"符号开头），也可以是不带符号的。但是，整型常量不允许包含逗号、小数点或特殊符号（如美元符号），下面是一些无效的整型常量：

$255.62　3，45　3　6，　789，　456　1，　294.89　＋6.0

整型常量默认情况下是 int 类型，所以它是用 4 个字节（32）的二进制补码来存储的。对于必须使用的更大的整数值，Java 必须用 long 类型来存储。long 类型整数的写法与 int 类型整数的写法基本相同，只是在值的结尾处加一个 L 或 l。如下面几个整数是以 long 类型来存储：

62L　2147483649L　8976529L

注意：虽然 Java 支持 byte 和 short 类型的整型数据类型，但不能用来存放整型常量。

另外，整型常量除了用十进制表示以外，也可以用八进制和十六进制来表示。

八进制数的表示方法是在数据前面加"0"，如 077，0132，054 都表示八进制整数。

十六进制数的表示方法是在数据前加"0x"，如 0x54，0x3B5 等表示十六进制整数。

2．浮点型常量

浮点型常量也称"实型常量"，是带符号或不带符号的具有小数点的数字。如+9.625，-6.4，0.0，0.78，12.5，5，+7.14。

Java 中浮点型常量有两种表示形式：

（1）十进制数形式。它由数字和小数点组成，如前面举例。

（2）指数形式，它类似于科学计数法，通常被用来以紧凑的方式表示非常大和非常小的值。它由正号、负号、数字和字母 e（或 E）组成，e 是指数的标志，在 e 的前面要有数据，e 之后的指数只能是整数。

例如，1625.0 可以写成 1.625E3，0.00731 也可以写成 7.31E-3。而 0.2E2.3 和 E-是非法的表示形式。

浮点型常量默认情况下是 double 类型。也可以在数字后附加 d 或 D 来表示 double 类型。如果要用 float 类型来存储浮点类型，必须在数字后附加 F 或 f。例如：

3.14159 表示一个 double 值；

3.14159f 表示一个 float 值；

3.14159F 表示一个 float 值；

3.14159d 表示一个 double 值。

3．字符型常量

1）字符型常量和 Unicode 编码集

字符包括字母表中所有大写和小写字母、0~9 的十个数字，以及像+、$、.、，、-、！等这样的特殊符号。字符常量指单个字符，用一对单引号及其所括起的字符来表示。例如，下面这些都是字符常量：

'A'　　　'$'　　　'b'　　　'0'　　　'M'

Java 中的字符值要求使用 Unicode 编码以 16 位无符号值的形式存储，这种编码提供了一组由 65536 个编码组成的扩展字符集，可以用来处理多语言符号。Unicode 字符集中列出了所有可以使用的字符，它具有以下特点：

（1）数字字符 '0'，'1'，'2'，…，'9' 的 Unicode 码按升序连续排列。

（2）大写字母 'A'，'B'，'C'，…，'Z' 的 Unicode 码按升序连续排列。

（3）小写字母 'a'，'b'，'c'，…，'z' 的 Unicode 码按升序连续排列。

2）转义字符

有些字符，如回车、退格等控制码，它们不能在屏幕上显示，也无法从键盘输入，只能用转义字符来表示。转义字符有反斜杠跟一个字符或数字组成，它把反斜杠后面的字符或数字转换成别的意义。

4. 布尔型常量

布尔型常量只有两个值：true 和 false。它通常是关系表达式和逻辑表达式的结果，用于程序的流程控制。

2.2.3　变量

在系统运行过程中，其值可以改变的量称为变量。可以把内存理解成宾馆中的"房间"，每个内存位置都有一个唯一的地址，就像宾馆的"房间号码"。变量就是程序员指定的，用来指示计算机存储位置的名称。这相当于为每个"房间"指定了一个名称。计算机能够跟踪这个名称找到对应的实际内存地址（即"房间号码"），然后找到内存中存放的值（即"房间"中存放的东西）。由于内存中存放的数据是可以变化的，所以这个内存单元的名称叫做变量。

1. 变量的声明

Java 中要用到的所有变量，必须先声明，即先要确定变量的名字和数据类型。变量的名字就是在内存单元取的名字，数据类型决定了这块内存空间的大小。声明一个变量就是系统为变量分配一块一定大小的内存空间，并给这块内存取一个名字。

变量声明的一般形式是：

类型名　变量名列表；

类型名必须是有效的数据类型，变量名列表中可以有一个变量名或用逗号隔开的多个变量名。例如：

```
int i,j,k;              //声明为整型变量
char ch;                //声明为字符型变量
float x,y;              //声明为单精度浮点型变量
double area,length;     //声明为双精度浮点型变量
```

变量的命名应符合一定的原则：

（1）变量名不能与关键字同名；

（2）变量名必须符合标识符格式；

（3）变量名必须是唯一的，变量名大小写不同，如 name 和 Name 是两个不同的变量；

（4）变量取名要有意义，如数 number、求和 sum、累加计数 counter；

（5）变量明应尽可能反映数据类型，如整型 i、字符型 c、浮点型 f；

（6）变量名由多个词组成，中间可以用下画线或首字符大写，如 w_class 或 wClass。

2. 变量的初始化与赋值

声明变量时，系统为变量分配了一块内存，在用这个变量之前要先进行变量初始化或给变量赋一个值，然后才能使用这个变量，否则将出现编译错误。

（1）变量的初始化就是在变量声明的同时对它赋值，格式为：

类型名　变量名=初值；

其中"类型名"是变量的数据类型，"="是赋值运算，它的含义是将"="右边的初值赋给左边的变量。例如：

int a=5;　　　　　　　　　//声明整型变量并赋值 5

float x=3.5,y=-1.2;

（2）变量的赋值是在变量声明后，使用前对他赋值。例如：

int i;　　　//声明变量

float f;　　//声明变量

i=-123;　　//声明后、使用前为变量赋值

f=12.5f;　//声明后、使用前为变量赋值

【例 2-2】　变量初始化。

```
public class Exp2_2
 {
  public static void main(String args[])
{
int i=123;
float farea=1.25f;
System.out.println("i=:\t\t"+i);
System.out.println("farea =:\t\t"+ farea);
   }
  }
```

【运行结果】

```
i=:          123
farea=:      1.25f
```

2.3　表 达 式

前面几节介绍了数据的基本类型及数据的两种表示形式：常量和变量。这一节要介绍各种表达式。表达式是由运算符和运算对象（操作数）组成的有意义的运算式子，其中运算符就是具有运算功能的符号，运算对象指常量、变量和函数等操作数。Java 语言中有多种表达式和相应的运算符，包括赋值表达式、算术表达式、关系表达式、逻辑表达式和条件表达式、位运算表达式等。

2.3.1　赋值表达式

1. 赋值运算符

Java 将赋值作为一种运算，赋值运算符为"="，作用是把一个表达式的值赋给一个变量，如 x=3+4。

赋值运算符的优先级较低，它的结合方向是从右向左。例如，表达式 x=(3+4)等价于 x=3+4，

表达式 x=y=3 等价于 x=(y=3)。

注意：不要把"赋值运算符"理解成数学中的"等号"。例如，n=n+1，数学中这个等式是不成立的，但是赋值运算中，它的含义是先把变量 n 加 1，然后把它再赋值给变量 n。

2．赋值表达式

用赋值运算符将一个变量和一个表达式连接起来的式子称为赋值表达式。赋值表达式的一般形式为：

变量=表达式；

赋值表达式的运算过程是：

（1）计算赋值运算符右侧表达式的值；

（2）将赋值运算符右侧表达式的值赋给赋值运算符左侧的变量；

（3）将赋值运算符左侧的变量的值作为赋值运算符左侧的变量。

例如，设 x 是整型变量，已知赋值 2，求解赋值表达式 x=x+1，首先计算得到 3，再将 3 赋给 x，并取 x 的值 3 作为赋值表达式的值。

又如 x=y=3，由于它的结合方向是从右向左的，相当于计算表达式 x=(y=3)。先计算表达式 y=3，再将该表达式的值 3 赋给 x，结果使得 x 和 y 都赋值为 3，相当于计算 x=3 和 y=3 两个赋值表达式。

3．赋值运算中的数据类型转换

在赋值运算中，赋值运算符两边的数据类型应该相同。如果不同，那么会出现以下两种情况。

（1）如果这两种数据类型是兼容的，即目的数据类型的范围比来源数据类型的大，系统会将赋值运算符右边的表达式的值的数据类型转换成赋值运算符左边的变量的数据类型。例如，设变量 x 的类型是 double，表达式 x=1。运算时，先将 int 类型的常量 1 转换成 double 型常量 1.0，然后赋值给 x，结果是 double 型。

（2）如果不兼容，即目的数据类型的范围比来源数据类型的小，则必须进行数据类型的强制转换，否则编译出错。例如，设变量 a 的类型为 int，表达式 a=(int)2.56。运算时，先将 double 类型的常量 2.56 强制转换成 int 型的常量 2，然后赋值给 a，结果是 int 型。

2.3.2　算术表达式

Java 语言功能强大，灵活性很高，不但提供了丰富的数据类型，也提供了大量的运算符，运算符和数值结合起来做运算得出结果。表达式是由常量、变量、函数和运算符组合起来的式子。一个表达式有一个值及其类型，它们等于计算表达式所得结果的值和类型。表达式求值按运算符的优先级和结合性规定的顺序进行，单个常量、变量、函数可以看做是表达式的特例。

算术表达式是用算术运算符和括号将运算对象（也称操作数）连接起来的、符合 Java 语法规则的式子。

1．算术运算符

基本的算术运算符如表 2-2 所示。

表 2-2　基本的算术运算符

算术运算名称	运算符	说明	表达式举例
加法	+	加法运算	num1 + num2
减法	-	减法运算	num1 - num2
乘法	*	乘法运算	num1 * num2
除法/整除	/	除法运算或者整除运算	num1 / num2
取余数	%	整除后的余数	num1 % num2
自加	++	操作数增加 1	num++或者++num
自减	--	操作数减少 1	num--或者--num

算术运算符又可以分为单目运算符和双目运算符。

（1）单目运算符。单目运算符就是指那些运算处理只有一个操作数的运算符。在算术运算符中有++、--两种运算符是单目元算符。

（2）双目运算符。双目运算符是指运算符有两个操作数的，算术运算符中的双目运算符有+，-，*，/，%。

/是除法运算或整除运算，当两个整数相除时就是整除运算，其他都为带小数的除法。当整数需要做带小数的除法时，可以给整数后加.0，或者进行类型的强制转换，如 2/3 就是做整除运算，结果为 0，而 2.0/3.0 这样的结果就是 0.677777。在做整除运算时，保证正确性，两个操作数不能有负整数。

%求余数运算，需要参与的操作数必须是整数。如 2%3=2，5%4=1。

以上所列的运算符中，只有单目运算符+和-的结合性是从右到左的，其余运算符的结合性都是从左到右的。但是如果遇到括号，那么优先级的顺序就可能会改变。

例如，表达式（4+3）%4 的运算结果是 3，圆括号的优先级高于取余号；表达式 4+3%4 的运算结果是 7，取余号的优先级高于加号。可见在算术表达式中，使用括号的结果是不一样的。

2. 算术表达式

用算术运算符和一对圆括号将运算数（或称操作数）连接起来的、符合 Java 语言语法的表达式称为算术表达式。

在算术表达式中，运算对象可以是常量、变量和函数等。例如，sqrt(a)+fabs(b)。

在计算机语言中，算术表达式中的运算规则和要求如下。

（1）在算术表达式中，可使用多层圆括号，但左右括号必须配对。运算时从内层圆括号开始，由内向外依次计算表达式的值。

（2）在算术表达式中，若包含不同优先级的运算符，则按运算符的优先级由高到低进行；若表达式中运算符的级别相同，则按运算符的结合方向进行。例如，表达式 a+b-c，因为+号和-号的优先级相同，它们的结合性为从左到右，因此先计算 a+b 的值，然后把所得结果减去 c 的值。

强制类型转换表达式的形式如下：

(类型名) (表达式)

在上述形式中，(类型名)称为强制类型转换运算符，利用强制类型转化运算符可以将一个

表达式的值转换成指定的类型，这种转换是根据人为要求进行的。例如，表达式"（int）
3.234"把 3.234 转换成整数 3，表达式(double)(10%3)把 10%3 所得结果 1 转换成双精度数。

【例 2-3】算术运算举例。

```
public class Exp2_3 {
    public static void main(String args[])
    {
        int a=10,b=3;
        double f=21.5,g=7.2;
        System.out.println("a/b="+a/b);     //在输出窗口中输出结果
        System.out.println("a%b="+a%b);
        System.out.println("21.5%7.2="+f%g);
        System.out.println("10.0/3="+10.0/3);
    }
}
```

【运行结果】

```
a/b=3
a%b=1
21.5%7.2=7.1
10.0/3=3.3333333333333335
```

2.3.3　自增和自减运算符及表达式

自增和自减在 Java 语言的运算中占有比较重要的位置，它通过对操作数本身的运算，使
变量的值增加 1 或减少 1。

++、--运算符的操作数只能是一个变量，++的运算最终结果是使其操作数的值增加 1，
--的运算最终结果是使其操作数的值减少 1，但是对于这两种运算符所构成的表达式的值
的计算是有所区别的，主要区别在于这两种运算符所构成的表达式的形式不同，如表 2-3
所示。

表 2-3　自增、自减运算符的不同表达式

形式	类型	表达式举例 （n 的初值是 0）	m 的值 （表达式的值）	n 的值
++n	运算符前置	m=++n	1	1
--n		m=--n	-1	-1
n++	运算符后置	m=n++	0	1
n--		m=n--	0	-1

从表 2-3 中可以看出，当"运算符前置"的时候是"先计算后使用"，当"运算符后置"
的时候是"先使用后计算"。这里的计算指的是增加 1，或者减少 1，而这里的使用指的是
使用和++、--运算符组成表达式的操作数的值，这里的主要区别是使用操作数变化前或后
的值。

【例 2-4】 自增与自减举例。

```java
public class Exp2_4{
    public static void main(String args[])
    {
        int i=0;
        int j=0;
        j=i++;     //后加，把 i 的值赋给 j；然后 i 的值自增 1
        System.out.println("执行 j=i++后,j="+j);
        System.out.println("i="+i);
    }
}
```

【运行结果】

```
执行 j=i++后，j=0
i=1
```

2.3.4 关系运算符和表达式

1. 关系运算符

Java 语言提供了 6 种关系运算符，如表 2-4 所示。

表 2-4　关系运算符

<	<=	>	>=	==	!=
小于	小于等于	大于	大于等于	等于	不等于

其中，前 4 种关系运算符（<，<=，>=，>）的优先级相同，后两种也相同，并且，前 4 种的优先级高于后面的两种。另外，关系运算符的优先级要低于算术运算符，而高于赋值运算符。

2. 关系表达式

1）关系表达式的概念

所谓关系表达式，是指将两个表达式（可以是算术表达式、关系表达式、逻辑表达式、赋值表达式或字符表达式）连接起来，进行关系运算的式子。

2）关系表达式的值

每一个关系表达式都是有值的，这个值是一个逻辑值（真或假），用 true 表示逻辑真，用 false 表示逻辑假。

逻辑运算符在 Java 语言中占据重要的地位，当程序中出现两个以上条件的时候，那就要用到逻辑运算的内容了。

【例 2-5】 关系运算举例。

```java
public class Exp2_5 {
    public static void main(String args[])
    {
        int a,b;
```

```
        a=7;
        b=34;        //声明两个变量并赋值
//以下求出 a<b 的值并输出
System.out.println("a=="+a+"b=="+(b));
System.out.println("a<b"+(a<b));
System.out.println("a>b"+(a>b));
System.out.println("a<=b"+(a<=b));
System.out.println("a>=b"+(a>=b));
System.out.println("a==b"+(a==b));
System.out.println("a!=b"+(a!=b));
System.out.println("注意:");
System.out.println("a=b"+(a=b));
    }
}
```

【运行结果】

```
a==7    b==34
a<b     true
a>b     false
a<=b    true
a>=b    false
a==b    false
a!=b    true
```

注意:

```
a=b     34
```

2.3.5　逻辑运算符及表达式

1．逻辑运算符

Java 语言提供了 3 种逻辑运算符，如表 2-5 所示。

表 2-5　逻辑运算符

逻辑与	逻辑或	逻辑非
&&	||	!

其中，&&和||是双目运算符，也就是要有两个表达式，而! 是单目运算符，只要有一个表达式。

2．运算符的运算规则

1）&&

当且仅当两个表达式的值都是 true 的时候，运算结果为 true，否则为 false。

2）||

当且仅当两个表达式的值都是 false 的时候，运算结果为逻辑 false，否则为 true。

3）!

当一个表达式的值为 true 的时候，运算结果为 false，否则就为 true。

3．逻辑表达式

1）逻辑表达式的概念

所谓逻辑表达式，是指用逻辑运算符将一个或多个表达式连接起来，进行逻辑运算的式子。

2）逻辑表达式的值

逻辑运算表达式的结果如表 2-6 所示。

表 2-6　逻辑运算表达式结果

表达式 A	表达式 B	A&&B	A‖B	!A	!B
true	true	true	true	false	false
true	false	false	true	false	true
false	true	false	true	true	false
false	false	false	false	true	true

2.3.6　条件表达式

条件表达式也是一种具有选择结构的表达式，与前面所讲的 if else 语句所表示的选择是同一个意思。

表达式=表达式 1？表达式 2：表达式 3；

说明：

（1）当表达式 1 的值为 true 时，整个条件表达式的值为表达式 2；

（2）当表达式 1 的值为 false 时，整个条件表达式的值为表达式 3。

使用条件表达式时，还应注意以下几点：

（1）条件运算符的运算优先级低于关系运算符和算术运算符，但高于赋值运算符；

（2）条件运算符?和:是一对运算符，不能分开单独使用；

（3）条件运算符的结合方向是自右至左。

【例 2-6】条件运算举例。

```java
public class Exp2_6
{
    public static void main(String args[])
    {
        int i=10,j=20,max;
        max=i>j?i:j;
        System.out.println("两个整数大者是："+max);
    }
}
```

【运行结果】

两个整数大者是：20

2.3.7　位运算表达式

位运算用来对整数的二进制位进行操作。在计算机内部，整数数据是用该数的二进制补码形式存储的。例如，int 类型数据 7 和-7 的二进制表示为：

```
+7:         00000000 00000000 00000000 00000111
-7:         11111111 11111111 11111111 11111001
```

位运算就是用来对整数的二进制进行操作，例如，将一个存储单元中的各二进制位左移或右移若干位，两个数按位相加等。

1．按位与运算符（&）

格式：A&B

其中，A、B 均为非实型的表达式。计算结果的每一个二进制位，由 A、B 相应的位决定：如果两个相应的位均为 1，则该位为 1，否则为 0。

例如，将 14 和 23 作"按位与"运算（14&23=6）：

```
        00000000 00000000 00000000 00001110     14 的补码
  &)    00000000 00000000 00000000 00010111     23 的补码
        00000000 00000000 00000000 00000110     6 的补码
```

又如：将-12 和 6 作"按位与"运算（-12&6）：

```
        11111111 11111111 11111111 11110100     -12 的补码
  &)    00000000 00000000 00000000 00000110     6 的补码
        00000000 00000000 00000000 00000100     4 的补码
```

注意：按位作"与"运算，仅当相应位为 1 时结果为 1，同时注意，只有对应位进行按位与运算，相邻位之间没有关系。

2．按位或运算符 （|）

格式：A|B

其中，A、B 均为非实型的表达式。计算结果的每一个二进制位，由 A、B 相应的位决定：如果两个相应的位均为 0，则该位为 0，否则为 1。

例如，将 14 和 23 作"按位或"运算（14|23=31）：

```
        00000000 00000000 00000000 00001110     14 的补码
  |)    00000000 00000000 00000000 00010111     23 的补码
        00000000 00000000 00000000 00011111     31 的补码
```

按位作"或"运算，仅当相应位均为 0 时，结果为 0，表达式"14|23"的结果为 31，同样地，只有对应位进行按位或运算，相邻位之间没有关系。

3．异或运算符（^）

格式：A^B。

其中，A、B 均为非实型的表达式。计算结果的每一个二进制位，由 A、B 相应的位决定：如果两个相应的位相同，则该位为 0，否则为 1。

例如，将 14 和 23 作按位异或运算（14^23=25）：

```
00000000 00000000 00000000 00001110    14 的补码
^)  00000000 00000000 00000000 00010111    23 的补码
    00000000 00000000 00000000 00011001    25 的补码
```

按位作异或运算，仅当相应位不相同时，结果为 1，计算"14^23"的结果为 25。同样地，只有对应位进行按位异或运算，相邻位之间没有关系。

4．按位取反运算符（～）

格式：～A。

其中，A 为非实型的表达式，计算结果是将 A 的每一个二进制位取反后的值。

例如，对 7 按位取反（～7=-8）

```
～) 00000000 00000000 00000000 00000111        7 的补码
    11111111 11111111 11111111 11111000       -8 的补码
```

按位取反运算，将每一个二进制位取反。计算"～7"的结果为-8。同样地，只有对应位进行按位取反运算，相邻位之间没有关系。

1．左移运算符（<<）

格式：A<<N。

其中，A、N 均为非实型的表达式。计算结果是将 A 的各位均左移 N 位，左移后右边的空位补零。

例如，short a=7,b;b=a<<2；7 的补码为"00000000 00000111"，将其左移两位后得"00000000 00011100"，以其为补码的数是 28。

2．右移运算符（>>）

格式：A>>N

其中，A、N 均为非实型的表达式。计算结果是将 A 的各位均右移 N 位，右移后左边的空位补零，得最高位数码。

例如，short a=7,b;b=a>>2；7 的补码为"00000000 00000111"，将其右移两位后得"00000000 00000001"（左边空位补零），以其为补码的数是 1。

位运算符"～"的优先级仅次于括号、下标运算、成员运算的优先级，而与逻辑非运算符"!"的运算优先级相同。

位运算符"<<"、">>"的优先级低于算术运算符，而高于关系运算符。

其他位运算符的运算优先级低于关系运算符、高于逻辑运算符"&&"；它们之间的运算优先级从高到低依次为"&"、"^"、"|"。

【例 2-7】逻辑运算举例。

```java
public class Exp2_7 {
 public static void main(String args[])
 {
    byte a;
    byte b;   //声明两个整型变量
    a=123;
```

```
        b=29;
        System.out.println("a&b="+(a&b));  //求出 a&b 的值并输出，以下类似
        System.out.println("a|b="+(a|b));
        System.out.println("a^b="+(a^b));
        System.out.println("~a="+~a);
    }
}
```

【运行结果】

    a&b=25

    a|b=127

    a^b=102

    ~a=-124

习 题

一、单项选择题

1. Java 语言中的基本数据类型包括（   ）。
    A．整型、实型、逻辑型   B．整型、实型、字符型
    C．整型、逻辑型、字符型   D．整型、实型、逻辑型、字符型

2. 有定义 int k=4，a=3，b=2，c=1；表达式 k<a?k:c<b?c:a 的值是（   ）。
    A．4   B．3   C．2   D．1

3. 设 x 和 y 均为 int 型变量，则语句 "x+=y;y=x-y;x=-y;" 的功能是（   ）。
    A．把 x 和 y 按从小到大排列   B．把 x 和 y 按从大到小排列
    C．无确定结果   D．交换 x 和 y 中的值

4. 先定义 double x=1，y；表达式 y=x+3/2 的值是（   ）。
    A．1   B．2   C．2.0   D．2.5

5. 设有定义 int x；float y；，则下列表达式中结果为整型的是（   ）。
    A．(int)y+x   B．(int)x+y
    C．int(y+x)   D．(float)x+y

二、计算题

1. 若已知 x=5，y=9，f=true；计算下列 z 的值。
    （1）z=y*x++   （2）z=x>y&&f   （3）z=((y++)+x)   （4）z=y+x++
    （5）z=~x   （6）z=x<y||!f   （7）z=x^y

2. 试判断下列表达式的执行结果。
    （1）6+4<10+5   （2）4%4+4*4+4/4
    （3）(2+1)*2+13/4+5   （4）7>0&&6<6&&12<13
    （5）(float)(4+3)/2+(4+5)/4   （6）12+5>3||12-5<7

3. 变量 a、b 均被声明为 short 类型，分别写出执行下列语句后 a、b 的值。
    （1）a=4;nb=5;a&b   （2）a=-4;b=a|6;   （3）a=3;b=a<<2;   （4）a=-15;b=~a>>2

第 3 章　Java 程序控制结构

任何语言都是需要操纵和处理数据的，在前面讲解了有关数据的类型，那么如何来操纵数据运行呢，主要是通过 Java 控制语句来完成。

3.1　Java 语句概述

3.1.1　Java 语句

一个程序由一条条语句组成，语句用来向计算机系统发出操作指令。Java 中的语句可以分为以下五种类型。

1．方法调用语句

Java 语言是面向对象的语言，在后面的章节中将介绍类、对象等概念。用如下形式的语句可以调用对象的成员方法：

```
System.out.println("java");
```

2．表达式语句

一个表达式的末尾加上一个分号就构成了一个语句，称为表达式语句。例如赋值语句。
x=23 是一个赋值表达式。

3．复合语句

可以用"{"和"}"把一些语句括起来构成复合语句，一个复合语句也称为一个代码块。

4．控制语句

控制语句用于程序流程的控制，包括条件分支语句、循环语句和跳转语句。

5．package 语句和 import 语句

package 语句和 import 语句与类、对象有关，将在后面章节中介绍。

3.1.2　程序的三种基本结构

任何程序都由三种基础结构或这三种基本结构的复合嵌套构成,这三种基本结构是顺序结构、选择结构和循环结构。

1．顺序结构

顺序结构是简单的程序设计，它是最基本、最常用的结构，所谓顺序执行，就是按照程序语句行的自然顺序，一条语句一条语句地执行程序，如图 3-1 所示。

2．选择结构

选择结构又称为分支结构，它包括简单选择和多分支选择结构，这种结构可以根据设定的条件，判断应该选择哪一条分支来执行相应的语句序列，如图 3-2 所示。

3．循环结构

循环结构根据给定的条件，判断是否需要重复执行某一相同的或类似的程序段，利用重复结构可简化大量的程序行。分为两类：一是先判断后执行，二是先执行后判断，如图 3-3 所示。

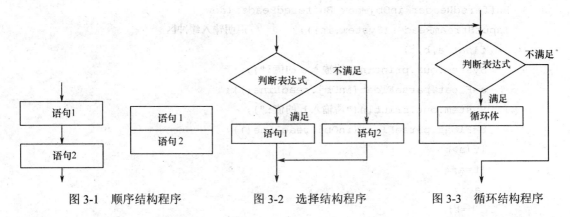

图 3-1　顺序结构程序　　　　图 3-2　选择结构程序　　　　图 3-3　循环结构程序

使用这三种基本结构，或用它们嵌套而编写的程序，具有结构清晰、易于理解、易于修改的优点。

3.2　选　择　语　句

在编程解决实际问题时，往往需要根据某些条件作出判断，决定执行哪些语句。Java 语言中的 if、switch 结构，可以帮助写出这样带有选择结构的程序。

3.2.1　if 语句

1. if 语句的格式

if(条件表达式)

{

语句 1；

语句 2；

　⋮

语句 n；

}

执行过程如图 3-4 所示。

图 3-4　if 语句执行过程

注意：

（1）if 语句中的条件表达式主要是由前面所讲的关系表达式、逻辑表达式、赋值表达式或者是其他类型的数据等组成，并且条件表达式是由一对()括起来的。

（2）一对{}可以加也可以不加，加上这一对大括号表示在条件表达式为真的时候，需要执行的语句在两条或两条以上；不加大括号表示在条件表达式为真的时候，需要执行的语句只有一条。

【例 3-1】　输入两个实数，按数值由大到小顺序输出这两个数。

```
import java.io.*;
public class Exp3_1{
```

```
    public static void main(String args[]) throws IOException{
BufferedReader inObj=new BufferedReader(new
InputStreamReader(System.in));        //声明输入缓冲区
    float a,b,t;
    System.out.println("请输入 a 的值:");
    a=Float.parseFloat(inObj.readLine());
    System.out.println("请输入 b 的值:");
    b=Float.parseFloat(inObj.readLine());
    if(a>b)
    {t=a;
     a=b;
      b=t;
    }
    System.out.println("a="+a);
    System.out.println("b="+b);
      }
    }
```

【运行结果】

请输入 a 的值:

3.4

请输入 b 的值:

-2.8

a=-2.8

b=3.4

2. if else 语句的格式

if（条件表达式）

{

　语句 1;

　语句 2;

　⁝

　语句 n;

}

else

{

　语句 1;

　语句 2;

　⁝

　语句 n;

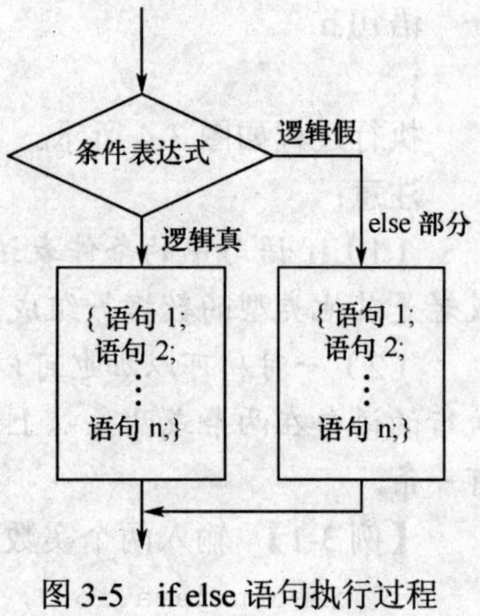

}

执行过程如图 3-5 所示。

图 3-5　if else 语句执行过程

注意:

（1）这里的 if 条件表达式与前面所讲的 if 条件表达式完全一样。

（2）else 所表示的条件指的是 if 条件表达式中的反方向。

（3）else 不能脱离 if 而单独存在。

【例 3-2】 编程，输入 x，求下列分段函数 f(x)的值。

$$f(x) = \begin{cases} 1-x^2 & x \leqslant 5 \\ x+5 & x > 5 \end{cases}$$

```java
import java.io.*;
public class Exp3_2
{
    public static void main(String args[]) throws IOException
    {
        BufferedReader inObj=new BufferedReader(new
        InputStreamReader (System.in));  //声明输入缓冲区
        float y,x;
        System.out.println("请输入 x 的值:");
        x=Float.parseFloat(inObj.readLine());
        if(x<=5)
            y=1-x*x;
        else
            y=x+5;
        System.out.println("x="+x+"\ty="+y);
    }
}
```

【运行结果】

```
请输入 x 的值:
7
x=7    y=12
```

【例 3-3】 输入三个数，按大小顺序输出。

```java
import java.io.*;
public class Exp3_3
{
    public static void main(String args[]) throws IOException
    {
        BufferedReader inObj=new BufferedReader
            (new InputStreamReader(System.in));
        float a,b,c,t;
        System.out.println("请输入 a 的值：");
```

```
                a=Float.parseFloat(inObj.readLine());
                System.out.println("请输入 b 的值:");
                b=Float.parseFloat(inObj.readLine());
                System.out.println("请输入 c 的值:");
                c=Float.parseFloat(inObj.readLine());
                if(a>b)
                {t=a;a=b;b=t;}
        if(a>c)
            {t=a;a=c;c=t;}
            if(b>c)
            {t=b;b=c;c=t;}
            System.out.println("a="+a+"\tb="+b+"\tc="+c);
            }
    }
```

【运行结果】

```
请输入 a 的值:
7
请输入 b 的值:
9
请输入 c 的值:
2
a=2.0   b=7.0   c=9.0
```

3. if 语句的嵌套

if 结构的语法地位相当于一条语句，当 if 结构的内嵌语句里有一个 if 结构时，就形成了 if 结构的嵌套形式。if 结构的嵌套形式有以下两种。

所谓 if 语句的嵌套是指在 if 语句中又包含一个或多个 if 语句。

if 语句嵌套的一般格式：

```
    if（条件表达式）
        if（条件表达式）
            {语句 1;
              ⋮
             语句 n;
            }
        else
            {语句 1;
              ⋮
             语句 n;
            }
    else
```

```
if（条件表达式）
    {语句1；
     ⋮
     语句n；
    }
else
    {语句1；
     ⋮
     语句n；
    }
```

【例 3-4】 输入 x，按下列公式求分段函数 g(x)的值。

$$g(x) = \begin{cases} 0.75x & x < -40 \\ 0.466x + 3.7 & -40 \le x \le 20 \\ 1.5x - 6 & x > 20 \end{cases}$$

```java
import java.io.*;
public class Exp3_4
{
    public static void main(String args[]) throws IOException
    {
        BufferedReader inObj=new BufferedReader
            (new InputStreamReader(System.in));
        float x,y;
        System.out.println("请输入 x 的值:");
            x=Float.parseFloat(inObj.readLine());
                if(x<-40)          //采用递缩格式书写的多层 if 结构开始
                y=0.75f*x;
                else if(x<-20)
                    y=0.466f*x+3.7f;
                    else
                    y=1.5f*x-6f;          //采用递缩格式书写的多层 if 结构结束
                System.out.println("g("+x+")="+y);
        }
    }
}
```

注意:

（1）当 if 结构多层嵌套时，为分清结构的层次，提高程序的易读性，建议在编辑源程序时采用递缩格式，即每个内层结构首句，其书写位置向右缩进若干列。

（2）当多层 if 结构嵌套时，由后向前使每一个 else 与前面与之相距最近的 if 匹配。特别是内层 if 为不平衡结构时，判断与 else 匹配的 if 更为重要，不能正确地判断将导致错误的运算结果。

【例 3-5】求解方程 a·x^2+b·x+c=0 的根。

```java
import java.io.*;
public class Exp3_5
        public static void main (String arge[]) throws IOException
        {
            BufferedReader inObj=new BufferedReader(new
            InputStreamReader(System.in));
            double a,b,c,x1,x2,d;
            System.out.println("请输入 a 的值:");
            a=Float.parseFloat(inObj.readLine());
            System.out.println("请输入 b 的值:");
            b=Float.parseFloat(inObj.readLine());
            System.out.println("请输入 c 的值:");
            c=Float.parseFloat(inObj.readLine());
            d=b*b-4*a*c;
            if(a==0){
                if(b==0) {
                    if(c==0)
                    System.out.println("方程有任意解");
                    else
                    System.out.println("方程无解");
                    }
                else System.out.println("x="+-c/b);
                }
            else
              if(d>=0){
              System.out.println("x1="+(-b+Math.sqrt(d))/2/a);
              System.out.println("x2="+(-b-Math.sqrt(d))/2/a);
                    }
              else
              {

                System.out.println("x1="+(-b/2/a)+"+"+Math.sqrt(-d)
                /2/a+"i");
                System.out.println("x2="+(-b/2/a)+"-"+Math.sqrt(-d)
                /2/a+"i");
             }
          }
      }
```

　　注意：语句中的 Math.sqrt(d)是对象 Math 中的方法，功能是求一个数的平方根，它在
java.lang 包中。具体在后面章节介绍。程序中输入的方程系数不一定是整型，一般应为实型，
如 double 类型；考虑到系数的不同取值将导致无解、多解、实根、虚根等多种情况，求解由
多重 if 结构的嵌套实现。

3.2.2　switch 语句

　　Java 提供的另一种选择结构是 switch 结构。它是根据给定条件的结果值进行判断，然后
执行多分支程序段中的一支。switch 结构的常用格式为：

```
switch(表达式)
    {case 值 1;语句组 1
    case 值 2;语句组 2
        ⋮
    case 值 n: 语句组 n
    default: 语句组 n+1
    }
```

例如，根据考试成绩的等级输出百分制分数段：

```
switch (grade)
{   case 'A':System.out.println("85~100");
    case 'B':System.out.println("70~84");
    case 'C':System.out.println("60~69");
    case 'D':System.out.println("<60");
    default : System.out.println("error! ");
}
```

　　说明：

　　（1）switch 后括号内的表达式的计算结果必须为整型或字符型，值 1~ n 必须是整型或字
符型常量。

　　（2）当表达式的值与某个 case 后面的值 i 相等时，就执行此 case 后面的语句组，若所有
的 case 中的值 i 都没有与表达式的值匹配的，就执行 default 后面的语句。

　　（3）每个 case 的值 i 必须互不相同，否则就会出现互相矛盾的现象。

　　（4）执行"语句组 i"中的"break;"语句时，控制将跳转出 switch 结构，执行该结构后
的语句；若语句组中不存在"break;"语句，则执行"语句组 i"后还要顺序执行"语句组 i"
后的语句组。例如，上面的例子中，若 grade 的值等于 'B'，则将输出：

```
70 ~84
60 ~69
<60
error!
```

　　因此，应该在执行一个 case 分支后，使流程跳出 switch 结构，可以用一个 break 语句来
达到此目的。将上面的 switch 结构改写如下：

```
switch (grade)
```

```
    {
    case 'A':System.out.println("85 ~100");  break;
    case 'B':System.out.println("70 ~84");  break;
    case 'C':System.out.println("60 ~69");  break;
    case 'D':System.out.println("<60");  break;
    default:System.out.println("error!");
    }
```

3.3　循　环　结　构

循环是指在程序设计中，有规律地反复执行某一程序块的现象，被重复执行的程序块称为"循环体"。Java 语句中提供的设计循环结构的语句有 while 语句、do-while 语句、for 语句等。

3.3.1　while 语句

格式：while (表达式)

{

循环体；

}

功能：表达式为真（true）时重复执行循环体，否则执行 while 语句后面的语句。其执行过程如图 3-6 所示。while 语句的特点是：判断条件后执行循环体，常用于编写某些循环次数预先未知的程序。

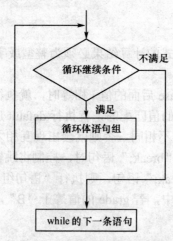

图 3-6　while 语句执行过程

【例 3-6】编程，输入 n 个数，求它们的和并输出。

```
import java.io.*;
    public class Exp3_6
```

```
public static void main (String args[])throws IOException
{
    BufferedReader inObj=new BufferedReader
        (new InputStreamReader(System.in));
    float a,s=0;
    int n,i=0;                    //为与循环有关的变量 s、i 赋初值
    System.out.println("请输入数据个数 n:");//输入累加数据个数
    n=Integer.parseInt(inObj.readLine());
    while(i<n)
    {   //while 循环的内嵌语句为复合语句
        System.out.println("输入第一个数据 a");
        a=Float.parseFloat(inObj.readLine());         //请输入累加数据
        s+=a;                         //累加
        i++;                          //i 自增加步长 1
    }
    System.out.println("s="+s);
}
}
```

注意：在程序中，变量 i 是循环变量，用于控制循环次数。首先赋值，i=0，然后每循环一次，i 加 1，直到 i>=1 循环结束，循环次数正好等于 n。变量 s 用于存放和，每次循环把输入的数加到 s 中。

【例 3-7】编程，输入 x，求下列级数和，直至末项小于 10^{-5} 为止。

$$1+x+\frac{x^2}{2!}+\frac{x^3}{3!}+\frac{x^4}{4!}+\cdots+\frac{x^n}{n!}+\cdots$$

程序分析如下。

级数前项与后项之间的关系如下：

$a_0=1$
$a_1=x/1=x\cdot a_0/1$
$a_2=x^2/2!=x\cdot a_1/2$
$a_3=x^3/3!=x\cdot a_2/3$
$\vdots$
$a_n=x^n/n!=x\cdot a_{n-1}/n$

由此导出级数各项的递归公式如下：

$$\begin{cases} a_0=1 \\ a_i=x\cdot a_{i-1}/i & i>0 \end{cases}$$

```
import java.io.*;
public class Exp3_7{
public static void main(String args[]) throws IOException
    {
```

```
        BufferedReader inObj=new BufferedReader
          (new InputStreamReader(System.in));
    float x,t=1,y=1;
    int i=1;
    System.out.println("请输入 x 的值:");
    x=Float.parseFloat(inObj.readLinc());
    while(Math.abs(t)>=1e-5){
        t*=x/i;
        y+=t;
        i++;
    }
    System.out.println("y="+y);
        }
    }
```

注意：在这个程序中，循环次数事先不知道，只能用"末项的绝对值小于 10^{-5}"为循环控制的条件。变量 y 用于存放前几项的总和，t 是某一项的值，i 表示目前计算第几项。

3.3.2　do-while 语句

格式：

do{

　　循环体：

　}while(表达式);

功能：重复执行循环体，直到表达式值为 false 时执行 do-while 结构后的语句，其执行过程如图 3-7 所示。

do-while 语句和 while 语句的区别是：while 语句是先判断后执行，而 do-while 语句是先执行，后判断；while 语句循环体可能一次都不执行，而 do-while 语句不管条件真假，循环体至少执行一次。

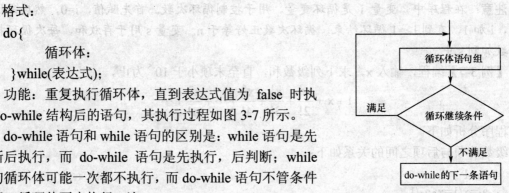

图 3-7　do-while 语句执行过程

【例 3-8】 输入 n 个数，输出其中最大值。

```
import java.io.*;
    public class Exp3_8
    {
        public static void main (string arges[])throws IOException
        {
            BuffereReader inObj=new BufferedReader
                (new InputStreamReader(System.in));
            float  x,max;
            int n,i=1;
            System.out.println("请输入数据个数n:");
```

```
n=integer.parseInt(inObj.readLine());
System.out.println("输入第一个数据");
x=Float.parseFloat(inObj.readLine());
max=x;                    //假设第一个位最大值
do
{
  System.out.println("输入比较数据");
  x=Float.parseFloat(inObj.readLine());
  if(x>max)                    //if 语句用于比较后面输入值
     max=x;
     i++;
}while(i<n);
System.out.println("最大数是:"+max);
}
}
```

注意： 首先假设第一个数位最大值 max，if 语句用于比较 max 与后面输入的值，如果后面输入的值大于 max，则 max 等于后面输入的值，这样 max 中始终保持存放的是前面输入数中的最大值。do-while 循环用于输入 n 个数据，首先循环变量 i=1，当 i<n 时，输入一个数，比较后，循环变量 i 加 1。当 i>=n 时，循环结束。这样正好循环 n 次。

【例 3-9】 用 do-while 语句改写例 3-7。

```
import java.io.*;
public class Exp3_9{
public static void main(String args[]) throws IOException
   {
      BufferedReader inObj=new BufferedReader
        (new InputStreamReader(System.in));
     float x,t=1,y=1;
     int i=1;
     System.out.println("请输入 x 的值:");
     x=Float.parseFloat(inObj.readLine());
     do
     {
       t*=x/i;
       y+=t;
       i++;
     } while(Math.abs(t)>=1e-5);
     System.out.println("y="+y);
   }
}
```

3.3.3　for 语句

for 语句是控制循环的一种最紧凑的方式。在 for 语句中，循环控制语句不是写在循环体内，而是写在循环体的顶部。这使程序更好读、更易于理解。其执行过程如图 3-8 所示。

格式：

```
for(表达式 1;表达式 2;表达式 3) {
    循环体;
}
```

说明：

（1）进入循环结构后首先执行"表达式 1"，且另执行一次，"表达式 1"一般用于为 for 结构中的有关变量赋初值。

（2）"表达式 2"为循环执行"循环体"的条件。

（3）"表达式 3"仅当"循环体"执行后才执行，一般用于每次循环后修正 for 结构中有关变量的值。

（4）执行次数已知的循环，一般用 for 循环结构。

【例 3-10】　用 for 语句编写程序输入 n 个数，求它们的和并输出。

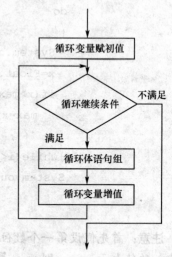

图 3-8　for 语句执行过程

```java
import java.io.*;
    public class Exp3_10{
    public static void main (String arges[])throws IOException{
        BufferedReader inObj=new BufferedReader
            (new InputStreamReader(System.in));
        float a,s=0;
        int n,i;
        System.out.println("请输入数据个数");
        n=Integer.parseInt(inObj.readLine());
        for(i=0;i<n;i++)
            {
            System.out.println("输入数据");
            a=Float.parseFloat(inObj.readLine());
            s+=a;
            }
        System.out.println("s="+s);
        }
    }
```

注意：

（1）在程序中，循环语句首先执行"i=0;"，给循环变量 i 赋初值。

（2）执行 "i<n;" 检查循环条件是否满足，如果满足，则执行循环体中的复合语句；再执行 "i++;" 使循环变量加 1；再回到条件判断 "i<n;"。

（3）如果条件 "i<n;" 不满足则跳出循环。

【例 3-11】　判断输入的任意正整数是否为素数。

```java
import java.io.*;
import java.lang.*;
public class Exp3_11{
public static void main(String args[]) throws IOException
    {
     BufferedReader inObj=new BufferedReader  (new InputStreamReader
     (System.in));
     int n,i,flag=1;//设定一个标志，用来判别素数
    System.out.println("请输入 n:");
     n=Integer.parseInt(inObj.readLine());
     if(n==2||n==3)                 //2,3 是素数，直接输出
        System.out.println(n+"是素数!");
     else{
        for(i=2;i<=n-1;i++)
          if(n%i==0)
          {flag=0;break;}
          if(flag==0)
    System.out.println(n+"是素数!");
              else
    System.out.println(n+"是素数!");
        }
      }
    }
```

注意：判断一个数 n 是否为素数的方法是：用 2 到 n-1 的每个整数去除 n，如果没有一个数能整除 n，则 n 是素数；否则不是。

程序中首先进行判断，如果 n 是 2 或 3，则直接输出，它是素数，否则在 for 循环中用 2 到 n-1 的每个整数去除 n，如果有一个整数能整除 n，则退出循环；否则继续循环。这样循环结束时有两种情况：①如果用 2 到 n-1 的每一个整数去除 n，没有一个数能整除的，即 n 是素数；②如果用 2 到 n-1 的每一个整数去除 n，有一个数能整除的，flag 的值由 1 变为 0，即 n 不是素数。这时循环是中途跳出的。后面的 if 语句就是用循环变量来判断 n 是否是素数。

3.3.4　break 和 continue 语句

break 语句和 continue 语句用于在循环体内改变程序流程，break 语句和 continue 语句一般与 if 判断语句结合使用。如图 3-9 所示。

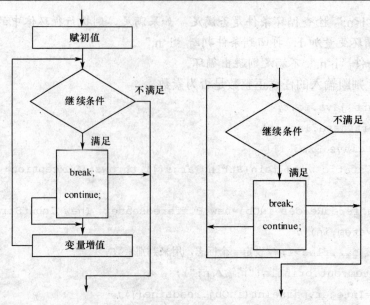

图 3-9　break 语句和 continue 语句

1. break 语句

break 语句除了在 switch 语句中使用外，也可以在循环语句中使用。这里主要介绍在循环语句中使用。

格式：break；

功能：使程序流程跳过它后面的循环语句，退出循环体。

【例 3-12】　从键盘输入一串字符，直到输入字符"q"为止，统计字符个数。

```java
import  java.io.*;
public class Exp3_12
{
    public static void main (String args[]) throws IOException{
        int k=0;
        char ch;
        System.out.println("输入字符,按 q 退出。");
        while(true)
        {
        ch=(char) System.in.read();
        /*如果输入的字符为"q"，则退出循环*/
        if(ch=='q')
            break;
        else
            k++;
        }
        System.out.println("字符数目为:"+k);
```

```
        }
    }
```

　　注意：程序中的 while 循环条件是常量 true，所以它不会自动终止循环，必须在循环体中有 break 语句才能退出循环。在程序的循环体中，有一个判断语句 "if(ch= ='q') break;"，如果输入的字符为 "q"，则退出循环。

　　2．continue 语句

　　格式：continue;

　　功能：continue 语句是程序流程跳出循环体中 continue 语句之后的任何语句，返回控制到循环体的开始，重新循环。

　　【例 3-13】 输入 10 个数，计算其中正整数的和与平均值。

```
import java.io.*;
public class Exp3_13
{
    public static void main(String args[]) throws IOException
    {
        BufferedReader inObj=new BufferedReader
            (new InputStreamReader(System.in));
        int i,n=0;
        float x,s=1;
        for(i=1;i<=10;i++)
        {
            System.out.println("请输入"+i+"的值:");
            x=Float.parseFloat(inObj.readLine());
            if(x<0)  continue;         //如果输入是负数，跳出本次循环
        }
        System.out.println("总和="+s+"\t 平均分="+s/n);
    }
}
```

　　注意：程序要求计算其中正整数的和与平均值，所以必须把负数去掉。用 continue 语句退出本次循环，从而不执行循环后面的计算和与平均值的语句，再继续下一次循环。如果改用 break 语句，则会退出循环，转到循环后的语句，而不管是否已输入 10 个数。

3.4　循环的嵌套

　　一个循环体内又包含另一个完整的循环结构，称为循环的嵌套。内嵌的循环中还可以嵌套循环，这就是多重循环。

　　【例 3-14】 计算一个班 20 名学生每学期的平均成绩。（假设每名学生每学期有 4 门课程）。

```
import java.io.*;
public class Exp3_14{
```

```java
public static void main(String args[]) throws IOException
    {
        final int NUMGRADES=4;                  //定义常量，用于定义课程门数
        final int NUMSTUDENTS=20;               //定义常量，用于定义学生人数
        int i,j;
        double grade,total,average;
        BufferedReader inObj=new BufferedReader
            (new InputStreamReader(System.in));
        for(i=1;i<=NUMSTUDENTS;i++)             //外循环开始
        {
            total=0;                            //将这个学生的总成绩total置为0
            for(j=1;j<=NUMGRADES;j++)           //内循环开始
            {
                System.out.println("请输入这个学生的考试成绩:");
                grade=Double.parseDouble(inObj.readLine());
                total=total+grade;      //将每门课成绩grade加到总成绩total中
            }                           //内循环结束
                average=total/NUMGRADES;        //计算平均成绩
                System.out.println("第"+i+"个学生的平均成绩是"+average);
        }                               //外循环结束
    }
```

程序说明：

在程序中，外循环将执行 20 次，每次经历外循环时，将计算一名学生的平均成绩。内循环将执行 4 次，每次经历内循环时，将输入一门考试成绩。当输入每门成绩时，它将被加到该学生的总成绩中，并在该循环结束时，计算并显示平均成绩。

习　　题

一、选择题

1. 下列语句将小写字母转换为大写字母，其中正确的是（　　）。

 A．if(ch>='a'&ch<='z') ch=ch-32   B．if(ch>='a'&&ch<='z') ch=ch-32;

 C．ch=(ch>='a'&&ch<='z')?ch-32:"; D．ch=(ch>'a'&&ch<'z')?ch-32:ch:

2. 如果 int count=0,x,y,z;下列程序段的输出结果是（　　）。

```java
for (x=1; x<=2;x++)
for(y=1; y<=3;y++)   count++;
System.out.print("%d",count);
```

 A．5   B．6   C．3   D．2

3. 下面的循环体执行（　　）。

```java
I=0;  k=10;  while(i==8)  i=k--;
```

　　A．8 次　　　　B．10 次　　　　C．2 次　　　　D．无数次

二、填空题

1．求 1 至 50 的和，写作：

　　for(s=0,i=1;_____;++i) s+=i;

2．顺序输出 26 个大写英文字母的循环结构，写作：

　　for(_____) System.out.println(ch) ;

3．循环程序段"k=5;for(;k<0;k--);"执行后，k 的值为_____。

三、程序设计题

1．从键盘输入 3 个数，在屏幕上显示这 3 个数的最大者。

2．从键盘输入 3 个数，将这三个数从大到小排序。

3．有一函数

$$y = \begin{cases} x & x < 1 \\ 2x-1 & 1 \leqslant x \leqslant 10 \\ 3x-11 & x > 10 \end{cases}$$

写一程序，输入 x 值，输出 y 值。

4．给出一百分制成绩，要求输出成绩等级'A'、'B'、'C'、'D'、'E'。90 分以上为'A'，0～89 分为'B'，70～79 分为'C'，60～69 分为'D'，60 分以下为'E'.

5．输出 1～100 之间的，既是 2 的倍数，又是 3 的倍数的所有数。

6．一个数如果恰好等于它的因子之和，这个数就称为"完数"，例如，6 的因子为 1、2、3，而 6=1+2+3，因此 6 就是完数。编写程序找出 100 以内的所有完数。

7．用 while、do-while 和 for 三种不同的语句，编写程序计算 2+4+6+…+100 的总和。

8．使用嵌套循环求一个正整数 n 的阶乘和（n 从键盘输入）：

　　1！+2！+3！+…+n！

第4章 类 与 对 象

面向对象的编程思想力图使在计算机语言中对事物的描述与现实世界中该事物的本来面目尽可能的一致，类（class）和对象（object）就是面向对象方法的核心概念。类是对某一类事物的描述，是抽象的、概念上的定义；对象是实际存在的该类事物的个体，因而也称实例（instance）。

Java 是面向对象语言，面向对象的思想是将客观事物都作为实体，而对象通过实体抽象得到。例如，一个银行系统，可以由出纳、会计、汇兑、清算等业务组成，每种业务都可以抽象为一个对象。程序如何实现对象呢？实际上，在程序中并非直接去构造对象，而是通过定义一个类，对类进行实例化（也称为创建对象）来实现。类和对象的关系，如同制造产品时，图纸和部件的关系。

类是变量和方法的集合体。类可以嵌套定义。类是 Java 程序中的基本的结构单位。所有的 Java 语句出现在方法中，所有的方法都定义在类中。

4.1　掌握类和对象的基本知识

4.1.1　面向对象的基本概念

在软件开发过程中，需要把现实世界的问题空间映射到计算机的解空间，在其过程中要采用某种方法组织，而其中数据结构和算法是程序的核心，用于实现某些功能，专注于底层设计。但是在现实世界中问题的复杂程度达到一定程度后，则不仅要专注于底层设计，而且还要对程序的结构进行设计并加以控制。面向对象（Object-Orienter，OO）就是一种常见的程序结构设计方法，其基本思想是使用抽象、对象、类、继承、消息多态等基本概念进行程序设计。Peter Coad 和 Edward Yourdon 提出用下面的等式识别面向对象方法：

面向对象=对象（Object）+分类（Classification）+继承（Inheritance）+通过消息的通信（Communication with message）

可以说，采用这 4 个概念开发的软件系统就是面向对象的。

由于 Java 语言是面向对象程序设计语言（OOP），因此读者需要理解下面这些面向对象的基本概念，为学习 Java 语言打下良好的基础。

1．抽象

面向对象软件开发的一个基本方法就是抽象。到底什么是抽象呢？抽象是科学研究中经常使用的一种方法，即从现实世界的众多的食物中抽出食物的本质特性而暂时不考虑它们的细节，得到众多事物的一个清晰的基本框架。因此抽象的过程也就是一个裁剪的过程，不同的、非本质性的特征全部被裁减掉了。

2．对象

几乎任何实体都是对象，对象可以是一个人、一所学校、物品、事件、概念等。目前在面向对象程序设计思想中,对象没有一个明确的定义。可以将对象看做是现实生活中能够被识别、被理解,具有明确的行为、思想、感觉的人或事物。

任何一个事物都有它的状态与行为,在不同时刻具有不同状态,而改变其状态的正是它的行为或外界其他事物的行为。哲学认为在现实世界中没有完全相同的两个事物,也就是说事物之间应该是可以区分的。在面向对象思想中用于区分事物的依据通常是对象。对象具有以下一些特征。

(1)对象是现实的抽象的事物,对计算机所能完成的任务的描述起到重要作用。

(2)对象应具有某些属性,即数据,同时也表现出特定的行为。

(3)可以通过对属性和行为的定义,将相似的对象划分为同一类。通过这个类还可以派生出更多的具体的对象。

(4)对象之间还可以相互作用或相互操作,也就是说,一个对象可以通过执行某些指令来操作另外一个对象的数据。

(5)在和对象交流的过程中,对象内部的运作方式对用户是不可见的。这就保证了对象的安全性。

(6)对象可以被其他系统包含和复用。

所有对象都具备一定的属性并表现出一定的行为。属性表述了对象的性质。例如,一个人的年龄、姓名、性别等。行为则描述了对象干什么。还是以一个人为例,他可以工作、学习、吃饭或者睡觉。在使用 Java 语言描述时,通常将属性称为数据,行为称为方法。

3. 类

类是实现世界某些对象的共同特征(属性和操作)的表示,是对象的蓝图或模型,通过类可以创建多个对象。类确定了该类型的对象多拥有的数据类型并且定义了这些对象的行为。类无法表示任何一个对象,类中不拥有存储数据的空间,但是对象却拥有自己的存储空间。

因此,类是没有状态的。

4. 封装

封装是把数据和方法放到一个类中的过程,即将信息隐藏的过程。所有的对象都要被封装起来,封装是对象自我保护和自我管理信息的一种方式。封装通过访问权限修饰符的关键字来实现。封装一方面防止程序员接触他们不该接触的东西——通常是内部数据类型的设计思想。若只是为了解决特定的问题,用户只需操作接口即可,无须明白这些信息。封装另一方面,允许库设计人员修改内部结构,不用担心它会对客户程序员造成什么影响。

5. 继承

由一个已有的类定义一个新类,称为新类继承已有的类。继承是软件复用的一种形式,由一个类可以导出许多新类,再由导出的类又可以导出其他更多的类,这就构成了类的继承结构。

6. 多态

多态从字面意思上理解是"多种形态",通常情况下,允许相同的代码在运行时根据具体的运行环境发挥不同的作用,即开发人员可以在一段时间内以某种统一的方式引用多个相关的对象。多态是对运行环境中的代码的最好的理解。

4.1.2 类的声明

1. 分析问题

正确地设计类,对于高效实现其对象及管理对象的变化和错误都是至关重要的。创建一个对象有 5 个步骤：

（1）分析业务问题，找出对象的属性和行为；

（2）类的声明，即创建类定义，用以描述步骤（1）中所确定的属性和行为；

（3）声明对象；

（4）创建一个对象；

（5）使用对象。

在一般情况下，经常将步骤（3）和步骤（4）合并为一个步骤。

初学者经常在一开始的时候让一个类完成很多复杂的任务，由于类定义中包含了很多的东西，因此在后期作出的改变和管理错误很难处理。所以，与其拥有少数功能强大的类，但一旦发生变化时崩溃，还不如拥有众多健壮的类。因此，在创建一个对象的 5 个步骤中，步骤（1）是非常关键的。

应用程序是解决业务问题的程序，程序员如何开始寻找创建一个应用程序所需的对象？通常针对业务问题找出描述定义中的名词，用下画线标出，但并不是所有标出的名词都能被用作潜在的对象。一般情况下，找出该业务要解决的关键问题，围绕该问题再到所标出的名词中找出相关的名词作为对象。当找到了所需的对象后，下一步程序员就要为每个对象设计类。一般情况下名词和形容词能够指示出对象可能的数据或属性，动词能够引导程序员去选择方法或行为。

2．类的构成

在 Java 语言中，类是构成程序的基础，一个完整的类定义包含了三个组成部分：类名、类的属性和类的方法。属性是与类及它的对象关联的数据变量，它保存类的方法的运算结果。方法包含类的可执行代码，由语句组成，其调用方式及包含的语句最终决定程序的执行。

【例 4-1】 类的构成举例。

```
public class Exp4_1{
int i=3;
void f(int a)
{…
}
public static void main(String args[])
{ Exp4_1  exp41=new Exp4_1();
}
             }
```

一个类定义一个新的数据类型，在本例中，新的类型名为 Exp4_1。可以使用这个名字来声明 Exp4_1 类型的对象。但要注意的是，类的声明只是创建一个模板（或类型描述），它并不会创建一个实际的对象。

要真正创建一个 Exp4_1 对象，就必须使用语句：

```
Exp4_1  exp41=new Exp4_1();
```

执行了该语句之后，exp41 就是 Exp4_1 的一个实例了，它就具有了"物理的"真实性。

每次当创建类的一个实例时，就是在创建一个对象，该对象包含它自己的由类定义的每个实例变量的副本。

3．类的声明

类的声明是定义一个类的名称、访问权限、与其他类的关系的过程。使用类声明可以创建新的类。类声明以一个声明头开始，其组成方式如下：先指定类的属性和修饰符，然后是类的名称，接着是基类及该类实现的接口。声明头后面跟着类体。它由一组位于一对大括号之间的成员声明组成。

完整的类声明语法格式如下：

```
[类的修饰]class 类名[extends 父类名][implenments 接口列表名]
{
类体；
}
```

说明：

（1）对类的声明来说，主要是对于类的修饰符的声明，它包括类的访问权限声明和非访问修饰符的使用。对于一个普通的 Java 类来说，主要的访问权限修饰符只有两个，即 public 和默认权限，内部类可以有 private 权限。非访问修饰符主要包括 abstract 和 final。

● 类的访问权限修饰符限定了本类的可见范围。若访问权限修饰符为 public，则声明类是公有类，可以被任意的类访问。

● 非访问权限符：abstract 声明本类为抽象类，必须被继承后才能使用；final 声明本类为最终类，不能被其他类继承。其中应注意 abstract 和 final 这两种修饰符不可同时出现在某一个类的声明中。

（2）class 是声明类的关键字。

（3）extends 指明本类使用的接口，在其后指定父类名，由于一个类只能继承一个父类，因此 extends 后面只能跟一个父类名。

（4）implements 指明本类使用的接口，在其后指定接口名表，在 Java 中可以允许实现多接口，因此 implements 后面跟的可以是接口列表名。

（5）类声明后紧接着一对大括号，大括号中是类体。类体中包含了类的属性和类的方法。

Java 是一种强类型语言。它的编译器强化了许多规则，例如，为每个数据值分配多少储存空间，如果遵循以下的规则，将会有助于减少代码中的错误。

（1）一个 Java 应用程序至少包含一个类。这个类可以是一个空类，不包含任何属性定义和方法声明，但此时该应用程序只能通过编译。

（2）至少应该有一个类中包含 public static viod main(String[]args)这样的方法声明，否则程序无法运行。

（3）声明一个类时，其类名的第一个字母应该大写。

（4）对象根据类定义来创建。Java 源文件只能有一个 public 类定义。public 类的名字必须和源文件的名称完全一致（包括大小写）。

在满足了上面规则的前提下，一个 Java 源文件可以包含多个类定义。但首先执行的类并不是拥有 pubic 的类，而是包含 main 方法的类。

4.1.3　方法的声明

完整的成员声明语法格式如下：

```
[修饰符]方法返回值类型 方法名([[形参数列表]])[throws 异常类]
{
    语句序列;
[return (返回值)];
}
```

说明：

（1）方法的修饰符用于指定本方法的访问权限和特征，例如，方法是否为公有方法或类方法。方法的修饰符有以下几种。

● public\private\protected\default：该类修饰符称为访问控制修饰符，其规定了成员方法的可见范围。例如，public 访问修饰符表示该方法可以被任何其他代码调用，而 private 表示该方法只能被类中的某些其他方法调用。

● static：该修饰符声明本方法是类方法。

● final：该修饰符声明本方法为不可被子类所重写的最终方法。final 修饰符不可与 abstract 修饰符同时使用。

● abstract：该修饰符声明本方法为抽象类中的抽象方法，必须在非抽象的子类中实现具体操作。abstract 修饰符不可与 final 修饰符同时使用。

（2）方法的返回值类型可以是基本数值型，也可以是任一引用类型，当没有返回值时，其类型默认为 void。

（3）形参数列表用于接收方法调用时外界传来的参数，也可以没有参数，但应该注意的是小括号是不能省略的。每个参数都必须要有自己独立的类型声明，即使相邻的两个参数的类型是相同的也不能共用类型声明，参数之间要用逗号隔开。

（4）throws 异常类：出现多个异常类时要用逗号隔开。

4.1.4　方法调用及参数传递

1．方法使用

方法根据其是否带有 static 修饰符可以分为类方法和对象方法（实例方法）。

（1）对象方法调用的格式：

对象名.方法名(实参列表);

（2）类方法调用的格式：

类名.方法名(实参列表);

通常，没有返回值的方法的调用方式比较简单，一般直接构成方法调用语句。

例如：

```
System.out.println("I am a boy! ");
```

有返回值的方法的调用方式通常是作为表达式的一部分。

例如：

```
int min=0;
...
Min=Math.min(3,4);
```

或

```
int min=0;
int a=3,b=4;
...
Min=Math.min(a,b);
```

2．参数传递

1）形参和实参

在方法声明和定义时，方法名后面括号中的标量名称为"形式参数"（简称"形参"），形参指定了方法需要的值的个数、顺序和类型。在方法调用时，传递到方法的值称为实际参数（简称"实参"），它可以是常量、变量、文本或表达式。

形参实际上充当的是方法内标量的标识符，它的初始值来自调用方法中的实参。当方法被调用时，每一个实参经过复制会被存储到对应的形参中。

【例 4-2】 形参和实参举例。

```
public class Exp4_2{
public int min (int a,int b){
int c;
c=(a>b)?a:b;
return c;
}
public static void main(String[] args) {
    int min=0,x=10,y=20;
Exp4_2 t=new Exp4_2();
min=t.min(x,y);
System.out.println("min is "+min);
}
}
```

【运行结果】

```
min is 10
```

2）值传递

总的来说，Java 语言向方法传递参数有两种方式。第一种方式是按值传递（call-by-value），第二种方式是引用调用（call-by-reference）。

对于 8 种基本数据类型和 String 对象作为参数，也就是 int、long、char 之类的类型，在方法传递中是采用按值传递方式。其特点是在内存中为实参复制一份数据，把复制后的数据传递到方法内部的形参，因此，在方法内部改变参数的值，外部的实参不会跟着发生改变。也就是说，即使在一个方法内部改变了该参数的值，也并不影响方法外部参数本身的值。

【例 4-3】 值传递举例。

```
class Test {
    void method(int i,int j)  {
    i=i+10;
    j=j-10;
```

```
        }
    }
public class Exp4_3 {
public static void main (String args[]) {
Test object = new Test ();
int a =25,b=30;
System.out.println("调用前 a 和 b 的值: "+a+""+b);
object.method(a,b);
System.out.println("调用后 a 和 b 的值: "+a+""+b);
    }
    }
```

【运行结果】

　　调用前 a 和 b 的值: 25 30

　　调用后 a 和 b 的值: 25 30

可以看出，在 method()内部发生的操作不影响调用中 a 和 b 的值。

3）引用传递

当参数的类型是数组、除 string 以外的其他所有类型的对象（即引用类型）时，实参与形参的传递方式被称为引用传递（相当于地址传递）。在这种方法中，参数的引用（而不是参数值）被传递给方法参数。按引用传递意味着当将一个参数传递给方法时，方法接收的是原始值的内存地址，而不是值的副本。这样，如果修改了该方法参数所对应的值，代码中的原始值也随之改变。当为方法传递一个对象时，这种情形就会发生戏剧性的变化，此时它将对象的地址传递到方法内部，形参在接收实参时，实际接收的是一个对象的引用值，而并非原样创建了一个一摸一样的对象，也就是接收了对象的地址，所以这时虽然有实参和形参两个不同的变量，但是两个变量指向的却是一个相同的对象。因此，如果在执行方法的过程中对形参指向的对象或数组内容进行了修改,那么在调用方法中用实参表示的对象引用自然也可以自动获得这种变化，因为它们只统一对象的两个名字而已。

【例 4- 4】 引用传递举例1。

```
public class Exp4_4 {
    public static void main (String args[]){
        int[] a= { 1,2,3 };
        method2(a);
        System.out.println(a[0]);
        System.out.println(a[1]);
        System.out.println(a[2]);
    }
    static void method2(int[] a) {
        a[0]=0;
        a[1]=7;
        a[3]=8;
```

```
    }
  }
```

【运行结果】

```
0
7
8
```

在此例子中以数组作为函数的参数，在进行参数传递的时候，传递的不再是数组元素的值，而是它的引用（即实参的地址），也就是将实参 a 的地址传递给形参 a，此时实参和形参数组都指向同一块内存空间。因此改变形参数组的元素内容，同时也就改变了实参数组的元素内容。

【例 4-5】 引用传递举例 2。

```
class Test{
   int a,b;
   Test(int i,int j){
       a=i;
       b=j;
   }

void method(Test ob){
ob.a=ob.a+10;
ob.b=ob.b-10;
}
}

public class Exp4_5{
        public static void main(String args[]){
        Test test1=new Test(15,30);
        System.out.println("调用前 test1.a 和 test1.b 的值:"+test1.a+"
"+test1.b);
        test1.method(test1);
        System.out.println("调用后 test1.a 和 test1.b 的值:"+test1.a+"
"+test1.b);
}
}
```

【运行结果】

调用前 test1.a 和 test1.b 的值: 15 30

调用后 test1.a 和 test1.b 的值: 30 15

正如你所看到的，在这个例子中，在 method() 中的操作影响了作为参数的对象。

有趣的一点是，当一个对象引用被传递给方法时，引用本身使用按值调用被传递。但是，因为被传递的值指向一个对象，该值的副本仍然指向它相应的参数所指向的同一个对象。

综上所述，总结如下：

（1）若参数是对象，参数传递的方式是引用传递；

（2）若参数是 Java 的基本类型，参数传递的方式是值传递；

（3）对于 String 类型，因为它没有提供自身修改的函数，每次操作都是新生成一个 String 对象，所以要特殊对待，可以认为是值传递。

4.2　对　象

对类实例化，可以生成多个对象，通过这些对象之间的消息传递进行交互，可以完成很复杂的功能。一个对象的声明周期分为 3 个阶段：生成、使用和清除。

1．对象的生成

对象是一组相关变量和相关方法的封装体，是类的一个实例。对象的特征是对象的行为、状况和身份。对象生成包括声明、实例化和初始化三方面内容。一般格式是先定义一个对象变量，再用关键字 new 生成一个对象，并为对象中的变量赋初始值。如下表示：

Type objectName = new type([参数]);

其中：Type objectName 声明是定义对象的类型，它包括任何接口的复合类型。new 关键字是实例化一个对象，给对象分配内存，它调用对象的构造方法，返回该对象的引用（存储对象所在堆地址和有关信息，并非内存直接地址）。new 可以实例化类的多个不同的对象，分配不同的内存。因此，这些对象之间的状态互相独立。在执行构造方法进行初始化时，构造方法可以重写，按不同行的参数调用不同的构造方法。

2．对象的使用

对象的使用原则是下定义后使用。对象的使用包括访问类成员变量和方法的调用、对象作为类成员使用和作为方法参数（或者返回值）使用。

（1）通过"．"运算符实现对成员变量的访问和方法调用。成员变量和方法通过权限设定来防止其他对象的访问。其格式为：

对象名.调用的方法名或变量名

（2）将一个对象声明为累的成员时，要注意在使用前必须对该对象分配内存，也可以用 private 修饰符保证数据安全。

（3）在方法中使用对象作为参数时，采用引用调用。

3．对象的清除

对象的清除是指释放对象所占用的内存。Java 语言有自动收集垃圾功能，会周期性地回收一些长期不用的对象占用的内存，因此，编写程序时无须对内存的使用操心。但是自动收集垃圾操作的优先级比较低，允许有其他的一些方法释放对象所占用的内存。归纳起来对象消除的途径为：

（1）依靠 Java 的垃圾回收机制回收内存；

（2）调用 System.gc()，请求垃圾回收；

（3）Java 系统开始运行时，自动调用 java.lang.Object.finalize()释放内存；

（4）在程序中调用重写的 finalize()释放系统资源，其格式为：

```
protected void finalize() throws throwable
```

```
    {
        ...
        super.finalize();
    }
```

通常调用 super 来调用基类的 finalize()方法。

4.3　对象的产生与使用

要创建新的对象，需要使用 new 关键字和想要创建对象的类名，例如：

```
Person p1 = new Person();
```

等号左边以类名 Person 作为变量类型定义了一个变量 p1，来指向等号右边通过 new 关键字创建的一个 Person 类的实例对象，变量 p1 就是对象的引用句柄，对象的引用句柄是在栈中分配的一个变量，对象本身是在堆中分配的，原理同第 3 章讲过的数组是一样的。注意，在 new 语句的类名后一定要跟着一对圆括号()，在本章的稍后部分，读者就会明白这个括号的意义的。这条语句执行完后的内存状态如图 4-1 所示。

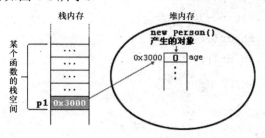

图 4-1　对象产生

变量在被初始化之前是不能使用的，在一个方法内部的变量必须进行初始化赋值，否则编译无法通过的情况。当一个对象被创建时，会对其中各种类型的成员变量按表 4-1 自动进行初始化赋值。除了基本数据类型之外的变量类型都是引用类型，如上面的 Person 及前面讲过的数组。

所以，可以看到对象内存状态图中的 age 成员变量的初始值为 0。

创建新的对象之后，就可以使用"对象名.对象成员"的格式，来访问对象的成员（包括属性和方法）。

表 4-1　初始化赋值

成员变量类型	初始值
byte	0
short	0
Int	0
long	0L
float	0.0F
double	0.0D
char	'\u0000'（表示为空）
boolean	False
All reference type	Null

【例 4-6】 类对象的产生和使用方式举例。

```java
class Person
{
    int age;
    void shout()
    {
        System.out.println("oh,my god! my age is " + age);
    }
}
public class Exp4_6
{
    public static void main(String args[])
    {
        Person p1 = new Person();
        Person p2 =new Person();
        p1.age = -30;
        p1.shout();
        p2.shout();
    }
}
```

【运行结果】

```
oh,my god! my age is -30
oh,my god! my age is 0
```

上面的程序代码,在 Exp4_6.main 方法中创建了两个 Person 类的对象,并定义了两个 Person 类的对象引用句柄 p1、p2,分别指向这两个对象。接着,程序调用了 p1 和 p2 的方法和属性, p1、p2 是两个完全独立的对象,类中定义的成员变量,在每个对象中都被单独实例化,不会被所有的对象共享,改变了 p1 的 age 属性,不会影响 p2 的 age 属性。调用某个对象的方法时, 该方法内部所访问的成员变量,是这个对象自身的成员变量。上面程序运行的内存布局如图 4-2 所示。

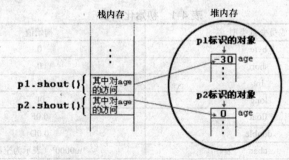

图 4-2　类对象的产生和使用方式

每个创建的对象都是有自己的生命周期的,对象只能在其有效的生命周期内被使用,当没有引用变量指向某个对象时，这个对象就会变成垃圾，不能再被使用。通过分析下面的几种程序代码，来了解对象何时会变成垃圾的情况。

第一种情况的程序代码：

```
{
    Person p1 = new Person();
    ...
}
```

程序执行完这个代码块后，也就是执行完这对大括号中的所有代码后，产生的 Person 对象就会变成垃圾，因为引用这个对象的句柄 p1 已超过其作用域，p1 已经无效，Person 对象就不再被任何句柄引用了。如图 4-3 所示。

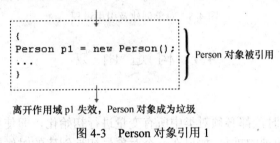

图 4-3　Person 对象引用 1

第二种情况的程序代码：

```
{
    Person p1 = new Person();
    p1 = null;
    ...
}
```

在执行完 p1 = null;后，即使句柄 p1 还没有超出其作用域，仍然有效，但它已经被赋值为空，也就是说 p1 不再指向任何对象，不再被任何句柄引用，变成了垃圾。如图 4-4 所示。

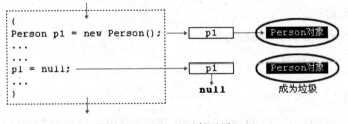

图 4-4　Person 对象引用 2

第三种情况的程序代码：

```
{
    Person p1 = new Person();
    Person p2 = p1;
    p1 = null;
    ...
}
```

执行完 p1 = null;后，产生的 Person 对象不会变成垃圾，因为这个对象仍被 p2 所引用，直到 p2 超出其作用域而无效，产生的 Person 对象才会变成垃圾。如图 4-5 所示。

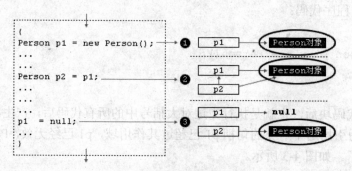

图 4-5　对象创建及引用过程

4.4　构　造　函　数

1. 构造函数

每次在创建实例变量时，都必须对类中所有变量进行初始化，即使使用了像 setDim()这样的方法也无法避免这种烦琐的重复。如果在一个对象最初被创建的时候就将它所有的设置都做好，这样程序就可以得到精简。因为对于同一个类的实例变量的初始化要求是共同的，Java允许对象在它们被创造时初始化自己。这种自动的初始化是通过使用构造函数完成的。

构造函数的作用通常是在对象创建时对其进行初始化。它与它的类同名。它的语法与一般的方法类似。一旦定义了构建函数，在对象创建后，new 运算符完成前，构造函数立即自动调用。

一个类可以用多种方式来构造对象，每一种方式表现在 Java 语法上就是一个构造函数，一个类可以有多个构造函数，它们的区别仅表现在参数的个数和类型彼此不一样。如Java.lang.Integer 的构造函数就有下列两种方式。

（1）构造函数 1。

```java
public Integer(int value){
this.value=value;
}
```

（2）构造函数 2。

```java
public Integer(String a) throws NumberFormatException{
    this.value = parseInt(s,10);
}
```

虽然构造函数 1 和构造函数 2 的参数个数相同，但是它们所要求的形参类型不同，构造函数 1 中的参数类型是一个整数，方法体中的代码表示把整型参数 value 的值赋给对象的成员变量 value。构造函数 2 中的形参类型是一个字符串（要求组成这个字符串的是数值，如"436"），方法体中的代码行 parseInt(s，10)就表示把字符串 s 的前 10 位按照数值进行解析。将形成的整数值给对象的成员变量 value。

【例 4-7】构造函数举例。

```
public class  Exp4_7{
    public String name;
    public Internet age;
    public String Idcard;
    //第 1 种构造函数，一个不带任何参数和语言的构造函数
    public people(){
    }//第 2 种构造函数，带有参数的构造函数
    public people(String name, int age, String Idcard){
        this.name=name;
        this.age=age;
        this.Idcard=Idcard;
    }
}
```

基于上面的定义，创建 People 对象时，可以使用两种方式，对应于两种构造函数。例如：

```
Exp4_7 exp47=new Exp4_7(); //这是用第 1 种构造函数创建的对象
```

此时，虽然创建了 Person1 这个对象，但是它没有对任何的属性进行赋值（因为构造函数的函数体是空的）。如果要在创建时能够做一些具体的工作，就要用到第 2 种构造函数创建对象，它需要提供一些具体的值信息，例如：

```
Exp4_7 exp47=new Exp4_7("王明", 15, "360403198704270541");
```

这样的创建过程会执行相应的构造函数的函数体,使得对象一开始就能把接收到的值一一赋到对应的成员变量中去。

2．构造函数的特点

构造方法的使用局限在下述两个地方。

（1）创建对象。

（2）在构造方法的方法体的第一条语句中，可以调用同类中的另一个构造方法或者是父类的构造方法。

与一般的方法相比，构造函数的特点如下。

（1）构造函数的名称总是和它的类名一致。

（2）构造函数没有返回值，即不可以为它指定任何类型的返回值，包括 void。

（3）在构造函数的函数体的第一条语句中，可以调用同类中的另一个构造函数或者父类的构造函数。

（4）构造函数不能由编程人员显示直接调用。

（5）构造函数的主要作用是完成对类的对象的初始化工作。

（6）在创建一个类的新对象的同时，系统会自动调用该类的构造函数初始化新对象。

（7）如果在类定义的过程中不显式地定义一个构造函数，则 Java 将为该类创建一个默认的构造函数，默认的构造函数自动地将所有的实例变量初始化为零。默认构造函数对简单的类来说是足够的，但是对于比较复杂的类，它就无法满足要求了。注意，一旦在类中定义了构造函数，默认的构造函数将不能被使用。

4.5　对象的比较

有两种方式可用于对象间的比较，它们是"＝＝"运算符与 equals()方法，"＝＝"操作符用于比较两个变量的值是否相等，equals()方法用于比较两个对象的内容是否一致。在前面讲过"＝＝"操作符用于基本数据类型的变量比较的情况，非常简单和容易理解。如果一个变量是用作指向一个数组或一个对象的句柄，那么这个变量的类型就是引用数据类型，"＝＝"操作符用于比较两个引用数据类型变量的情况，对初学者来说，很容易造成一些混淆，来看看下面的程序代码。

【例 4-8】　对象比较举例 1。

```java
public class Exp4_8
{
 public static void main(String args[])
  {
        String str1 = new String("abc");
     String str2 = new String("abc");
     String str3 = str1;
    if(str1==str2)
     System.out.println("str1==str2");
    else
     System.out.println("str1!=str2");
    if(str1==str3)
     System.out.println("str1==str3");
    else
     System.out.println("str1!=str3");
 }
 }
```

【运行结果】

```
str1!=str2
str1==str3
```

str1 和 str2 分别指向了两个新创建的 String 类对象，尽管创建的两个 String 实例对象看上去是一模一样的，但它们是两个彼此独立的对象，是两个占据不同内存空间地址的不同对象。str1 和 str2 分别是这两个对象的句柄，也就是 str1 和 str2 的值分别是这两个对象的内存地址，显然它们的值是不相等的。将 str1 中的值直接赋给了 str3，str1 和 str3 的值当然是相等的。str1 和 str2 就好比是一对双胞胎兄弟的名称，尽管这对双胞胎兄弟长相完全一模一样，但他们不是同一个人，所以，是不能等同的，str3 就好比是为 str1 取的一个别名，str3 和 str1 代表的是同一个人，所以，它们是相等的。这个过程如图 4-6 所示。

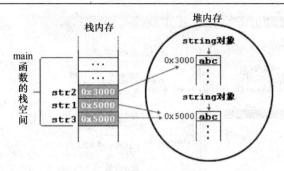

图 4-6 对象引用比较

【例 4-9】 equals()方法的举例。

```
public class Exp4_9
{
public static void main(String args[])
  {
    String str1 = new String("abc");
    String str2 = new String("abc");
    String str3 = str1;
      if(str1.equals(str2))
        System.out.println("str1 equal str2");
      else
        System.out.println("str1 not equal str2");
      if(str1.equals(str3))
        System.out.println("str1 equal str3");
      else
        System.out.println("str1 not equal str3");
  }
}
```

【运行结果】

```
str1 equal str2
str1 equal str3
```

equals()方法是 String 类的一个成员方法，用于比较两个引用变量所指向的对象的内容是否相等，就像比较两个人的长相是否一样。

注意：同普通对象的比较方式一样，不能用 "==" 运算符来比较两个数组对象的内容是否相等，但数组对象本身又没有 equals 方法，那怎样比较两个数组对象的内容是否相等呢？如果你还记得，在上一章中，曾经用过 Arrays.sort 方法对数组进行排序，为什么不去大胆设想 Arrays 里面可能提供了另外的方法，来帮助解决比较两个数组对象的内容是否相等的问题？查看 JDK 文档，如图 4-7 所示。

在上面的帮助信息中，果然发现该类提供了用于比较数组内容的 equals()方法。

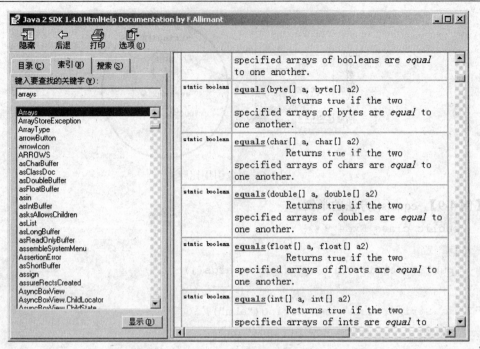

图 4-7　Java SDK 文档

4.6　匿 名 对 象

创建完对象，在调用该对象的方法时，也可以不定义对象的句柄，而直接调用这个对象的方法。这样的对象叫做匿名对象，把前面的 Person 程序中的代码：

```
Person p1=new Person();
    p1.shout();
```

改写成：

```
new Person().shout();
```

这句代码没有产生任何句柄，而是直接用 new 关键字创建了 Person 类的对象并直接调用它的 shout()方法，得出的结果和改写之前是一样的。这个方法执行完，这个对象也就变成了垃圾。

使用匿名对象的两种情况：

（1）如果只需要对一个对象进行一次方法调用，那么就可以使用匿名对象；

（2）我们经常将匿名对象作为实参传递给一个函数调用，比如程序中有一个 getSomeOne 函数，要接收一个 Person 类对象作为参数，函数定义如下：

```
public static void getSomeOne(Person p)
{
...
}
```

可以用下面的语句调用这个函数：

```
getSomeOne(new Person());
```

习 题

一、选择题

1. 若 x 为已定义的类名，下列语句中正确的是（）

    A．x x1=new x;   B．x x1=();   C．int x x1;   D．x x1=new x();

2. 以下方法 fun 的返回值是两参数之差，横线处的正确语句是（   ）。

```
int fun(int a,int b)
{
    _____;
}
```

    A．fun=a-b;   B．return a-b;   C．fun(a,b)=a-b;   D．int c=a+b

二、简答题

1. 请简述类、对象。

2. 简述对象的声明周期的 3 个阶段。

第 5 章 继承性、封装性和多态性

继承是面向对象程序设计方法中实现软件重用的一种重要手段,通过继承可以更有效地组织程序结构,明确类之间的关系,并充分利用已有的类来创建新类,通过继承可以实现代码的重用,以完成更复杂的设计、开发。在类的定义过程中,继承是一种由已有的类创建新类的机制。继承而得到的类为子类,被继承的类为父类,父类包括所有直接或间接被继承的类。

封装隐藏类的实现细节,让使用者只能通过事先定制好的方法来访问数据,可以方便地加入控制逻辑,限制对属性的不合理操作;便于修改、增强代码的可维护性;可进行数据检查。

多态则可以统一多个相关类的对外接口,并在运行时根据不同的情况执行不同的操作,提高类的抽象度和灵活性。多态性是面向对象程序设计的又一个重要的技术和手段。 多态性是指同名的不同方法在程序中共存。即为同一个方法名定义几个版本的实现,运行时根据不同情况执行不同的版本。调用者只需使用同一个方法名,系统会根据不同情况,调用相应的不同方法,从而实现不同的功能。多态性又被称为"一个名字,多个方法"。

5.1 继 承 性

面向对象的重要特色之一就是能够使用以前建造的类的方法和属性。通过简单的程序代码来建造功能强大的类,会节省很多编程时间,而且更为重要的是,这样做可以减少代码出错的机会。类的继承讲的就是这方面的问题。

Java 语言中,继承的实现就是在子类定义时体现出来的,子类定义的基本格式如下:

```
class 子类名 extends 父类名
{
 域定义;
 方法定义;
}
```

5.1.1 继承的使用

下面还是通过一个实际应用问题,来引出类的继承这个问题的讲解。

在编程中常常遇到下面的情况:

```
public class Person
{
    public String name;
    public int age;
    public String getInfo() {...}
}
public class Student
```

```
    {
        public String name;
        public int age;
        public String school;
        public String getInfo() {...}
        public String study(){...}
    }
```

　　在上面的程序中，先定义了一个 Person 类来处理个人信息，接着又定义一个 Student 类来处理学生信息，结果发现 Student 类中包含了 Person 类的所有属性和方法。

　　针对这种情况，Java 引入了继承这个概念，你只要表明类 Student 继承了类 Person 的所有属性与方法，就不用在类 Student 中重复书写类 Person 中的代码了，更确切的说是简化了类的定义。通过 extends 关键字来表明类 Student 具有类 Person 的所有属性与方法，如果让 Student 类来继承 Person 类，Person 类里面的所有可继承的属性和方法（后面会讲到什么是可继承的，什么是受限制的），都可以在 Student 类里面使用了，也就是说 Student 这个类继承了 Person 类，拥有了 Person 类所有的特性，除此之外还有一些自己的特性，如学生有学校名和学习的动作。因此，就说 Person 是 Student 的父类（也叫基类或超类），Student 是 Person 的子类。例如，上面的两个类，就可以简写成下面的代码：

```
    public class Person
    {
        public String name;
        public int age;
        public String getInfo() {...}
    }
    public class Student extends Person
    {
        public String school;
        public String study(){...}
    }
```

【例 5-1】　继承举例。

```
    class Person
    {
        public String name;
        public int age;
        public Person(String name,int age)
        {
            this.name=name;
            this.age=age;
        }
        public Person()   //如果你不写这个构造函数，看看对类 Student 有什么影响
```

```
        {
        }
        public void getInfo()
        {
            System.out.println(name);
            System.out.println(age);
        }
    }
    public class Exp5_1 extends Person
    {
        public void study()
        {
                System.out.println("Studding");
        }
        public static void main(String args[])
        {
            Person p=new Person();
            p.name="person";
            p.age=30;
            p.getInfo();
            Student s=new Student();
            s.name="student";
            s.age=16;
            s.getInfo();
            s.study();
        }
    }
```

【运行结果】

person

30

student

16

studding

　　要在以前的类上构造新类，必须要在新类的声明中扩展以前的类。通过扩展一个超类，你可以得到这个类的一个拷贝，并可以在这个基础上添加新的属性和方法。如果你对这个新类并不做什么添加工作，那么它的工作情况会与超类完全相同。新类中会含有超类所声明或继承的所有属性和方法。在类的继承中，有这样的一些细节问题。

　　（1）通过继承可以简化类的定义，这已经在上面的例子中了解到了。

（2）Java 只支持单继承，不允许多重继承。在 Java 中，一个子类只能有一个父类，不允许一个类直接继承多个类，但一个类可以被多个类继承，如类 X 不可能既继承类 Y 又继承类 Z。

（3）可以有多层继承，即一个类可以继承某一个类的子类，如类 B 继承了类 A，类 C 又可以继承类 B，那么类 C 也间接继承了类 A。这种应用如下所示：

```
class A
{}
class B extends A
{}
class C extends B
{}
```

（4）子类继承父类所有的成员变量和成员方法，但不继承父类的构造方法。在子类的构造方法中可使用语句 super(参数列表) 调用父类的构造方法。例如，为 Student 类增加一个构造方法，在这个构造方法中用 super 明确指定调用父类的某个构造方法。

```
class Student extends Person
    {
        public Student(String name,int age,String school)
        {
            super(name,age);
            this.school=school;
        }
    }
```

（5）如果子类的构造方法中没有显式地调用父类构造方法，也没有使用 this 关键字调用重载的其他构造方法，则在产生子类的实例对象时，系统默认调用父类无参数的构造方法。也就是，在下面的类 B 中定义的构造方法中，写不写 super()语句效果是一样的。

```
Public class B extends A
    {
    public B()
    {
        super();//有没有这一句，效果都是一样的
    }
    }
```

如果子类构造方法中没有显式地调用父类构造方法，而父类中又没有无参数的构造方法（需要再次说明的是，如果父类没有显式的定义任何构造方法，系统将自动提供一个默认的没有参数的构造方法，这还是等于父类中有无参数的构造方法的），则编译出错。读者将前面的 Person 类中的无参数的构造方法注释掉，重新编译 Student 类，就能够看到这个错误效果了。所以，在定义类时，只要定义了有参数的构造方法，通常都还需要定义一个无参数的构造方法。

5.1.2　super 与 this 的使用

在 Java 中有两个非常特殊的变量：this 和 super，这两个变量在使用前都是不需要声明的。this 变量使用在一个成员函数的内部，指向当前对象，当前对象是指调用当前正在执行方法的那个对象。super 变量是直接指向超类的构造函数，用来引用超类中的变量和方法。因此它们都是非常有用的变量，下面介绍一下 this 和 super 的使用方法。

1. this

先来看一段代码：

```
class Person {
    String name;
    int age;
    void Person(String p_name,int p_age) {
    name=p_name;
    age=p_age;
    }
}
```

在 Person()函数中，这个对象的方法提示可以直接访问对象的成员变量，而且在同一个范围中定义两个相同的名字的局部变量是不允许的。如果想使类的成员变量和方法的参数同名，或与方法自己定义的局部变量同名，就需要使成员变量与同它同名的方法参数或局部变量区分开来，这就要使用到 this 变量。下面改写一下上面的代码，使 Person 类的构造函数的每个参数都有与对象成员变量相同的名字，而成员变量的初值由参数给出。

【例 5-2】　使用 this 变量访问对象的成员变量。

```
class Person {
    String name;
    int age;
    void Person(String name,int age) {
    this.name=name;
    this.age=age;
    }
}
```

由上一例可以看出，该构造函数中必须使用 this，this 在方法体中用来指向引用当前正在执行方法的那个对象实例，this 变量的类型总是包含前执行方法的类，上例中，要区别参数 name 和成员变量 name，写成 name=name 显然是不允许的，在参数或局部变量名与类成员变量同名的时候，由于参数或局部变量的优先级高，这样在方法体中参数名或局部变量名将隐藏同名的成员变量，因此，为了指明成员变量，必须使用 this 显式地指明当前对象。

this 用来访问本类的成员变量和成员方法的引用格式如下：

this.成员变量

或

this.成员方法([参数列表])

一般情况下，在以下几种情况下需要使用到 this。

（1）通过 this 调用另一个构造方法，用法是 this(参数列表)，这种方法仅能在类的构造方法中使用，别的地方不能这么用。

（2）函数参数或是函数中的局部变量和成员变量同名的情况下，成员变量被屏蔽，此时要访问成员变量则需要用"this.成员变量名"的方式来引用成员变量。

（3）在函数中，需要引用该函所属类的当前对象时，直接用 this。

有时候会遇到这种情况：全面访问当前对象，而不是访问某一个个别的实例对象。此时可以使用 this，并利用 Java 中的 toString()方法（它能够返回一个描述这个对象的字符串）。如果把任何一个对象传递到 System.out.println 方法中，这个方法将调用这个对象的 toString 方法，并打印出结果字符串，所以，可以用方法 System.out.println(this)来打印出任何方法固有参数的当前状态。

this 还有一个用法，就是构造函数的第一个语句，它的形式是 this(参数表)，这个构造函数会调用同一个类的另一个相对的构造函数。请看下面的例子。

【例 5-3】　this 的另一种用法。

```
class UserInfo {
    public UserInfo(String name) {
    this(name,aNewSerialNumber);
    }
    public UserInfo(String name,int number) {
      userName=name;
      userNumber=number;
    }
}
```

调用"UserInfor newinfotable=new UserInfo("Wayne Zheng")"后，就会自动调用 UserInfo(String name,int number)构造函数。

可见，熟练掌握 this 在 Java 程序设计过程中是非常重要的。

2．super 引用

super 和 this 作用类似，使被屏蔽的成员变量或者成员方法变为可见，或者说是用来引用被屏蔽的成员变量和成员方法。不过 super 是用在子类中，目的是访问直接父类（即类之上最近的超类）中被屏蔽的成员。

在 Java 中，当子类中的成员变量或方法与父类中的成员变量或方法同名时，因为子类中的成员变量或方法名优先级高，所以子类中的同名成员变量和方法就隐藏了父类的成员变量或方法，但是如果想要使用父类中的这个成员变量或方法，就需要用到 super，请看下面的例子。

【例 5-4】　super 的用法。

```
class Person {
    public int number;
    private String name;
    private int age;
    protected void setName(String name) {
```

```
        this.name=name;
    }
    protected void setAge(int age) {
        this.age=age;
    }
    protected void print() {
        System.out.println("姓名："+name+",年龄："+age);
    }
}
public class Exp5_4 extends Person {
    public void print() {
        System.out.println("DemoSuper: ");
        super.print();
    }
    public static void main(String[] args) {
        Exp5_6 test=new Exp5_6();
        test.setName("张三");
        test.setAge(20);
        test.print();
    }
}
```

　　在 DemoSuper 中，重新定义的 print 方法覆写了父类的 print 方法，它首先做一些自己的事情，然后调用父类的那个被覆写了的方法。

　　【运行结果】

```
DemoSuper:
    姓名：张三，年龄：20
```

　　这样的使用方法是比较常见的。另外，如果父类的成员可以被子类访问，那就可以像使用 this 一样使用它，用"super.父类中的成员名"的方式，但通常并不是这样来访问父类中的成员名的。

　　在 Java 中构造函数是一种特殊的方法，在对象初始化的时候自动调用。在构造函数中，this 和 super 也有上述的使用方式，并且它还有特殊的地方，请看下面的例子。

　　【例 5-5】　this 和 super 举例。

```
class Person {
    public static void print(String s) {
        System.out.println(s);
    }
    Person() {
        print("A Person.");
    }
}
```

```
    Person(String name) {
        print("A person name is:"+name);
    }
}
public class Exp5_5 extends Person {
    Exp5_5() {
        super();    //调用父类构造函数(1)
        print("A Exp5_5."); // (4)
    }
    Exp5_5(String name) {
        super(name);    //调用父类中具有相同形参的构造函数(2)
        print("his name is:"+name);
    }
    Exp5_5(String name,int age) {
        this(name);    //调用当前具有相同形参的构造函数(3)
        print("his age is:"+age);
    }
    public static void main(String[] args) {
        Exp5_5 people=new Exp5_5();
        people=new Exp5_5("张三");
        people=new Exp5_5("张三",20);
    }
}
```

【运行结果】

```
A Person.
A Exp5_5.
A Person name is:张三
his name is:张三
A person name is:张三
his name is:张三
his age is:20
```

在这段程序中，this 和 super 不再像以前那样用 "." 连接一个方法或成员，而是直接在其后跟上适当的参数，因此，它的意义也就有了变化。super 后加参数用来调用父类中具有相同形式的构造函数，如 1 和 2 处。this 后加参数则调用的是当前具有相同参数的构造函数，如 3 处。当然，在 Java 的各个重载构造函数中，this 和 super 在一般方法中的各种用法也仍可使用，比如 4 处，将它替换为 "this.print"（因为它继承了父类中的那个方法）或者 "super.print"（因为它是父类中的方法且可被子类访问），它照样可以正确运行。

综上所述，super 用来访问父类的成员变量和成员方法的引用格式有以下几种。

（1）super.成员变量。

（2）super.(参数列表)。

（3）super.成员方法([参数列表])。

针对 super 的引用方式，下面总结一下 super 的用法。

（1）在子类构造方法中要调用父类的构造，用"super(参数列表)"的方法调用，参数不是必需的。同时还要注意的一点是，"super(参数列表)"这条语句只能用在子类构造方法体中的第一行。

（2）当子类方法中的局部变量或者子类的成员变量与父类成员变量同名时，也就是子类局部变量覆盖父类成员变量时，用"super.成员变量名"来引用父类成员变量。当然，如果父类的成员变量没有被覆盖，也可以用"super.成员变量名"来引用父类成员变量，不过这不是必要的。

（3）当子类的成员方法覆盖了父类的成员方法，也就是子类和父类有完全相同的方法定义（但方法体可以不同）时，用"super.方法名(参数列表)"的方式访问父类的方法。

5.1.3　子类对象的实例化过程

对象中的成员变量的初始化是按下述步骤进行的。

（1）分配成员变量的存储空间并进行默认的初始化，就是用 new 关键字产生对象后，对象中的成员变量进行初始化赋值。

（2）绑定构造方法参数，就是将 new Person(实际参数列表)中所传递进来的参数赋值给构造方法中的形式参数变量。

（3）如果有 this()调用，则调用相应的重载构造方法（被调用的重载构造方法又从（2）开始执行这些流程），被调用的重载构造方法的执行流程结束后，回到当前构造方法，当前构造方法直接跳转到（6）执行。

（4）显式或隐式调用父类的构造方法（一直到 Object 类为止，Object 是所有 Java 类的最顶层父类，在本章后面部分有详细讲解），父类的构造方法又从（2）开始对父类执行这些流程，父类的构造方法的执行流程结束后，回到当前构造方法，当前构造方法继续往下执行。

（5）进行实例变量的显式初始化操作，也就是执行在定义成员变量时就对其进行赋值的语句，如：

```
public Student extends Person
{
    String school ="文澜中学";// 显式初始化
    ...
}
```

将"文澜中学"赋值给 school 成员变量。

（6）执行当前构造方法的方法体中的程序代码，例如：

```
public Student extends Person
{
    public Student(String name,int age,String school)
    {
        super(name,age);
```

```
        this.school=school;
    }

}
```

这一步将执行 this.school=school；这条语句，其中用到的 super()或 this()方法调用语句已在前面的步骤中执行过，这里就不再执行了。注意区别刚才所说的 this()方法调用语句与this.school=school，前者指调用其他的构造方法，后者是一个普通的赋值语句。

为了便于读者直观地看到子类对象的实例化过程，将上面的流程用图 5-1 进行了重复描述。

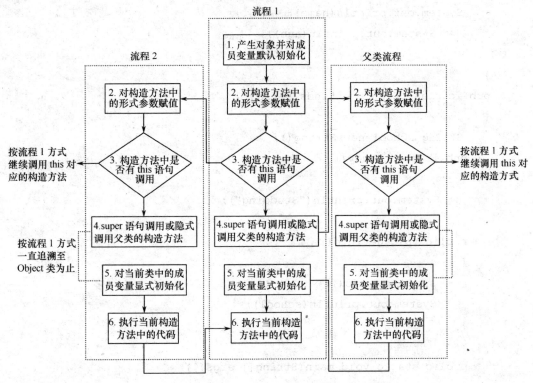

图 5-1　子类对象实例化过程

回过头来想一想：

（1）为什么 super(…)和 this(…)调用语句不能同时在一个构造函数中出现？

（2）为什么 super(…)或 this(…)调用语句只能作为构造函数中的第一句出现？

对照对象初始化实例变量过程，就会发现这两种情况都违背上面的过程，所以读者应该明白上面两个问题的原因了。

5.1.4　覆盖父类的方法

在子类中可以根据需要对从父类中继承来的方法进行改造——方法的覆盖（也叫重写）。覆盖方法必须和被覆盖方法具有相同的方法名称、参数列表和返回值类型。

例如，前面那个 Student 程序，它继承了 Person 类的 getInfo 方法，这个继承到的方法只能打印出学生的 name 和 age，不能打印出学生专有的信息，比如学校的名称等，这时就应该在类 Student 中重新编写一个 getInfo 方法，这就是方法的覆盖。程序修改后如下。

【例 5-6】 覆盖父类的方法举例。

```java
class Person
{
    public String name;
    public int age;
    public void getInfo()
    {
     System.out.println(name);
        System.out.println(age);
    }
}
public class Exp5_6 extends Person
{
     String school=new String();
    public void study()
    {
        System.out.println("Studding");
    }
    public void getInfo()
    {
        super.getInfo();
        System.out.println(school);
    }

    public static void main(String[] args[])
    {
        Person p=new Person();
        p.name="person";
        p.age=30;
         p.getInfo();
         Exp5_6s=new Exp5_6);
        s.name="student";
        s.age=16;
        s.school="清华大学";
        s.getInfo();
        s.study();
        }
    }
```

【运行结果】

```
person
30
student
16
清华大学
Studding
```

从以上运行结果可以看出，p.getInfo()这一句中所用到的方法是父类 Person 的，而 s.getInfo()
这一句用的方法却是子类 Student 的。如果在子类中想调用父类中的那个被覆盖的方法，可以
用 super.方法的格式，如程序中的 super.getInfo();。

注意：覆盖方法时，不能使用比父类中被覆盖的方法更严格的访问权限，如父类中的方法
是 public 的，子类的方法就不能是 private 的。关于访问权限中更多的知识，将在本章结尾时
详细讲解，在这里大家只要有个印象就行了。

5.1.5　final 关键字

（1）在 Java 中声明类、属性和方法时，可使用关键字 final 来修饰。

（2）final 标记的类不能被继承。

（3）final 标记的方法不能被子类重写。

（4）final 标记的变量（成员变量或局部变量）即称为常量，只能赋值一次。

如：

```
final int x=3;
x=4; //出错
```

final 标记的成员变量必须在声明的同时或在该类的构造方法中显式赋值，然后才能使用。

```
class Test
{
    final int x=3;
}
```

或者：

```
class Test
{
    final int x;
    Test()
    {
        x=3;
    }
}
```

（5）方法中定义的内置类只能访问该方法内的 final 类型的局部变量，用 final 定义的局
部变量相当于是一个常量，它的生命周期超出方法运行的生命周期，这种情况的应用，已
在第 3 章中讲过。将一个形参定义成 final 也是可以的，这就限定了在方法中修改形式参数

的值。

注意：你已经知道 final 标记的变量（成员变量或局部变量）即称为常量，只能赋值一次，但这个"常量"也只能在这个类的内部使用，不能在类的外部直接使用。

当用 public static final 共同标记常量时，这个常量就成了全局的常量。而且这样定义的常量只能在定义时赋值，即使在构造函数里也不能对其进行赋值。例如：

```
class Xxx
{
    public static final int X=3;
    ...
}
```

在 Java 中，看到的常量的定义方法，总是用 public static final 的组合方式进行标识。Java 中的全局常量也放在一个类中定义，给使用带来了很大的方便，譬如，在程序中想使用最大的浮点小数，知道有个 Float 类封装了浮点小数的操作，就很容易想到在 Float 类的文档帮助中去查找这个常量的具体英文拼写。

5.2 封 装 性

5.2.1 概述

如果外面的程序可以随意修改一个类的成员变量，会造成不可预料的程序错误，就像一个人的身高，不能被外部随意修改，只能通过各种摄取营养的方法去修改这个属性。

在定义一个类的成员（包括变量和方法）时，使用 private 关键字说明这个成员的访问权限，这个成员成了类的私有成员，只能被这个类的其他成员方法调用，而不能被其他的类中的方法所调用。

为了实现良好的封装性，通常将类的成员变量声明为 private，再通过 public 的方法来对这个变量进行访问。对一个变量的操作，一般都有读取和赋值操作，分别定义两个方法来实现这两种操作：一个是 getXxx()（Xxx 表示要访问的成员变量的名字），用来读取这个成员变量操作，另一个是 setXxx()，用来对这个成员变量赋值。

一个类通常就是一个小的模块，应该让模块仅仅公开必须要让外界知道的内容，而隐藏其他一切内容。在进行程序的详细设计时，应尽量避免一个模块直接修改或操作另一个模块的数据，模块设计追求强内聚（许多功能尽量在类的内部独立完成，不让外面干预），弱耦合（提供给外部尽量少的方法调用）。

5.2.2 封装性的优点

（1）隐藏类的实现细节。

（2）对外提供一致的公共的接口——间接访问隐藏数据：让使用者只能通过事先定制好的方法来访问数据，可以方便地加入控制逻辑，限制对属性的不合理操作。

（3）可维护性：便于修改，增强代码的可维护性。

5.2.3 实现类的封装性

定义的 Person 类产生的对象中，可以直接操作其中的成员变量 age，并且使用了

```
Person p1 = new Person();
p1.age = -30;
```

这样的代码段，显然在实际应用中，不应该出现这样的情况，这样做会导致数据的错误、混乱或安全性问题。如果外面的程序可以随意修改一个类的成员变量,会造成不可预料的程序错误，就像一个人的身高，不能被外部随意修改，只能通过各种摄取营养的方法去修改这个属性。

如何对一个类的成员实现这种保护呢？只需要在定义一个类的成员(包括变量和方法)时，使用 private 关键字说明这个成员的访问权限，这个成员成了类的私有成员，只能被这个类的其他成员方法调用，而不能被其他的类中的方法所调用。先来看一段代码：

```
class Person
{
        private int age;
        public void shout()
        {
            System.out.println(age);//这一句没有错误
        }
}
class TestPerson
{
        public static void main(String args[])
        {
            new Person().age = -30;
        }
}
```

编译时会出现下面的错误：

```
E:\Person.java:13: age has private access in Person
        new Person().age = -30;
                ^
1 error
```

错误的意思是：age 是 Person 类里的私有变量，不能在其他类中直接调用和修改。虽然在类 TestPerson 中用的是“对象.对象成员”的格式去访问 Person 类中的 age 属性，这是从其他类访问另外一个类实例对象的成员的必要格式，但这也是不行的，因为一个类里的成员(包括变量和方法) 一旦用 private 加以修饰，就变成该类的私有成员，这个类之外的其他类就再也不能访问它了。

明白了 private 关键字，就自然明白了 public 关键字，如果用 public 修饰类里的成员，那么，这些成员就变成公有的，并可以在任意类中访问这种成员，当然，要在一个类外部访问这个类的成员，只能是用“对象.对象成员”的格式。

为了实现良好的封装性，通常将类的成员变量声明为 private，再通过 public 的方法来对这个变量进行访问。对一个变量的操作，一般都有读取和赋值操作，分别定义两个方法来实现这两种操作，一个是 getXxx()（Xxx 表示要访问的成员变量的名字），用来读取这个成员变量操作，另外一个是 setXxx()，用来对这个成员变量赋值。按照刚才所讲的思路，按下面的代码来修改 Person 类的定义。

```
class Person
{
     private int age;
     public void setAge(int i)
     {
         if(i<0 || i>130)
          return;
         age = i;
     }
     public int getAge()
     {
return age;}
     }
public class TestPerson
{
     public static void main(String args[])
     {
        Person p1 = new Person();
         p1.setAge(3);
         p1.setAge(-6);
         System.out.println(p1.getAge());
     }
}
```

这段程序的 Person 类里，成员变量 age 被定义成了私有（private）变量，这样就只有该类中的其他成员可以访问它，然后在该类中定义两个公有（public）的方法 setAge()和 getAge ()供外部调用者访问，setAge()方法可以接受一个外部调用者传入的值，当此值超出 0 到 130 的范围就被视为非法，就不再继续对 age 变量进行赋值操作，如果在此范围内，就被赋值给成员变量 age，而 getAge()方法可以给外部调用者返回 age 变量的值，外部调用者只能访问这两个方法，不能直接访问成员变量 age。通过将类的成员变量声明为私有的（private），再提供一个或多个公有（public）方法实现对该成员变量的访问或修改，这种方式就被称为封装。实现封装可以达到如下目的：

隐藏类的实现细节；让使用者只能通过事先定制好的方法来访问数据，可以方便地加入控制逻辑，限制对属性的不合理操作；便于修改，增强代码的可维护性；可进行数据检查。

当然，在实际应用中，对于错误赋值的处理，不会只是简单地将变量赋 0 值就算完事，可以使用更有效的方式去处理这种非法调用，更有效的通知调用者非法调用的原因。这就是以后要讲到的抛出异常的方式，读者可以暂时不必细究这个问题，在后面的章节中会有详细的介绍的。

　　注意：一个类通常就是一个小的模块，应该让模块仅仅公开必须要让外界知道的内容，而隐藏其他一切内容。在进行程序的详细设计时，应尽量避免一个模块直接修改或操作另一个模块的数据，模块设计追求强内聚（许多功能尽量在类的内部独立完成，不让外面干预），弱耦合（提供给外部尽量少的方法调用）。一支军队对总统只提供一个接收作战命令的 public 方法，至于这支军队在接到作战命令后所要执行的各个作战过程，由这支军队内部来完成就行了，没必要让总统来直接操作这支军队具体的作战过程，将这些具体的作战过程做成 private 方法，这样，总统在调遣这支军队时，只有一个方法可以被使用，这样的总统工作谁都会干，这不正是总统期望的效果吗？

　　在一个类中定义了一个 private 类型的成员变量，接着产生了这个类的两个实例对象，请问第一个对象的方法中，能否以"第二个对象.成员"的格式访问第二个对象中的那个 private 成员变量？通过下面的试验程序代码，就可以找到答案。

```
class A
{
    private int x=3;
    public static void main(String args[])
    {
        new A().func(new A());
    }
    public void func(A a)
    {
        System.out.println(a.x);
    }
}
```

编译运行上面程序，没有任何问题，在

```
new A().func(new A());
```

语句中，一共用 new A() 产生了两个对象，在第一个对象的 func 方法中成功地访问了第二个对象的 private 成员变量 x。四种访问控制符的访问控制权限如表 5-1 所示。

表 5-1　四种访问控制符的访问控制权限

	同一个类	同一个包	不同包的子类	不同包非子类
private	√			
default	√	√		
protected	√	√	√	
public	√	√	√	√

5.3　多　态　性

5.3.1　对象的类型转换

前面第 2 章讲到了基本数据类型变量的类型转换问题,其实对象类型转换也差不多是一个道理。

1) 子类转换成父类

【例 5-7】子类转换成父类的举例。

```java
class A
{
    public void func1()
    {
        System.out.println("A func1 is calling");
    }
    public void func2()
    {
        func1();
    }
}
class B extends A
{
    public void func1()
    {
        System.out.println("B func1 is calling");
    }
    public void func3()
    {
        System.out.println("B func3 is calling");
    }
}
public class Exp5_7
{
    public static void main(String args[])
    {
        B b=new B();
        A a = b;
        callA(a);
        callA(new B());
    }
```

```
public static void callA(A a)
{
    a.func1();
    a.func2();
}
}
```

【运行结果】

```
B func1 is calling
B func1 is calling
B func1 is calling
B func1 is calling
```

编译没有错误，会发现编译器能够自动将类 B 的实例对象 b 直接赋值给 A 类的引用类型变量，也就是子类能够自动转换成父类类型。另外，程序可以直接创建一个类 B 的实例对象，传递给需要类 A 的实例对象作参数的 Call A 方法，在参数传递的过程中发生了隐式自动类型转换。子类能够自动转换成父类的道理非常容易理解，比如"男人"是"人"的子类，要把一个"男人"对象当作"人"去用！

2）父类转换成子类

如果在编程时，知道 CallA 方法中传递的形式参数 a 实际上就是子类 B 的一个引用对象，想在 CallA 方法中调用子类的特有方法，该如何做呢？

```
public static void CallA(A a)
{
    a.func1();
    a.func2();
    a.func3();
}
```

编译有问题，因为对编译器来说，它只分析程序语法，它只知道变量 a 的引用类型是类 A，而类 A 又没有 func3 这个方法，所以，编译无法通过。

将程序代码作如下修改：

```
public static void CallA(A a)
{
    B b=a;
    b.func1();
    b.func2();
    b.func3();
}
```

编译还是有问题，因为编译器是不能将父类对象自动转换成子类的。父类对象不能自动转换成子类的道理也很容易理解，要把一个"人"直接当作"男人"去用，是有点说不过去的。

最后更改如下：

```
public static void CallA(A a)
```

```
    {
        B b=(B)a;
        b.func1();
        b.func2();
        b.func3();
    }
```

编译就通过了。读者看到了，把对象 a 强制转换成了 B 类的引用类型，编译器对该对象进行了强制转换。通过下面的讲解来帮助读者了解强制类型转换。

比如有个函数为"去叫一个人来"，定义该函数时，其返回值只能是"人"，但实际来的"人"，不是"男人"，就是"女人"。即使叫来的是一个"女人"，但编译器只能根据函数定义的语法去确定来的是"人"，没法确定运行时返回的是"男人"，还是"女人"，如果将该函数的返回值直接赋给一个"女人"类型的变量，编译时将不会通过。程序员是很清楚运行时返回的是"男人"，还是"女人"的，他可以告诉严格执行语法检查的编译器："我知道来的这个人确实是一个女人，你把它当作女人去处理吧，出了问题，我负责！"。这个过程就是强制类型转换，目的是让编译器进行语法检查时开点后门，放你过关，强制类型转换并不是要对内存中的对象大动手术，不是要将"男人"变成"女人"。

在类型转换时，程序员要对转换完的后果负责，要确保在内存中存在的对象本身确实可以被看成那种要转换成的类型，如果来的"人"是男人，将其转换成"女人"后，编译能够通过，但程序运行时将会出错，虽然骗过了编译器，但你没法调用"女人"独有的方法（比如怀孕），所以运行时就会产生类型转换异常。强制类型转换的前提是程序员提前就知道要转换的父类引用类型对象的本来面目确实是子类类型的。

作者在编码和调试时，总是用意境的方式，仿佛看到变量或对象在内存中的真实布局和状态，以及是如何进行转换的，这样编码时比较容易一气呵成，极少犯错。

有些时候，不能提前就知道这个"人"是不是"女人"，能不能事先判断一下呢？也就是这个父类的引用变量是否真的指向了要转换成的那个子类对象呢？用 instanceof 操作符就可以解决这个问题。

3）instanceof 操作符

可以用 instanceof 判断是否一个类实现了某个接口，也可以用它来判断一个实例对象是否属于一个类。还是用上面的代码来举例：

```
public static void CallA(A a)
{
    if(a instanceof B)
    {
        B b=(B)a;
        b.func1();
        b.func2();
        b.func3();
    }
    else
```

```
        {
            a.func1();
            a.func2();
        }
    }
```

这样改的目的是要判断一下传入的"人"，是不是属于"女人"这个类的。如果是，则强制类型转换，如果不是就不转换。

instanceof 的用法如下。

对象 instanceof 类（或接口）

它的返回值是布尔型的，或真（true），或假（false）。

大家只要记住：一个"男人"肯定也是"人"，一个"人"却不一定是"男人"的道理，就非常容易理解父类和子类之间的转换关系了。

5.3.2　Object 类

Java 中有一个比较特殊的类，就是 Object 类，它是所有类的父类，如果一个类没有使用 extends 关键字明确标识继承另外一个类，那么这个类就默认继承 Object 类，因此，Object 类是 Java 类层中的最高层类，是所有类的超类。换句话说，Java 中任何一个类都是它的子类。由于所有的类都是由 Object 衍生出来的，所以 Object 的方法适用于所有类。

```
    public class Person
    {
        ...
    }
```

等价于：

```
    public class Person extends Object
    {
        ...
    }
```

Object 中有一个 equals 方法，用于比较两个对象是否相等，默认值为 false。由于上面的继承特性，就可以在类中使用这个 equals 方法，但如果要比较的是你自己类中的对象，结果就不一定准确了。因此，就必须覆盖掉 Object 类的 equals 方法。

请看下面的例子，在本类中，你认为姓名和年龄都相同的两个学生是同一个人。所以，用你自己的 equals 覆盖掉了 Object 类中的 equals 方法，这样才达到了编程的目的。

【例 5-8】　覆盖类方法举例。

```
    public class Exp5_8
    {
        String name;
        int age;
        public boolean equals(Object obj)
        {
```

```
        Exp5_8 st=null;
        if(obj instanceof Exp5_8)
            st=(Exp5_8)obj;
        else
            return false;
        if(st.name==this.name&&st.age==this.age)
          return true;
          else
          return false;
    }

    public static void main(String args[])
    {
        Exp5_8 p=new Exp5_8();
        Exp5_8 q=new Exp5_8();
        p.name="xyz";
        p.age=13;
        q.name="xyz";
        q.age=13;
        if(p.equals(q))
          System.out.println("p 与 q 相等");
        else
          System.out.println("p 与 q 不等");
    }
}
```

【运行结果】

    p 与 q 相等

5.3.3　面向对象的多态性

在前面讲到的子类自动转换成父类的例子中，调用程序是这么写的：

```
public class C
{
    public static void main(String args[])
    {
        B b=new B();
        A a = b;
        callA(a);
        callA(new B());
    }
```

```
public static void callA(A a)
{
    a.func1();
    a.func2();
}
```

【运行结果】

```
B func1 is calling
B func1 is calling
B func1 is calling
B func1 is calling
```

尽管在 CallA(A a)方法定义中，从字面上看是通过类 A（父类）的引用类型变量 a，去调用其中的 func1()，但实际上执行的是类 B（子类）中的 func1 方法，这是因为实际传递进来的对象确实是子类 B 的实例对象，所以程序调用的是类 B 中的 func1 方法。如果再做一个类 A 的子类 D，让 D 也覆盖类 A 中的 func1()方法，然后产生一个类 D 的实例对象，并传递给 CallA(A a)方法，程序在 CallA 方法中的 a.func1()调用，也将是类 D 中的 func1 方法。这就好比有一个"叫某人来吃饭"的函数，在该函数内部，是这样写的：

```
void 叫某人来吃饭(人 p)
{
    p.吃饭();
}
```

当叫来一个中国人时，你看到的是用筷子在吃饭，但是当叫来的是一个美国人时，你看到的就是另外一番景象了，用的是叉子和小刀。同一段程序代码（单指"叫某人来吃饭"这个函数），却有两种截然不同的结果，这就是面向对象的多态性。可见，多态性有如下特点。

（1）应用程序不必为每一个派生类（子类）编写功能调用，只需要对抽象基类进行处理即可。这一招叫"以不变应万变"，可以大大提高程序的可复用性。

（2）派生类的功能可以被基类的方法或引用变量调用，这叫向后兼容，可以提高程序的可扩充性和可维护性。以前写的程序可以被后来程序调用不足为奇，现在写的程序（如 CallA 方法）能调用以后写的程序（以后编写的一个类 A 的子类，如类 D）就很了不起了。

下面深入分析多态性的另外一个方面，细心的读者可能已经注意到：在前面的程序中，子类 B 并没有覆盖父类 A 的 func2()方法，直接从类 A 中继承了该方法，类 A 中的 func2()方法调用的是类 A 自己的 func1()方法，但上面的结果显示，类 B 从类 A 继承来的 func2()里面调用的 func1()变成了子类 B 的 func1()方法。编程序的时候，眼睛就盯着内存去想问题，而不是盯着程序代码，肯定能想明白这个问题。

注意：接口在面向对象的设计与编程中应用得非常广泛，特别是实现软件模块间的插接方面有着巨大优势。其实，生活中也经常碰到接口的概念，想一想，如果你在北京中关村的电子市场随便挑选了一块计算机主板和一块 PCI 卡（网卡，声卡等），结果，这块 PCI 卡能够很好地用到这块主板上，大家想过没有，这是什么原因造成的呢？主板厂商和 PCI 卡厂商是同一家吗？他们相互认识吗？答案是否定的。但他们都知道同一个标准，那就是 PCI 规范。做

PCI 卡的厂商严格按照 PCI 规范去实现他们的 PCI 卡,也就是与主板插槽的连接处是固定的格式,包括卡的尺寸与连接电路线的排列顺序,但卡内部如何制造,就无所谓了,可以做成网卡,也可以做成声卡。做主板的厂商也要知道 PCI 规范,他们只要保留一个能使用 PCI 卡的插槽,也就是按照 PCI 卡的尺寸与连接电路线的排列顺序去使用可能插进来的 PCI 卡,而不必知道 PCI 卡的内部的具体实现。

　　通过编写一段程序来模拟上述过程的实现,PCI 卡中的每个方法名称(相当于 PCI 卡的尺寸与连接电路线的排列顺序)必须是固定的,主板才能根据自己想执行的命令找到 PCI 卡中对应的方法,PCI 卡也必须具有主板可能调用到的所有命令方法。这正是"调用者和被调用者必须共同遵守某一限定,调用者按照这个限定进行方法调用,被调用者按照这个限定进行方法实现"的应用情况,在面向对象的编程语言中,这种限定就是通过接口类来表示的,主板和各种 PCI 卡就是按照 PCI 接口进行约定的。

　　【例 5-9】 对象多态性举例。

```java
interface PCI
{
    void start();
    void stop();
}
class NetworkCard implements PCI
{
    public void start()
    {
        System.out.println("Send ...");
    }
    public void stop()
    {
        System.out.println("Network Stop.");
    }
}
class SoundCard implements PCI
{
    public void start()
    {
        System.out.println("Du du...");
    }
    public void stop()
    {
        System.out.println("Sound Stop.");
    }
}
```

```
class MainBoard
{
    public void usePCICard(PCI p)
    {
        p.start();
        p.stop();
    }
}
class Exp5_9
{
    public static void main(String args[])
    {
        MainBoard mb=new MainBoard();
        NetworkCard nc=new NetworkCard();
        mb.usePCICard(nc);
        SoundCard sc=new SoundCard();
        mb.usePCICard(sc);
    }
}
```

【运行结果】

```
Send...
Netword stop
Du du...
Sound stop.....
```

　　在上面的程序代码中，类 Exp5_4 就是计算机组装者，他买了一块主板 mb 和一块网卡 nc，一块声卡 sc，无论是网卡还是声卡，它们使用的都是主板的 usePCICard 方法。由于 NetworkCard 与 SoundCard 都是 PCI 接口的子类，所以，它们的对象能直接传递给 usePCICard 方法中的 PCI 接口的引用变量 p，在参数传递的过程中发生了隐式自动类型转换。

　　通过这个例子，读者应该明白了一个类必须实现接口中的所有方法的原因，因为调用者有可能会用到接口中的每一个方法，所以，被调用者必须实现这些方法。

5.3.4　内部类

　　在 Java 语言中，允许在一个类内部定义另一个类，新定义的类称为内部类，其所在的类称为其母类或顶层类。从语法角度上讲，内部类可以在母类中使用，也可以在母类外使用；但前者是内部类通常的使用方法。在建模意义上讲，内部类往往用于刻画和母类有密切关系的东西，此东西通常没有办法脱离母类对象而独立存在。例如，人的胳膊和人之间的关系，汽车的轮子和汽车之间的关系。

1．内部类的定义和使用

　　内部类是 Java 中的一个特殊类，其定义和使用都有着特定的语法，为了说明内部类的使用方法和过程，先看一个例子程序。

【例 5-10】　内部类的定义和使用举例。

```java
public class Exp5_10
{
    public class luntai//定义了内部类 luntai
    {
    public void show()
        {
            System.out.println("this is a luntai");
        }
    }
    public String name;
    public luntai obj;
    public Exp5_10(String name)
    {
        this.name=name;
        obj=new luntai();        //定义了内部类 luntai 的一个对象
    }
    public void show()
    {
        System.out.println(this.name);
        obj.show();
    }
}
```

　　内部类在类外的调用语法却很不同。内部类的对象不能独立于类对象而存在，这是内部类的特征。

【例 5-11】　内部类在类外的调用举例。

```java
class Car
{
    public class luntai//定义了内部类 luntai
    {
    public void show()
    {
    System.out.println("this is a luntai");
    }
    }
    public String name;
    public luntai obj;
    public Car(String name)
```

```
        {
            this.name=name;
            obj=new luntai();        //定义了内部类 luntai 的一个对象
        }
    public void show()
        {
            System.out.println(this.name);
            obj.show();
        }
    }
public class Exp5_11
    {
        public static void main(String args[])
        {
            Car p=new Car("jieda");    //定义了一个 Car 类型的对象 p
            Car.luntai luntaiobj=p.new luntai();      //定义内部类 luntai 的对象
            luntaiobj.show();
        }
    }
```

【运行结果】

```
    this is a luntai
```

2. 静态内部类

　　前面讨论的是实例类型的内部类,这种内部类的对象没有办法独立于其母类对象而存在。在建模角度刻画的是部分与整体间的不可分离关系。这种类的对象和其外部类对象之间有一对多的关系。一个外部类的对象可以对应多个内部类对象,但任何一个内部类对象都保留了一个外部类对象的引用。因而在内部类中,可以像使用自己成员一样使用外部类的成员。这是内部类的优点,在 Java 语言中有着广泛的使用,例如,窗口的事件处理器,通常定义为窗口的内部类。

　　在 Java 类的内部还可以定义 static 类型的内部类。静态类型的内部类是外部类的成员,而不是外部类对象的成员,前面讨论静态方法和变量时讨论过这种特性。因而此种内部类的对象可以独立于外部类而存在。

【例 5-12】　静态内部类的特征和使用方法举例。

```
    class innerstatic
    {
        public int var1;
        public static int var2;
        public static class myinner//定义了一个 static 类型的内部类
        {
            public static int var3;
```

```
        int var4;
        public void show()
        {
            System.out.println(new innerstatic().var1);
        }
    }
}

public class Exp5_12
{
    public static void main(String args[])
    {
        innerstatic.myinner obj=new innerstatic.myinner();
                                           //创建一个内部类的对象
        obj.var4=100;
        obj.var3=200;
        innerstatic.myinner.var3=300;
                    //直接通过内部类全名的方法，操作内部类中的静态变量
        obj.show();
    }
}
```

【运行结果】

　　0

3. 局部内部类

　　如果一个内部类被定义在特定的方法中，则它的适用范围是当前方法。和方法中的局部变量一样，局部内部类不能使用访问控制修饰符，如 private、public、protected、static 等。定义在方法内部的类称为局部内部类，此种类中不能包含静态的成员。和其他内部类一样，局部内部类可以访问其外部类中的所有成员。除此之外，内部类也可以使用当前方法中的 final 类型局部变量。

【例 5-13】　局部内部类的使用举例。

```
public class Exp5_13
{
    public static void main(String args[])
    {
        final int i=100;
        class person
        {
            public String name;
            public void show()
```

```
        {                      //在 main 方法中定义了类 person,是一个内部类
        System.out.println(i);
          //内部类中的方法 show 访问了 main 方法中定义的 final 类型的局部变量
        System.out.println(this.name);
        }
      }
      person p=new person();
      p.name="zhangsan";
      p.show();
    }
  }
```

方法中内部类只能访问方法中 final 类型的局部变量，而不能访问其他类型的局部变量。当然也可以访问母类的所有成员变量和方法。

【运行结果】

```
    100
    zhangsan
```

4．内部类的使用原则

内部类可以定义在一个类中，好像是那个类的一个成员。实际上，内部类可以定义在类中的任何地方，一个方法内或者是一个代码块内。Java 中的内部类在使用时通常有如下几个原则：

（1）内部类用于刻画和母类有十分紧密耦合关系的类。

内部类首先的特征是，刻画的东西不能独立于母类所刻画的东西而独立存在，在 Java 中有很多使用场合。例如，在 GUI 事件处理程序中，窗口的事件处理对象不能独立于窗口对象而独立存在。因此，很多窗口事件处理程序都设计成了内部类的形式。

（2）内部类可以访问母类中所有成员变量。

内部类是位于一个类中的代码，该段代码在访问权限上和类中的方法一样，内部类可以访问母类中的所有变量和状态，包括私有变量。

（3）内部类的对象一般不要在母类外使用。

内部类刻画的对象和母类对象之间有密切关联关系,内部类对象不能独立于母类对象而存在，所以尽管语法允许内部类在母类的外面被使用，但尽量避免这种使用方法，除非有特定的需要。因为这种用法违背了内部类的建模原则，得不偿失。为了从语法上保证内部类对象只在母类中创建和使用，内部类一般使用 abstract、private 和 protected 修饰。

习 题

一、选择题

1．若限定成员仅供同一个类中的方法访问，必须将该成员的访问控制符定义为()。

　　A．默认　　　　B．private　　　　C．public　　　　D．protected

2．关于继承的下列说法正确的是（　　　）。

A．在同一个程序中，子类只继承父类的 public 方法和属性

B．在同一个程序中，子类将继承父类的所有属性和方法

C．在同一个程序中，子类将继承父类的非私有属性和方法

D．在同一个程序中，子类只继承父类的方法，而不继承属性

二、简答题

1．简述继承。

2．简述对象中的成员变量的初始化是如何进行的。

3．简述类的封装性所带来的优点。

第6章 抽象类、接口、包和异常

抽象类就是至少包含了一个抽象方法的类。抽象方法只是声明方法的返回值和参数列表，而没有具体的代码实现，一个抽象类可以有许多非抽象的方法，这意味着抽象类的子类在继承非抽象的功能性实现的同时，必须提供抽象方法的具体实现。

接口是方法的显式说明，利用接口可以完成没有具体实现的类。接口虽然与抽象类相似，但它具有多承载能力。一个类可以有无数个接口，但只能从一个父类中派生。

包是类的容器，用于保证类名空间的一致性。例如，可以在自己的包内创建一个名为 list 的类而不会与别人创建的其他 list 类重名。包以层次结构组织并可被明确地引入到一个新类定义中。

异常是代码运行时出现的非正常状态。Java 的异常是出现在代码中描述异常状态的对象。每当一个异常情况出现，系统就创建一个异常对象，并转入到引起异常的方法中，方法就根据不同的情况捕捉异常。为防止由于异常而引起的退出，在方法退出前应执行特定的代码段。

6.1 抽 象 类

Java 也可以创建专门的类用作父类，这种类称为抽象类（abstract class），即用关键字 abstract 修饰的类称为 abstract 类（抽象类）。抽象类有点类似"模板"的作用，其目的是要你根据它的格式来修改并创建新的类。不能够通过抽象类直接创建对象，只能通过抽象类派生新的类，再由新的类创建对象。

假设"车"是一个类，它可以派生出若干个子类如"大卡车"、"小轿车"、"跑车"、等，那么是否存在一辆实实在在的车，它既不是大卡车，也不是小轿车，更不是跑车，它不是任何一种具体种类的车，而仅仅是一只抽象的"车"呢？答案很明显，没有。"车"仅仅作为一个抽象的概念存在着，它代表了所有车的共同属性，任何一辆具体的车都同时是由"车"经过特殊化形成的某个子类的对象。这样的类就是 Java 中的 abstract 类。

既然抽象类没有具体的对象，定义它又有什么作用呢？仍然以"车"的概念为例：假设需要向别人描述"车"是什么，通常都会这样说："大卡车是一辆马力很大，经常运输货物的车"；若是描述"小轿车"，可能会说："小轿车是一种少数人乘坐的车，速度比较快"；把所有车的共同特点抽象出来，概括形成"车"的概念；其后在描述和处理某一种具体的车时，就只需要简单描述出它与其他车类所不同的特殊之处，而不必再重复它与其他车类相同的特点。这种组织方式使得所有的概念层次分明，非常符合人们的思维习惯。

Java 中定义抽象类是出于相同的考虑。由于抽象类是它的所有子类的公共属性的集合，所以使用抽象类的一大优点就是可以充分利用这些公共属性来提高开发和维护程序的效率。

在 Java 中，凡是用 abstract 修饰符修饰的类称为抽象类。它和一般的类不同之处在于以下几个方面。

（1）如果一个类中含有未实现的抽象方法，那么这个类就必须通过关键字 abstract 进行标记声明为抽象类。

（2）抽象类中可以包含抽象方法，但不是一定要包含抽象方法。它也可以包含非抽象方法和变量，就像一般类一样。

（3）抽象类是没有具体对象的概念类，也就是说抽象类不能实例化为对象。

（4）抽象类必须被继承。子类为它们父亲中的所有抽象方法提供实现，否则它们也是抽象类。

定义一个抽象类的格式如下：

```
abstract  class 类名称
{
    …/类的主体部分
}
```

注意：在抽象类中，方法的定义可分为两种：一种是普通方法；另一种是抽象方法，此方法以 abstract 开头，且只声明了返回值的数据类型、方法名称、所需参数，但没有方法体。这样，抽象方法中的处理方式必须在子类中完全实现。

abstract 类不能用 new 运算符创建对象，必须产生其子类，由子类创建对象。若 abstract 类的类体中有 abstract 方法，只允许声明，而不允许实现，而该类的子类必须实现 abstract 方法，即重写父亲的 abstract 方法。一个 abstract 类只关心子类是否具有某种功能，不关心功能的具体实现。具体实现由子类负责。

【例 6-1】　举例说明抽象类中抽象方法由它的子类负责实现。

```
abstract class fatherClass {
    abstract void abstractMethod();
    void printMethod() {
        System.out.println("fatherClass function!");
    }
}
class childClass extends fatherClass {
    void abstractMethod() {
        System.out.println("childClass function!");
    }
}
public class Exp6_1{
    public static void main(String arg[]) {
        childClass obj=new childClass();
        obj.printMethod();
        obj.abstractMethod();
    }
}
```

【运行结果】

```
fatherClass function!
```

```
childClass function!
```

在上面的程序中，首先定义一个抽象类 fatherClass，在这个抽象类中，声明一个抽象方法，abstractMethod()和一个非抽象方法 printMethod()，接着定义了 fatherClass 的子类 childClass，在 childClass 中重写了 abstractMethod()方法，随后，在主类 Exp6_1 中生成类 childClass 的一个实例，并将该实例引用返回到 fatherCass 类变量 obj 中。

6.2　接　　口

接口与类存在着本质上的差别。类有它的成员变量和方法，而接口只有常量和方法协议。从概念上来讲，接口是一组方法协议和常量的集合。接口在方法协议与方法实体之间只起到一种称之为界面的作用。这种界面限定了方法实体中的参数类型一定要与方法协议中所规定的参数类型保持一致。除此之外，这种界面还限定了方法名、参数个数及方法返回类型的一致性。因此，在使用接口时，类与接口之间并不存在子类与父类的那种继承关系。在实现接口所规定的某些操作时，只存在类中的方法与接口之间保持数据类型一致的关系，而且一个类可以和多个接口之间保持这种关系，即一个类可以实现多个接口。

接口为程序提供了许多强有力的手段，接口更易于理解并且在类层次发生变化时不那么脆弱，这是因为接口只依赖于方法而不依赖于数据（这里的数据是指实例变量中的数据）。接口的作用与抽象类有些相似，但功能比抽象类强，使用也更方便。

C++是一种支持多继承的面向对象程序设计语言，但这也恰恰是它的脆弱之处。因为多继承对内存开销较大，所以给系统的维护、移植等带来极大的不便。因此，Java 不支持多继承。

但在实际应用中，也存在一个类从不同的父类中继承相似的操作等情况。那么 Java 是如何解决这个问题呢？Java 是用接口定义一组方法协议来实现的。这种协议使一个类既能实现相当于父类中的那种操作，又能解决因多继承所带来的开销过大的问题。

所谓方法协议是指只有方法名和参数，而没有方法体的一种说明格式。它只体现方法的说明，但不指定方法体，真正的方法体是由子类实现的。这好像与抽象方法一样，抽象方法的方法体也是由子类实现的，但方法协议与抽象方法是有区别的，在下面的应用中就可以体会到它。

6.2.1　接口定义

接口的定义包括接口说明和接口体。说明接口时，必须加上保留字 interface，在类体中说明的方法全部是抽象方法，类体中声明的成员变量全部是常量。最简单的接口定义形式是：

```
[public] interface 接口名{
    变量声明
    方法声明
}
```

接口中的变量前均默认加有 3 个修饰词 public、final 和 static（接口中的变量实际上是类常量），因此在接口中声明变量时可省略这些修饰词，但要有变量类型并要赋初值。

接口中的方法均默认为是抽象的和公共的，因此在方法声明前可省略 abstract 和 public。显然，接口中不能有构造方法，因为构造方法不能是抽象的。

在保留字 interface 前可加 public，这表明该接口不仅可供本程序包中的类使用，其他的程序包也可使用。若不加 public，则表示该接口仅供本程序包使用。

6.2.2 类实现接口

接口是为类服务的。接受服务的类定义时要标明 implements 接口，实现接口的类的一般形式是：

```
class 类名 implements 接口名 {…}
```

在实现接口的类中必须重写接口中的所有方法，所有重写的方法必须由 public 修饰。

【例 6-2】 某厂家 Dmeng 生产 VideoCard 接口规定的显示卡，后主板上插入 CPU 和显示卡，编程模拟其工作过程。

分析：模拟 "厂家 Dmeng 生产显示卡"，需要设计一个实现 VideoCard 接口的类，在该类中重写 VideoCard 中的两个抽象方法 display 和 getName，在 display 方法中输出一个显示卡正在工作的信息，在 getName 方法中需返回 Dmeng 厂家给显示卡起的名称。模拟 "主板上插入 CPU 和显示卡"，同样设计一个 MainBoard 类，使用实现 VideoCard 接口的类对象。

```java
interface VideoCard {
    void display();
    String getName();
}
class Dmeng implements VideoCard {
    String name;
    Dmeng() { name="Dmeng's VideoCard";}
    public void display() {
        System.out.println(name + "is working");
    }
    public String getName() { return name;}
    public void setName(String name) {this.name=name; }
}
class MainBoard {
    String cpu;
    VideoCard vc;
    void setCPU(String cpu) { this.cpu=cpu;}
    void setVideoCard(VideoCard vc) { this.vc=vc;}
    void run() {
        System.out.println(this.cpu);
        System.out.println(vc.getName());
        vc.display();
        System.out.println("Mainboard is working.");
    }
}
public class Exp6_2{
```

```
public static void main(String args []) {
    MainBoard mb=new MainBoard();
    String cpu="Intel's CPU";
    VideoCard vc=new Dmeng();
    mb.setCPU(cpu);
    mb.setVideoCard(vc);
    mb.run();
    }
}
```

【运行结果】

```
Intel's CPU
Dmeng's videocard
Dmeng's videocard is working
Mainboard is working
```

类可通过实现接口，间接解决多重继承问题。一个类可以继承另一个类，同时实现一系列接口。继承类且实现多个接口的类的一般形式是：

class 类 extends 父类 implements 接口 1,接口 2,… {…}

继承多个接口的类中需要重写每个接口中的所有方法。

例如：

```
interface A {
    void Afun();
}
interface B {
    void Bfun();
}
class C implements A,B {
    public void Afun() {
        System.out.println("interface A 的重写");
    }
    public void Bfun() {
        System.out.println("interface B 的重写");
    }
}
```

　　本节通过对"向上转型"、抽象类和抽象方法的讨论，全面地说明了"多态"的意义。多态意味着同样形式的方法调用，对于不同的对象，具有不同的意义。以父类对象引用指向的子类对象，能智能地访问子类方法。多态性可以带来更有效的程序开发、更好的代码组织，以及更容易的代码维护。

6.3　包

6.3.1　包的含义

Java 语言中，每个类生成一个字节码文件，文件名与 public 的类名相同，因而多个类使用相同的名字将引起命名冲突问题。为了解决这个矛盾，Java 提供包来管理类。

包与文件系统的文件夹具有对应关系，是一种层次化的树状结构，包中可以放类，也可以有下层包。如果同名的类位于不同包中，它们被认为是不同的，因而不会发生命名冲突。就像文件夹把各种文件组织在一起，使文件系统更有条理一样，Java 中用包的方式组织类，也使 Java 类更容易发现和使用。

包是类的一种松散集合。一般并不要求处于同一个包中的类或者接口之间有明确的联系，但是由于同一包中的类在默认情况下可以互相访问，所以通常需要把相关的或在一起工作的类和接口放在一个包里。

6.3.2　创建包

用户也可以将自己编制的类和接口组成一个包。用 package 语句声明程序文件中定义的类所在的包。package 语句的格式为：

package 包名

该语句必须是整个 Java 程序文件的第一条语句。

```
package myclass;
class Circle {
    double radius;
    Circle(double r){radius=r;}
    double getArea() {
        return 3.14*radius*radius;
    }
}
```

对于这样一个 Java 文件，编译器创建一个与包名相一致的目录，即在当前目录下创建目录 myclass 下，并且把编译后产生的相应的类文件放在这个目录中。

如果程序首行没有 package 语句，即用户没有指明包名时，系统会创建一个无名包，该文件中所定义的类都隶属于这个无名包，并且把编译后产生的相应的类文件放在当前目录。但是由于这个包没有名字，所以它不能被其他包所引用，也不能有子包。

6.3.3　使用包中的类

要使用一个包中的类，如 java.awt 包中的 Frame 类，可以通过以下三种方式。

1. 导入整个包

利用 import 语句导入整个包：import java.awt.*。

此时，java.awt 包中的所以类（但不包括子包中的类）都可以加载到当前程序之中，有了这个语句，就可以在该源程序中的任何地方使用这个包中的类，如 Frame、Button、TextField 等。

```
        import java.awt.*;
        public class Test1 {
            public static void main(String args[]) {
                Frame f=new Frame();
                f.setVisible(true);
                f.setSize(200,200);
            }
        }
```

2. 直接使用包名作类名的前缀

如果不使用 import 语句导入某个包，但又想使用它的某个类，可以直接在所需要的类名前加上包名作为前缀。上例程序可以修改为：

```
        public class Test2 {
            public static void main(String args[]) {
                java.awt.Frame f=new java.awt.Frame();
                f.setVisble(true);
                f.setSize(200,200);
            }
        }
```

3. 导入一个类

在 Test1 中只需要 java.awt 包中的一个 Frame 类，这时可以只装入这个类，而不需要装载整个包。即程序的第一行可以改为：

```
        import java.awt.Frame;
```

这个语句只载入 java.awt 包中的 Frame 类。

6.3.4　JDK 中常用的包

Sun 公司在 JDK 中提供了大量的各种实用类，通常称之为 API（Application Programming Interface），这些类按功能不同分别被放入了不同的包中，供编程使用，下面简要介绍其中最常用的六个包。

（1）java.lang 包含一些 Java 语言的核心类，如 String、Math、Integer、System 和 Thread，提供常用功能。

（2）java.awt 包含构成抽象窗口工具集（Abstract Window Toolkits）的多个类，这些类被用来构建和管理应用程序的图形用户界面（GUI）。

（3）java.applet 包含 applet 运行所需的一些类。

（4）java.net 包含执行与网络相关的操作的类。

（5）java.io 包含能提供多种输入/输出功能的类。

（6）java.util 包含一些实用工具类，如定义系统特性、使用与日期日历相关的函数。

注意：Java 1.2 以后的版本中，java.lang 这个包会自动被导入，对于其中的类，不需要使用 import 语句来导入，如前面经常使用的 System 类。

6.4　import 语句及应用

在 Java 中，若想利用包的特性，可使用引入（import）语句告诉编译器要使用的类所在的位置。实际上，包名也是类名的一部分。例如，如果 abc.FinanceDept 包中含有 Employee 类，则该类可称作 abc.FinanceDept.Employee。如果使用了 import 语句，在使用类时，包名可省略，只用 Employee 来指明该类。

引入语句的格式如下：

```
import pkg1[.pkg2[.pkg3…]].(类名|*);
```

假设有一个包 a，在 a 中的一个文件内定义了两个类 xx 和 yy，其格式如下：

```
package a;
class xx {
…
}
class yy {
…
}
```

当在另外一个包 b 中的文件 zz.java 中使用 a 中的类时，语句形式如下：

```
// zz.java
package b;
import a.*;
class zz extemds xx {
    yy y;
    …
}
```

在 zz.java 中，因为引入了包 a 中的所有类，所以使用起来就好像是在同一个包中一样（当然首先要满足访问权限，这里假设可以访问）。

在程序中，可以引入包的所有类或若干类。要引入所有类时，可以使用通配符 "*"，如：
import java.lang.*;

引入整个包时，可以方便地访问包中的每一个类。这样做，语句写起来很方便，但会占用过多的内存空间，而且代码下载的时间将会延长，初学者完全可以引入整个包，但是建议在了解了包的基本内容后，实际用到哪个类，就引入哪个类，尽量不造成资源的浪费。

实际上，程序中并不一定要有引入语句。当引用某个类的类与被引用的类存储在同一个物理目录下时，就可以直接使用被引用的类。

6.5　异　　常

编写程序，出现错误是不可避免的，如何处理此错误、由谁来处理错误？如何从错误中恢复？这是每种语言都要面对的问题。对程序语言而言，一般有变异错和运行错两类。Java 语言认为可预料和不可预料地出错称为异常（exception），提供统一的程序出口，这也是 Java 语言与其他语言不同的特点之一。在 Java 语言中，把异常也作为一种对象，它在程序运行出错时被创建，异常控制是 Java 语言处理程序出错的有效机制。好的编程人员应该养成良好的习惯，充分利用异常机制，使程序出错时都有相应的措施保证程序的健壮性。

6.5.1　了解异常

异常是在程序编译或运行中所发生的可预料或不可预料的异常事件，它会引起程序的中断，影响程序的正常运行。

程序中有许多类型的错误会导致异常发生，从严重的硬件故障（如硬盘坏了）到简单的程序出错（数组越界，数据溢出）。在 Java 语言中，异常机制是：一旦出现异常，可以由运行的方法或者虚拟机生成了一个异常对象，包括异常事件的类型及发生异常时程序的状态等信息。异常对象从产生到被传递提交给 Java 运行系统的过程称为抛出（throw）异常。在 Java 运行时，如果获得一个异常对象，它会自动寻找处理该异常的代码，它从生成异常对象的代码构件开始，沿着方法调用栈，按层回溯寻找，直到找到处理该类异常方法的位置，再由 Java 运行系统将该异常对象交给该方法去处理，这个过程称为捕获（catch）异常。Java 语言能按机制来接受并处理异常，是要求所指异常对象必须是已定义好的异常类的实例。Java 语言中的类库，已定义有许多异常类可以利用。异常对象用 new 来创建，一旦创建，就停止当前执行路径，再从当前环境中释放异常对象的地址，此时异常机制就接管一切，把程序转向异常处理器，去解决程序是继续进行还是报错。

异常定义了程序中遇到的非致命的错误，而不是编译时的语法错误，如程序要打开一个不存在的文件、网络连接中断、操作数越界、装载一个不存在的类等。

Java 语言是一种面向对象的编程语言，它将异常当成对象来处理。当方法执行过程中出现错误时，会抛出一个异常，即构造出一个异常类的对象。

异常类对象代表当前出现的一个具体异常，该对象封装了异常的有关信息。Java 语言中定义了很多异常类，每个异常类都代表了一种运行错误，类中包含了该运行错误的信息和处理错误的方法等内容。每当 Java 程序运行过程中发生一个可识别的运行错误时，该错误就有一个异常类与之相对应，系统就会产生一个相应的该异常类的对象。一旦一个异常对象产生了，系统中就一定会有相应的机制来处理它，以保证整个程序运行的安全。Java 语言就是采用这种机制来处理异常的。

Throwable 是 java.lang 包中一个专门用来处理异常的类。Java 中的每个异常都是 Throwable 类或其子类的实例对象。图 6-1 给出了异常类的层次模型。

类 Throwable 有两个直接子类：Error 和 Exception，它们分别用来处理两组异常。

Error 类用来处理运行环境方面的异常。如虚拟机错误、装载错误、动态连接错误。这类异常由 Java 虚拟机生成并抛弃。通常，Java 程序不对这类异常进行处理，由系统保留。

Exception 是程序中所有可能恢复的异常类的父类，一般 Java 程序需要对它们进行处理。Exception 类的主要方法如下。

（1）String getMessage();返回详细信息。

（2）String toString();返回描述，包括详细信息。

（3）void printStackTrace();输出异常发生的路径及引起异常的方法调用的序列。

RuntimeException 指 Java 程序在设计或实现时不小心而引起的异常。如算术运算异常 ArithmeticException、数组越界异常 ArrayIndexOutOfBoundsException 等。这种异常可以通过适当编程进行避免，Java 不要求一定要捕获这种异常。除 RuntimeException 以外的异常，如输入输出异常 IOException 等。这类异常必须由程序进行处理，否则编译通不过。

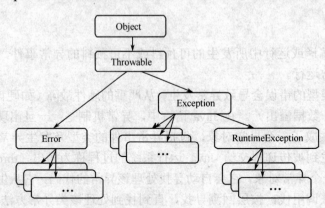

图 6-1　异常类的层次模型

【例 6-3】　了解异常举例。

```java
public class Exp6_3
{
    public static void main(String args[])
    {
        int result = new Test().devide(3,0);
        System.out.println("the result is"+result);
    }
}
class Test
{
    public int devide(int x, int y)
    {
        int result = x/y;
        return x/y;
    }
}
```

编译运行上面的程序，将出现如下错误：

```
Exception in thread "main" java.lang.ArithmeticException: / by zero
        at Test.devide(TestException.java:14)
        at Exp6_3.main(Exp6_3.java:5)
```

上面的程序运行的结果报告发生了算术异常（**ArithMethicException**），系统不再执行下去，提前结束，这种情况就是所说的异常。

6.5.2　异常类型

异常类在 Java 程序中是一种比较特殊的类，在使用之前必须先定义，按异常处理不同可分为运行异常、捕获异常、声明异常和抛出异常几种。运行异常编程时不用定义，运行时由系统捕获后交默认异常处理程序,在标准输出上显示异常内容和位置。运行异常经常有算术异常，如程序除法分母为 0 或者用 0 取模都会出现算术异常；当访问一个空对象的变量或方法和访问空数组元素时，会出现空指针异常（Nullpointerexception），如引用一个空对象也会发生空指针异常；当把一个对象强制为某个类，而该对象又不属于该类（或子类）的实例时，发生类选型异常；当数组的长度为负数时，出现数组负下标异常；当要求访问数组中的非法元素时，引发数组索引越界异常，这些运行异常 JVM 都能自动发现并指出。

捕获异常要求在程序的方法中预先声明,在调用方法时 **try-catch-finally** 语句捕获异常并处理，用 **throws** 子句声明异常和定义自己的异常类，用 **throw** 语句抛出异常。

Java 语言系统为常见的错误定义了相应的异常类，并包含在 Java 类库中，称为系统定义的异常类，如表 6-1 所示为系统定义的异常及其含义。

表 6-1　系统定义的异常

系统定义的异常类	对应的错误
ArithmeticException	算术运算，如除数为 0 等
ArrayIndexOutOfBoundsException	数组访问下标越界
FileNotFoundException	未找到指定的文件
IOException	输入输出错误
NullPointException	引用空的、尚无内存空间的对象
SecurityException	安全性错误，如 Applet 要读写本地文件
MalformedURLException	URL 格式错误
UnkownHostException	无法确定主机的 IP 地址

6.5.3　try-catch 语句

将上面的程序代码进行如下修改：

```
public class Exp6_3
{
    public static void main(String args[])
    {
        try
        {
            int reslut=new Test().devide(3,0);
            System.out.println("the result is"+reslut);
        }
        catch(Exception e)
        {
            System.out.println(e.getMessage());
        }
```

```
            System.out.println("program is running here ,that is normal!");
        }
    }
    class Test
    {
        public int devide(int x, int y)
        {
            int result=x/y;
            return x/y;
        }
    }
```

【运行结果】

```
    / by zero
    program is running here,that is normal!
```

看到程序在出现异常后，系统能够正常地继续运行，而没有异常终止。在上面的程序代码中，对可能会出现错误的代码用 try-catch 语句进行了处理，当 try 代码块中的语句发生了异常，程序就会跳转到 catch 代码块中执行，执行完 catch 代码块中的程序代码后，系统会继续执行 catch 代码块后的其他代码，但不会执行 try 代码块中发生异常语句后的代码，如程序中的 System.out.println("the result is" + result); 不会再被执行。可见 Java 的异常处理是结构化的，不会因为一个异常影响整个程序的执行。

当 try 代码块中的程序发生了异常，系统将这个异常发生的代码型号、类别等信息封装到一个对象中，并将这个对象传递给 catch 代码块，所以看到 catch 代码块是以下面的格式出现的。

```
    catch(Exception e)
    {
        System.out.println(e.getMessage());
    }
```

catch 关键字后跟有一个用括号括起来的 Exception 类型的参数 e，这跟经常用到的如何定义一个函数接收的参数格式是一样的。括号中的 Exception 就是 try 代码块传递给 catch 代码块的变量类型，e 就是变量名，所以也可以将 e 改用成别的名称（如 ex 等），如下所示：

```
    catch(Exception ex)
    {
        System.out.println(ex.getMessage());
    }
```

6.5.4　throws 关键字

针对上面的例子，假设 Exp6_3 类与 Test 类不是同一个人写的，写 Exp6_3 类的人，在 main 方法中调用 Test 类的 devide 方法时，怎么能知道 devide 方法有可能出现异常情况呢？他又怎么能够想到要用 try catch 语句去处理可能发生的异常呢？

问题可以这样解决，只要写 Test 类的人，在定义 devide 方法时，在 devide 方法参数列表后用 throws 关键字声明一下，该函数有可能发生异常及异常的类别。这样，调用者在调用该方法时，就必须用 try-catch 语句进行处理，否则，编译将无法通过。

【例 6-4】throws 关键字举例。

```java
public class Exp6_4
{
        public static void main(String args[])
        {
                int result=new Test().devide(3,1);
                System.out.println("the result is" + result);
        }
}
class Test
{
        public int devide(int x, int y) throws Exception
        {
                int result=x/y;
                return x/y;
        }
}
```

编译上面的程序，将出现如下的编译错误：

```
TestException.java:5: unreported exception java.lang.Exception; must be
caught or declared to be thrown
                int result = new Test().devide(3,1);
                                 ^

1 error
```

读者应注意一下出错的行号，就能够发现错误的位置。尽管已经将传给 devide 函数中的第二个参数改为 1，程序在运行时不可能发生错误，但由于定义 devide 函数时声明了它有可能发生异常，调用者就必须使用 try-catch 语句进行处理，这叫防患于未然。

将程序作如下修改：

```java
public class Exp6_4
{
        public static void main(String args[])
        {
                try
                {
                int result=new Test().devide(3,1);
                System.out.println("the result is" + result);
                }
```

```
        catch(Exception e)
                {
                    e.printStackTrace();//很多人为了简单, 不写这一句。
                }
            }
        }
```

编译上面的程序, 没有任何问题了。

6.5.5　自定义异常

通过查阅 JDK 文档资料, 就能看到, Exception 类是 java.lang.Throwable 类的子类, Exception 类继承了 Throwable 类的所有方法。其实, 在实际应用中, 是使用 Exception 的子类来描述任何特定的异常的。Exception 类是所有异常类的父类, Java 语言提供了许多 Exception 类的子类, 分别对应不同的异常类型, 如在前面已经看到过以下几个异常:

● ArithmeticException（在算术运算中发生的异常, 如除以零）;

● NullPointerException（变量还没有指向一个对象, 就引用这个对象的成员）;

● ArrayIndexOutOfBoundsException（访问数组对象中不存在的元素）。

除了系统提供的异常, 也可以定义自己的异常类, 自定义的异常类必须继承 Exception 类。假设在上面程序的 devide 函数中, 不允许有负的被除数, 当 devide 函数接收到一个负的被除数时, 程序返回一个自定义的异常（这里就叫负数异常吧！）通知调用者。可以这样定义这个负数异常类。

```
        class DevideByMinusException extends Exception
        {
            int devisor;
            public DevideByMinusException(String msg,int devisor)
            {
                super(msg);
                this.devisor=devisor;
            }
            public int getDevisor()
            {
                return devisor;
            }
        }
```

Java 是通过 throw 关键字抛出异常对象的, 其语法格式是

```
        throw  异常对象;
```

如果程序想跳转, 可以抓住自己抛出的异常。否则, 此方法应声明抛出异常, 由该方法的调用者负责处理。

如果要在 devide 函数接收到的第二个参数（也就是被除数）为负数时, 向调用者抛出自定义的 DevideByMinusException 对象, 程序代码如下:

```
class Test
{
        public int devide(int x, int y)
 throws ArithmeticException, DevideByMinusException
        {
                if(y<0)
                        throw new DevideByMinusException("被除数为负",y);
                //这里抛出的异常对象，就是调用者在 catch(Exception e){}语句中接收的变量 e
                int result = x/y;
                return x/y;
        }
}
```

可以看到，上面的代码中，devide 方法声明时抛出了两个异常。Java 中一个方法是可以被声明成抛出多个异常的。

下面再来看看调用程序应该如何对 devide 方法中的多个异常作出处理。

【例 6-5】自定义异常举例。

```
class MyException extends Exception{
    private int idnumber;
    public MyException(String message,int id)
      {
        super(message);
        this.idnumber=id;
      }
    public int getId()
{ return idnumber;
 }
}
public class Exp6_5{
    public void regist(int num) throws MyException{
     if(num<0)
     {System.out.println("登记号码"+num);
      throw new MyException("号码为负值，不合理",3);
     }
  }
public void manager(){
   try{
     regist(-1);
     }
   catch(MyException e){
```

```
           System.out.println("登记失败，出错种类"+e.getId());
                    }
        System.out.println("本次登记操作结束");
     }
     public static void main(String args[]){
       Exp6_5 t=new Exp6_5();
       t.manager();
     }
   }
```

【运行结果】

　　　登记号码-1

　　　登记失败，出错种类 3

　　　本次登记操作结束

　　注意：可以在一个方法中使用 throw，try-catch 语句来实现程序的跳转，下面是描述这种方法的一段简要程序代码：

```
void fun()
{
    try
    {
        if(x==0)
            throw new YyyException("Yyy");//跳转到代码块 1 处
        else(x==1)
            throw new XxxException("Xxx"); //跳转到代码块 2 处
    }
catch(YyyException e)
{
    代码块 1
}
    catch(XxxException e)
    {
        代码块 2
    }
}
```

6.5.6　finally 关键字

　　在 try-catch 语句后，还可以有一个 finally 语句，finally 语句中的代码块不管异常是否被捕获总是要被执行的。将上面的程序作如下修改，来看看 finally 语句的用法与作用。

　　finally 语句块用来控制从 try-catch 语句转移前的一些必要的善后工作，这些工作包括关闭文件或释放其他有关系统资源。在出现和未出现异常的情况下都要执行的代码可以放到 finally

子句中。加入了 finally 子句后有 3 种执行情况。

（1）没有抛出异常情况。执行 try 块后，再执行 finally 块。

（2）try 语句块抛出一个异常，并在 catch 子句中被捕获。这时，执行 try 语句中直到这个异常情况被抛出为止的所有代码，跳过 try 语句块中剩余的代码；然后执行匹配的 catch 块中的代码和 finally 子句中的代码。

（3）try 语句块抛出一个异常，而没有 catch 子句可以捕获。这时，Java 执行 try 语句块中直到这个异常情况被抛出为止的所有代码，跳出 try 语句块中剩余的代码，然后执行 finally 子句中的代码，并把这个异常情况抛回到这个方法的调用者。

【例 6-6】finally 关键字举例。

```java
import javax.swing.*;
public class Exp6_6{
    public static void main(String arg[])
    {
        String s=JOptionPane.showInputDialog("your age?");
        try{
            int age=Integer.parseInt(s);
            System.out.println(100/age);
        }catch(NumberFormatException e){
            System.out.println("You should input a integer");
        }finally{
            System.out.println("bye.");
            System.exit(0);
        }
    }
}
```

【运行结果】

输入 xy，抛出 NumberFormatException 类异常对象，在 catch 子句中被捕获，输出为：

You should input a integer

bye.

输入 0，抛出 ArithmeticException 类异常对象，没有 catch 子句可以捕获，输出为：

bye.

输入 20，没有引发异常，输出为：

5

bye.

6.5.7 异常的一些使用细节

（1）一个方法被覆盖时，覆盖它的方法必须抛出相同的异常或异常的子类。

（2）如果父类扔出多个异常，那么重写（覆盖）方法必须抛出那些异常的一个子集，也就是说，不能抛出新的异常。

6.5.8　引入异常的好处

以前，程序语言要求程序员使用函数调用的返回值来判断执行情况，这种方式有很多缺陷，因为对许多可能出现的异常情况需要不同程度的了解。有些语言使用一个全局变量来保存异常状态，但这种方式是不够的，因为后面的异常会在前一个异常还未处理之前就覆盖了那个全局变量的值。而且，更不可取的是，有些 C 程序借助 goto 语句来处理异常。Java 没有 goto 语句，它保留 goto 关键字只是为了让程序员不要搞混淆。Java 利用带标号的 break 和 continue 语句来取代 goto。Java 中严格定义的异常处理机制使 goto 没有再存在的必要，取消这种随意跳转的语句有利于优化代码及保持系统的强健性和安全性。

Java 的异常是一个出现在代码中的描述异常状态的对象。每当出现一个异常情况，就创建一个异常对象并转入引起异常的方法中，这些方法根据不同的类型来捕捉异常，并防止由于异常而引起程序崩溃，还能在方法退出前执行特定的代码段。

习　题

一、选择题

1．用来调用父类构造方法的关键字是（　　）。

　　A．base　　　　　B．super　　　　　C．this　　　　　D．extends

2．Java 中用来抛出异常的关键字是（　　）。

　　A．try　　　　　B．catch　　　　　C．throw　　　　　D．finally

3．关于异常，下列说法中正确的是（　　）。

　　A．异常是一种对象

　　B．一旦程序运行，异常将被避免异常控制

　　C．为了保证程序运行速度，要尽量避免异常控制

　　D．以上说法均不对

二、简答题

1．什么是接口？接口的主要功能有哪些？

2．什么是异常？异常包括哪些类型？

第 7 章　图形用户界面

Java 的图形用户界面（GUI）由组件（Component）和容器（Container）构成。

7.1　创建图形用户界面

7.1.1　容器和组件

Java 抽象窗口工具集（Abstract Window TookKit，AWT）的核心内容是组件和容器。组件通常为图形用户界面中的可见部分，例如按钮（button）和标签（label）等。通过 add()方法可将组件加入容器并显示出来。容器是图形用户界面中容纳其他组件的部分，一个容器中可容纳一个或多个组件，甚至还可以容纳其他容器。

注意：容器不仅可以容纳组件而且可以容纳其他容器，这一点非常重要，由此可以设计出复杂的图形用户界面布局。

7.1.2　组件的定位

容器中组件的位置由容器的布局管理器（Layout Manager）决定。每个容器中都包含一个指向 Layout Manager 实例（实际上是某个实现了 Layout Manager 接口的类的实例）的引用，称为该容器的布局管理器。当容器需要为某个组件定位或者决定组件大小时，便会请求它的布局管理器完成相应工作。

7.1.3　组件的大小

由于组件的大小也是由容器的布局管理器决定的，因此通常情况下无须再在程序中对组件的大小进行设定。如果自己设定了组件的大小或位置（例如使用 setLocation()方法，setSize()方法或 setBound()方法），布局管理器通常会将其忽略。

如果在某些情况下，一定要以普通布局管理器所不能实现的方式控制容器中组件的大小和位置，那么也可以使用 setLayout()方法使容器的布局管理器失效：

```
setLayout(null);
```

然后，可以用 setLocation()方法、setSize()方法或 setBound()方法对组件的大小和位置进行设定。需要注意的是，用这种方法设计的组件布局是和平台相关的，因为不同平台的窗口系统和字体不尽相同。实现自定义组件布局的一个更好的方法是创建一个实现 Layout Manager 接口的新类，然后由该类的实例实现需要的布局。

7.2　框　　架

框架（Frame）类是 window 类的子类，它是一种带标题框并且可以改变大小的窗口。

使用 Frame 类的构造方法 Frame(String)可以创建 Frame 的实例，该实例是一个不可见的对象，它带有标题框，构造方法中的 String 型参数指定了标题内容。通过调用从 Component 类继承的 setSize()方法可以改变 Frame 实例的大小。

注意：必须调用 setVisible()方法和 setSize()方法才能使 Frame 的实例可见。

【例 7-1】 创建了一个简单的 Frame 实例，该实例带有指定的标题、大小和背景颜色。

```java
import java.awt .*;
public class Exp7_1 extends Frame{
public static void main(String args[]){
    Exp7_1 fr=new Exp7_1 ("hello out there!");
    //下面调用来自 component 类的 setSize()方法
    fr.setSize(400,200);
    fr.setBackground(Color.blue);
    fr.setVisible(true);
                            }
public Exp7_1(String str){
    super(str);
                        }
    }
```

7.3　面　板

面板（panel）与框架类似，也是一种容器，可以容纳其他 GUI 组件。

面板可以通过构造方法 Panel()进行创建。当一个 Panel 对象被创建之后，还需要使用 Container 类的 add()方法将它加入到某个 Window 对象或 Frame 对象中，这样它才能变为可见。

【例 7-2】 创建一个黄色面板，并且将该面板加到一个 Frame 对象中

```java
import  java.awt .*;
public class Exp7_2 extends Frame{
//构造函数
public Exp7_2(String str){
super(str);
}
public static void main(String args[]){
    Exp7_2 fr = new Exp7_2("Frame with panel");
    Panel pan = new Panel();
    fr.setSize(300,200);
    fr.setBackground(Color.blue);
    fr.setLayout(null);
    pan.setSize(100,100);
    pan.setBackground(Color.yellow);
```

```
        fr.add(pan);
        fr.setVisible(true);
                                }

    }
```

7.4　布　局

容器中组件的布局由布局管理器负责安排。每个容器（如 **Panel** 或者 **Frame**）都有一个默认的布局管理器。当容器被创建后，**Java** 程序的开发者可以通过特定的方法改变容器的布局管理器。

Java 语言中包含以下几种布局管理器：

- FlowLayout
- BorderLayout
- GridLayout
- CardLayout
- GridBagLayout

7.5　布局管理器

7.5.1　FlowLayout 布局管理器

在前面的例子中，用到了 FlowLayout 布局管理器。**FlowLayout** 型布局管理器对容器中组件进行布局的方式是将组件逐个地安放在容器中的一行上，一行放满后就另起一个新行。

FlowLayout 有三种构造方法：

```
    public FlowLayout()
    public FlowLayout(int align)
    public FlowLayout(int align,int hgap,int vgap)
```

在默认情况下，**FlowLayout** 将组件居中放置在容器的某一行上，如果不想采用这种居中对齐的方式，**FlowLayout** 的构造方法中提供了一个对齐方式的可选项 **align**，使用该选项，可以将组件的对齐方式设定为左对齐或者右对齐。**align** 的可取值有 **FlowLayout.LEFT**、**FlowLayout.RIGHT** 和 **FlowLayout.CENTER** 三种形式，它们分别将组件对齐方式设定为左对齐、右对齐和居中，例如：

```
    New FlowLayout(FlowLayout.LEFT)
```

这条语句创建了一个使用左对齐方式的 FlowLayout 的实例。

此外，**FlowLayout** 的构造方法还有一对可选项 **hgap** 和 **vgap**，使用这对可选项可以设定组件的水平间距和垂直间距。

与其他布局管理器不同的是，**FlowLayout** 布局管理器并不强行设定组件的大小，而是允许组件拥有它们自己所希望的尺寸。

注意：每个组件都有一个 getPreferredSize()方法，容器的布局管理器会调用这一方法取得每个组件希望的大小。

下面是几个使用 setLayout()方法实现 FlowLayout 的例子：

```
setLayout(new FlowLayout(FlowLayout.RIGHT,20,40));
setLayout(new FlowLayout(FlowLayout.LEFT));
setLayout(new FlowLayout());
```

【例 7-3】 使用了 FlowLayout 管理 Frame 中的若干个按钮。

```
import java.awt.*;
public class Exp7_3 {
private Frame f;
private Button button1,button2,button3;
public static void main(String args[]) {
    Exp7_3 mflow = new Exp7_3();
        mflow.go();
                                                    }

public void go(){
  f = new Frame("Flow Layout");
  f.setLayout(new FlowLayout());
  button1 = new Button("OK");
  button2 = new Button("Open");
  button3 = new Button("Close");
  f.add(button1);
  f.add(button2);
  f.add(button3);
  f.setSize(100,100);
  f.setVisible(true);
                            }
            }
```

程序的运行结果如图 7-1 所示。如果改变 Frame 的大小，Frame 中组件的布局也会随之改变。

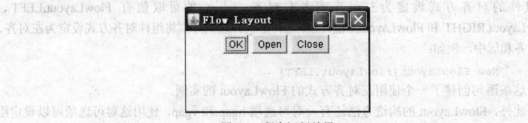

图 7-1　程序运行结果

7.5.2　BorderLayout 布局管理器

　　BorderLayout 是 Dialog 类和 Frame 类的默认布局管理器，它提供了一种较为复杂的组件布局管理方案，每个被 BorderLayout 管理的容器均被划分成五个区域：东（East）、南（South）、西（West）、北（North）、中（Center）。North 在容器的上部，East 在容器的右部，其他依此类推。Center 当然就是 East，South，West 和 North 所围绕的中部。

　　BorderLayout 布局管理器有两种构造方法。

　　（1）BorderLayout() 构造一个各部分间距为 0 的 BorderLayout 实例。

　　（2）BorderLayout(int,int) 构造一个各部分具有指定间距的 BorderLayout 实例。

　　在 BorderLayout 布局管理器的管理下，组件必须通过 add()方法加入到容器的五个命名区域之一，否则，它们将是不可见的。下面的命令将一个按钮加到框架的南部：

```
f = new Frame("Frame Title");
b= new Button("Press Me");
f.add(b, "South");
```

需要特别注意的是区域的名称和字母的大小写一定要书写正确。

　　在容器的每个区域，只能加入一个组件。如果试图向某个区域中加入多个组件，那么其中只有一个组件是可见的。后面将会看到如何通过使用内部容器在 BorderLayout 的一个区域内间接放入多个组件。

　　对 East，South，West 和 North 这四个边界区域，如果其中的某个区域没有使用，那么它的大小将变为零，此时 Center 区域将会扩展并占据这个未用区域的位置。如果四个边界区域都没有使用，那么 Center 区域将会占据整个窗口。

　　【例 7-4】举例说明使用 BorderLayout 布局管理器的程序。

```
import java.awt.*;
public class Exp7_4{
private Frame f;
private Button be,bw,bn,bs,bc;
public static void main(String args[]) {
 Exp7_4 that = new Exp7_4();
 that.go();
 }
void go() {
f = new Frame("Border Layout");
be = new Button("East");
bs = new Button("South");
bw=new Button("West");
bn=new Button("North");
bc=new Button("Center");
f.add(be,"East");
f.add(bs,"South");
```

```
f.add(bw,"West");
f.add(bn,"North");
f.add(bc,"Center");
f.setSize(350,200);
f.setVisible(true);
        }
    }
```

运行结果如图 7-2 所示。当窗口大小改变时，窗口中按钮的相对应位置并不会发生变化，但按钮的大小将会改变。

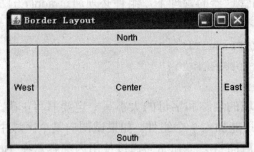

图 7-2　程序运行结果

7.5.3　GridLayout 布局管理器

GridLayout 是一种网格式的布局管理器，它将容器空间划分成若干行、若干列的网格，组件依次放入其中，每个组件占据一格。

GridLayout 有三种构造方法：

```
public GridLayout()
public GridLayout(int rows,int cols)
public GridLayout(int rows,int cols,int hgap,int vgap)
```

第一种不带参数的构造方法创建一个只有一行的网格，网格的行数根据实际需要而定。第二种和第三种构造方法中的 rows 和 cols 分别指定网格的行数和列数，例如，使用命令 new GridLayout(3,2)，可以创建一个三行乘两列的布局管理器。rows 和 cols 中的一个值可以为 0，但是两个值不能都是 0。如果 rows 为 0，那么网格的行数将根据实际需要而定；如果 cols 为 0，那么网格的列数将根据实际需要而定。第三种构造方法中的 hgap 和 vgap 分别表示网格间的水平间距和垂直间距。

【例 7-5】　举例说明 GridLayout 布局管理器。

```
import java.awt.*;
public class Exp7_5 {
private Frame f;
private Button b1,b2,b3,b4,b5,b6;
public static void main(String args[]) {
Exp7_5 that = new Exp7_5();
that.go();
```

```
    }
    void go(){
    f = new Frame("Grid example");
    f.setLayout(new GridLayout(3,2));
    b1 = new Button("b1");
    b2 = new Button("b2");
    b3 = new Button("b3");
    b4 = new Button("b4");
    b5 = new Button("b5");
    b6 = new Button("b6");
    f.add(b1);
    f.add(b2);
    f.add(b3);
    f.add(b4);
    f.add(b5);
    f.add(b6);
    f.pack();
    f.setVisible(true);
    }
    }
```

程序运行结果如图 7-3 所示。

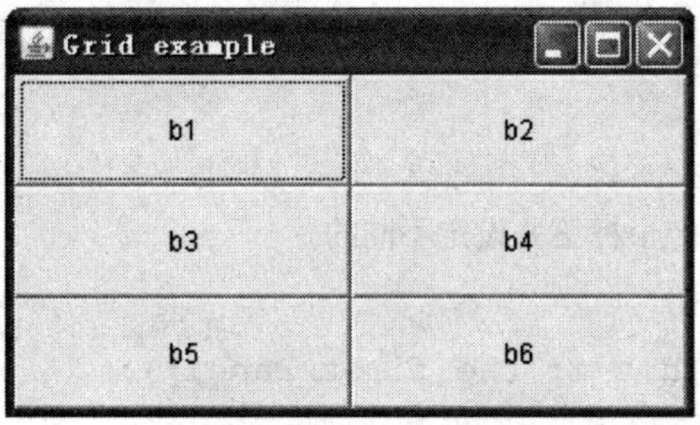

图 7-3　程序运行结果

从图 7-3 可以看出，网格每一列的宽度都是相同的，这个宽度等于容器的宽度除以网格的列数；网格每行的高度也是相同的，其值等于容器的高度除以网格的行数。组件被放入容器的次序决定了它所占的位置。每行网格从左至右依次填充，一行用完之后转入下一行。与 BorderLayout 布局管理器类似，当容器的大小改变时，GridLayout 所管理的组件的相对位置不会发生变化，但组件的大小会随之改变。

7.5.4　CardLayout 布局管理器

CardLayout 是一种卡片式的布局管理器，它将容器中的组件处理为一系卡片，每一时刻只显示出其中的一张。

下面是一个简单的使用 CardLayout 的程序实例。在这个例子中为 Frame 类的实例 f 指定了一个 CardLayout 类型的布局管理器，然后向其中加入了五张卡片，每张卡片都是 Panel 类的一个实例，并且具有不同的背景色。每当在程序窗口单击鼠标时，下一张卡片就会显示出来。

【例 7-6】 举例说明 CardLayout 布局管理器。

```java
import java.awt.*;
import java.awt.event.*;
public class Exp7_6 extends MouseAdapter{
Panel p1,p2,p3,p4,p5;
Label l1,l2,l3,l4,l5;
//声明一个 CardLayout 对象
CardLayout myCard;
Frame f;
public static void main (String args[]){
Exp7_6 ct=new Exp7_6();
ct.init();
}
public void init(){
f=new Frame("Card Test");
myCard=new CardLayout();
f.setLayout(myCard);
p1=new Panel();
p2=new Panel();
p3=new Panel();
p4=new Panel();
p5=new Panel();
//为每个 Panel 创建一个标签并设定不同的
//背景颜色，以便于区分
l1 = new Label("This is the first Panel");
p1.add(l1);
p1.setBackground(Color.yellow);
l2 = new Label("This is the second Panel");
p2.add(l2);
p2.setBackground(Color.green);
l3 = new Label("This is the third Panel");
p3.add(l3);
p3.setBackground(Color.magenta);
l4 = new Label("This is the fourth Panel");
p4.add(l4);
p4.setBackground(Color.white);
l5 = new Label("This is the fifth Panel");
```

```
p5.add(l5);
p5.setBackground(Color.cyan);
//设定鼠标事件的监听程序
p1.addMouseListener(this);
p2.addMouseListener(this);
p3.addMouseListener(this);
p4.addMouseListener(this);
p5.addMouseListener(this);
//将每个 Panel 作为一张卡片加入 f
f.add(p1,"First");
f.add(p2,"Second");
f.add(p3,"Third");
f.add(p4,"Fourth");
f.add(p5,"Fifth");
//显示第一张卡片
myCard.show(f,"First");
f.setSize(300,200);
f.show();
}
 //处理鼠标事件,每当单击鼠标键时,
//即显示下一张卡片。如果已经显示
//到最后一张,则重新显示第一张。
public void mouseclicked(MouseEvent e){
myCard.next(f);
}
}
```

程序运行结果如图 7-4 所示。

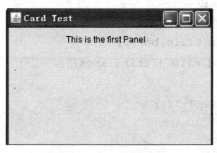

图 7-4　程序运行结果

7.5.5　其他管理器

除了前面介绍的 FlowLayout,BorderLayout,GridLayout 和 CardLayout 四种布局管理器之外,Java.awt 还提供了 GridBagLayout 布局管理器。这种布局管理器以网格为基础,允许组件使用最适当的大小，既可以占多个网格，也可以只占一个网格的一部分。

7.6　容　器

Java 的抽象窗口工具中提供了多种容器，本节将简单介绍其中最重要的两种——框架和面板。

7.6.1　框架

在前面的例子里，已经介绍过框架的使用方法。框架是一个带标题框的窗口，窗口的大小可以改变。默认情况下，框架使用 BorderLayout 布局管理器，可以使用 setLayout()对此进行修改。大多数应用程序都会在程序开始的时候创建一个框架，当然，也可以在一个程序中使用多个框架。

7.6.2　面板

面板是一个容器，并且是一个纯粹的容器，它不能作为独立的窗口使用。默认情况下，面板使用 FlowLayout 布局管理器，同样可以使用 setLayout()方法对此进行修改。

面板可以像按钮那样被创建并加入到其他容器中。当面板被加入某个容器时，可以对它执行以两项重要操作。

（1）为面板指定一个布局管理器，使得在整个显示区域中，面板所在的部分具有特殊的布局。

（2）向面板中加入组件。

【例 7-7】　举例说明面板的使用。

```java
import java.awt.*;
public class Exp7_7
{
    private Frame f;
    private Panel p;
    private Button bw,bc;
    private Button bfile,bhelp;
public static void main (String args[])
 {
 Exp7_7 gui=new Exp7_7();
 gui.go();
 }
void go()
{
f=new Frame("Exp7_7");
f.setLayout(new BorderLayout());
p=new Panel();
```

```
bw=new Button("West");
bc=new Button("work space region");
f.add(bw,"West");
f.add(bc, "Center");
bfile=new Button("File");
bhelp=new Button("Help");
p.add(bfile);
p.add(bhelp);
f.add("North",p);
f.pack();
f.setVisible(true);
   }
```

程序运行结果如图 7-5 所示。

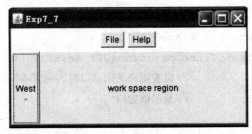

图 7-5   程序运行结果

7.7   菜单与对话框

菜单是窗口中常见的界面，由菜单条（MenuBar）、菜单（Menu）、菜单项（MenuItem）和复选菜单项（CheckboxMenuItem）等对象组成。菜单放在菜单条里，菜单项放在菜单里。

7.7.1   菜单条 MenuBar

Java.awt 包中的 MenuBar 类是负责创建菜单条的，即 MenuBar 的一个实例就是一个菜单条。

```
MenuBar bar=new MenuBar();//创建菜单条 bar
```

Frame 类有一个将菜单条放置到窗口中的方法，其一般格式为：

```
setMenuBar(MenuBar menubar);
```

因此，若要将整个建成的菜单条 bar 添加到某个容器中，可执行：

```
setMenuBar(bar);
```

该方法将菜单条添加到窗口的顶端。需要注意到是，只能向窗口添加一个菜单条。

7.7.2   菜单 Munu

Java.awt 包的 MenuItem 的一个实例就是一个菜单项。

MenuItem 类负责为菜单创建菜单项，或为每个菜单项创建其所包含的更小的菜单子项

MenuItem，并把菜单子项添加到菜单项中。

MenuItem 类的主要方法有以下几种：

（1）public viod add(MenuItem item)向菜单中增加由 item 指定的菜单项；

（2）public MenuItem getItem(int n)得到指定引索处的菜单项。

（3）public int getItemCount()得到菜单项目数。

```
        MenuItem open=new MenuItem("open")
        m1.add(open); //向菜单 m1 中增加由参数 open 指定的菜单项
```

【例 7-8】　有一个带菜单项的窗口，窗口的宽和屏幕的宽相同，高是屏幕高的一半。

```
import javax.swing.*;
import java.awt.*;
public class Exp7_8
{
public static void main(String args[ ])
  {
  Frame7_8 frame=new Frame7_8();
  frame.setDefaultCloseOperation(JFrame.EXIT_ON_CLOSE);
                        //设置用户关闭窗口时的响应动作
  frame.show();            //显示该窗口
  }
 }
  class Frame7_8 extends JFrame
  {
  MenuBar menubar;
  Menu menu;
  MenuItem item1,item2;
   Frame7_8()
  {setTitle("改变窗口尺寸");
  Toolkit tool=getToolkit();
  Dimension dim=tool.getScreenSize();
  setBounds(0,0,dim.width,dim.height/2);
  menubar=new MenuBar();
  menu=new Menu("文件");
  item1=new MenuItem("打开");
  item2=new MenuItem("保存");
  menu.add(item1);
  menu.add(item2);
  menubar.add(menu);
  setMenuBar(menubar);
  setVisible(true);
```

```
        }
    }
```
程序运行结果如图 7-6 所示。

图 7-6 例 7-8 程序运行结果

（4）将各个菜单子项注册给实现了动作事件的监听接口 ActionListenter 的监听者。如：

```
Exit.addActionCommand(this);
```

（5）为监听者定义 actionPerformed(ActionEvent e)方法，在这个方法中调用 e.getSource() 或 e.getActionCommand()来判断用户单击的菜单子项，并完成这个子项定义的操作。

```
public void actionPerformed(ActionEvent e)
{
if(e.getActionCommand()=="Exit")
System.exit(0);
}
```

【例 7-9】 菜单事件监听举例。

```
import java.awt.*;
import java.awt.event.*;
 public class Exp7_9 extends Frame implements ActionListener
    {
    Panel p=new Panel();
    TextArea txa1;
    MenuBar menubar;
    Menu menu;
    MenuItem item1,item2;
Exp7_9()
    {
setSize(300,150);
setTitle("菜单事件处理");
txa1=new TextArea("",3,20,1);
p.add(txa1);add(p);
menubar=new MenuBar();
menu=new Menu("文件");
```

```
            item1=new MenuItem("打开");
            item2=new MenuItem("保存");
            item1.addActionListener(this);
            item2.addActionListener(this);
            menu.add(item1);
            menu.add(item2);
            menubar.add(menu);
            setMenuBar(menubar);
            setVisible(true);
            }
    public static void main(String args[])
    {
    new Exp7_9();
    }
    public  void actionPerformed(ActionEvent e)
    {//该方法的作用是进行事件处理
    Object s=e.getSource();//通过 getSource()方法判断事件源
    if(s==item1)txa1.append("我选择了菜单项：打开\n");
    else
    if(s==item2)
    txa1.append("我选择了菜单项：保存\n");
    }
    }
```

程序运行结果如图 7-7 所示。

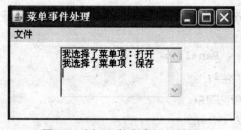

图 7-7　例 7-9 的程序运行结果

7.7.3　菜单的功能设置

1. 增加菜单项分隔线

有希望在各个菜单子项之间添加一条横向分隔线，以便把菜单子项分为几组。添加分隔线的方法是，使用 Menu 的一个实例，"新建"、"保存"、"打印" 是它的三个菜单项，想在菜单项之间使用分隔线，只需在源文件中有这样的代码行：

```
    m1.add("新建");
    m1.addSeparator(); //分隔线，使用时需要质疑该语句的位置
```

```
    m1.add("保存");
    m1.add("打印");
```

2. 复选框菜单项

这种菜单项有"选中"和"未选中"两种状态，每次选择这类菜单子项时都使它在两种状态之间切换。处于"选中"状态的菜单项的单项的前面有一个小对号，处于"未选中"状态时没有小对号。

创建"选中"状态的方法如下：

```
    CheckboxMenuItem item1=new CheckboxMenuItem("编辑");
```

【例 7-10】复选框举例。

```
    import javax.swing.*;
    import java.awt.*;
    public class Exp7_10
    {
    public static void main(String args[])
    {
       Frame7_10 frame=new Frame7_10();
       frame.setDefaultCloseOperation(JFrame.EXIT_ON_CLOSE);
         //设置用户关闭窗口时的响应动作
       frame.show();
         //显示该窗口
    }
    }
    class Frame7_10 extends JFrame
    {MenuBar menubar;
    Menu menu;
    MenuItem item1,item2;
    Frame7_10()
    {
    setTitle("改变窗口尺寸");
    Toolkit tool=getToolkit();
    Dimension dim=tool.getScreenSize();
    setBounds(0,0,dim.width,dim.height/2);
    menubar=new MenuBar();
    menu=new Menu("文件");
    item1=new MenuItem("打开");
    item2=new CheckboxMenuItem("保存");        //使用对号标记
    menu.add(item1);
    menu.addSeparator();                        //使用分隔线
    menu.add(item2);
```

```
    menubar.add(menu);
    setMenuBar(menubar);
    setVisible(true);
  }
}
```

程序运行结果如果 7-8 所示。

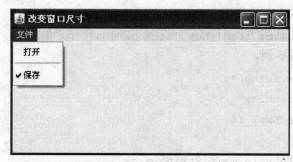

图 7-8　例 7-10 的程序运行结果

3．嵌入子菜单

Menu 不仅可以添加 MenuItem 对象，也可以添加 Menu 对象。

如果希望菜单还可以包含其他更多的菜单项，就可以使用子菜单。被添加菜单为子菜单。子菜单的使用非常简单，创建一个包含若干菜单子项的菜单项，把这个菜单项像菜单子项一样添加到一级菜单项中即可。

4．使用菜单子项快捷键

除了单击鼠标可以选择菜单子项外，还可以为每个菜单项定义一个键盘快捷键，这样就可以在键盘上直接选择菜单子项了。快捷键是一个字母，定义好了后按住 **Ctrl** 建和该字母就可以选择菜单中对应的菜单项。定义菜单子项快捷键的方法是：

```
    MenuItem cut=new MenuItem("Cut",new Menushortcut('x'));
```

【例 7-11】　菜单子项快捷键举例。

```
import java.awt.*;
import java.awt.event.*;
public class Exp7_11 extends Frame implements ActionListener
{
  Panel p=new Panel();
  Button btn=new Button("Exit");
  MenuBar mb=new MenuBar();
  Menu m1=new Menu("File");
  MenuItem open=new MenuItem("open",new MenuShortcut('o'));
  MenuItem close=new MenuItem("close",new MenuShortcut('o'));
  MenuItem exit=new MenuItem("Exit");
  Exp7_11()
  {
```

```
super("Window");
setSize(350,200);
add("South",p);
p.add(btn);
btn.addActionListener(this);
m1.add(open);
m1.add(close);
m1.addSeparator();
m1.add(exit);
exit.addActionListener(this);
mb.add(m1);
setMenuBar(mb);
show();
}
public static void main(String args[])
{
new Exp7_11();
}
public void actionPerformed(ActionEvent e)
{
if(e.getActionCommand()=="Exit")
System.exit(0);
}
}
```

程序运行结果如图 7-9 所示。

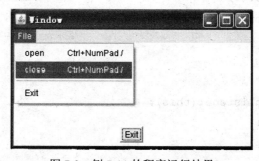

图 7-9　例 7-11 的程序运行结果

5．复选框菜单项的选择事件

选择该菜单项将触发选择事件 ItemEvent。为了捕获 ItemEvent 选择事件，可以使用
AddActionListener（ItemListener itemlistener）方法获得监听器。

```
CheckboxMenuItem item1=new CheckboxMenuItem("新建");
item1.addActionListener(this)
```

创建监听器对象的类必须实现 ItemListener 接口。

发生 ItemEvent 选择事件时，由 itemStateChanged(ItemEvent e)方法处理事件。

【例 7-12】　复选框菜单项的选择事件举例。

```java
import java.awt.*;
import java.awt.event.*;
public class Exp7_12 extends Frame
implements ActionListener,ItemListener
{
TextField tf=new TextField();
MenuBar mb=new MenuBar();
Menu m1=new Menu("文件");
Menu m2=new Menu("新建");
MenuItem open=new MenuItem("打开",new MenuShortcut('o'));
CheckboxMenuItem checkbox=new CheckboxMenuItem("查找");
MenuItem exit=new MenuItem("退出");
Exp7_12()
{
super("菜单");
setSize(350,200);
add(tf);
mb.add(m1);
m1.add(m2);
checkbox.setState(true);
m1.add(open);
m1.addSeparator();
m1.add(checkbox);
m1.add(exit);
m2.add("文件");
m2.add("文件夹");
open.addActionListener(this);
setMenuBar(mb);
show();
}
public static void main(String args[])
{
new Exp7_12();
}
public void actionPerformed(ActionEvent e)
{
```

```
if(e.getActionCommand()=="exit")
System.exit(0);
else
tf.setText(e.getActionCommand());
}
public void itemStateChanged(ItemEvent e)
{
if(e.getSource()==checkbox)
if(checkbox.getState())
  tf.setText(checkbox.getLabel());
else
tf.setText(checkbox.getLabel());
}
}
```

程序运行结果如图 7-10 所示。

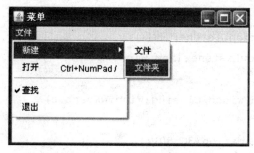

图 7-10　例 7-11 的程序运行结果

7.7.4　自定义对话框

在 Java 语言中，建立 Dialog 类的一个实例就可以创建一个自定义窗口。

（1）构造方法。

Dialog(Framer owner) 创建主控对话框，指定其拥有者为一窗口。

（2）主要方法。

void dispose()销毁对话框对象。

String getTitle()取得对话框的标题。

void hide()隐藏对话框。

void setTitle(String title) 设置对话框的标题。

void show()显示对话框。

【例 7-13】　自定义对话框举例。

```
import java.awt.event.*;
import java.awt.*;
public class Exp7_13 extends Frame implements ActionListener
{
```

```
static Exp7_13 窗口=new Exp7_13();
static Dialog 对话框=new Dialog(窗口);//建立提示窗口为对话框
static Button close=new Button("退出");
static Button cancel=new Button("取消");
static Label 说明=new Label("退出窗口时，将有对话框提示操作!");
public static void main(String args[])
{
 窗口.setTitle("窗口操作");
 窗口.setSize(300,200);
 对话框.setTitle("确定退出吗?");
 对话框.setSize(200,120);
 对话框.setLayout(new FlowLayout(FlowLayout.CENTER,5,30));
 对话框.add(close);
 对话框.add(cancel);
 窗口.add(说明);
 cancel.addActionListener(窗口);
 close.addActionListener(窗口);
 窗口.addWindowListener(new WindowAdapter()
 {
  public void windowClosing(WindowEvent e)
  {
   对话框.setLocation(30,50);
   对话框.show();
  }
 });
 窗口.setVisible(true);
 }
public void actionPerformed(ActionEvent e)
{
Button btn=(Button)e.getSource();
if(btn==close)
{
对话框.dispose();
窗口.dispose();
}
else if(btn==cancel)
对话框.hide();
}
}
```

程序运行结果如图 7-11 所示。

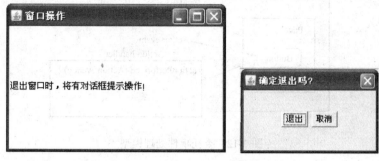

图 7-11　例 7-13 的程序运行结果

　　该对话框的特点：该对话框具有强制性，即必须在用户处理完后才允许用户与主窗口继续进行交互，这样的对话框称为模式对话框。相应的还有无模式对话框，无模式对话框则允许用户同时与主窗口继续进行交互。

7.8　事　件　处　理

　　消息驱动、事件处理是面向对象编程技术的主要特点。目前所有的 GUI 程序都是基于事件驱动的，可以说事件处理是 Java 让整个程序"动"起来的处理过程，它能使程序方便灵活地响应用户的操作。在基于 Windows 系统的编程中，事件处理是理解、掌握和开发良好应用程序所必须具备的知识。

　　在面向过程的程序设计模式中，整个程序的运行流程是在程序中预定义的。而在面向对象的程序设计思想中，则是让用户来掌握主动权，整个运行流程是由用户来决定的。GUI 应用程序一旦构建完 GUI 后，就始终等待用户通过鼠标、键盘等方法给它消息（消息驱动）；在接收到相应的消息后，应用程序根据这些消息类别可以进行相应的处理（事件处理），例如，当应用程序接收到鼠标双击窗口标题栏的消息时，它会对此消息进行处理——将窗口最大化或者最小化。

7.8.1　事件处理模型

　　在 JDK1.1 版本后的 Java 中主要采用委托事件处理模型（delegation event model），这种模型定义了一种标准的机制去处理事件的产生和处理。图 7-12 是委托事件处理模型的框架图，从这个模型中可以看出，它包括事件源（eventsource）、事件（event）、监听器（listeners）这几个主要部分。它们的关系是：事件源产生一个时间并将其送到一个或多个监听器那里，监听器则一直监听特定事件的发生，一旦接收到某个事件发生，它将处理此事件并返回。

　　如图 7-12 所示，此处由 ActionListener 监听器去监听按钮 Button（事件源）按下的事件，如果发现 Button 被按下，则监听器会调用它的方法 actionPerformed()去处理并返回结果。此处，Button 是事件源，事件为 Actionevent，监听器为 ActionListener。

　　在委托事件处理模型中，必须注意如果想实现监听器的监听功能，即可以接收事件，必须将其注册。这样就可以将消息发送给那些想接收它们的某些监听器。

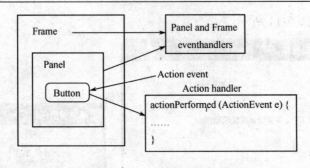

图 7-12　委托事件处理模型

总体来说，Java 事件处理有三部分主要内容。

1．事件

在授权事件模型中，事件是一个对象，它描述了发生在事件源上的状态改变，包括事件的发生时刻、事件标识、相关参数等具体信息。例如，在 Windows 系统中，有一个关于单击鼠标的事件子类。单击鼠标事件包括单击鼠标时的时刻，也可能包括当单击发生时鼠标在屏幕上的位置、Shift 键和 Alt 键的状态、是单击鼠标左键还是右键之类的信息。

在 java.util 包中封装的 EventObject 类，它是 Java 事件类层次结构的根节点，是所有事件类的父类。

下面是它的一个构造方法：

public EventObject(Object src)：其中 src 标识可以产生事件的对象。

EventObject 类包括两个成员方法。

public Object getSource()：返回事件源。

public String toString()：返回字符串。

这里还必须注意 AWTEvent 类，它是所有的基于 AWT 的事件的父类。

2．事件源

事件源表明了在哪个 compoment 上发生了事件，它是产生事件的对象。比如图 7-12 所示的 Button 就是事件源，当这个对象内部的状态以某种方式改变时，事件就会产生。应该注意事件源可能产生不止一种事件，如在一个窗口这个事件源中，它可能产生鼠标单击、双击、移动、键盘按下等多个不同事件。

3．事件监听器

事件发生了由谁来处理？这个"谁"就是事件监听器。事件监听器是事件发生时被通知的对象，这个对象有专门的方法来处理事件，比如 ActioinListener 接口中的 actionPerformed 方法，如图 7-12 所示。

具体来说，在哪个部门发生事件由哪个 Listener 对象处理。使用 addXXXXListener 方法来进行注册，这也被称为事件委任（event delegation）。每一种事件有它自己的注册方法，注册的通用形式是：

```
public void addTypeListener(TypeListener el)
```
此处，Type 是事件的名称，而 el 是一个事件监听器的引用。

同时，事件源也必须提供一个允许监听器注销某个特定事件的方法，方法的通用形式如下：

```
public void removeTypeListener(TypeListener el)
```

当在程序中编写"事件处理"程序段时，通常可以采用以下几个步骤。

（1）新建若干组建（如 JButton，JMenu 等）。

（2）将该组件添加到相应的面板（如 JPanel 等）。

（3）确定事件类型。用户使用鼠标、键盘发起的每一个动作几乎都会引起一个消息，也就是会引发一个事件，而各个事件都有自己的类型。在实际编程中，并不是要对所有这些事件都作出响应，因为有些事件可能并不是你所关心的。

（4）注册监听器，以便由选择新的监听器事件源产生的事件（如通过 ActionListener 来响应用户单击按钮）。每一种事件类型都有一个相应的接口，通常命名为 XXXListener，其中 XXX 代表它所处理的事件类型。这些接口包含在 java.awt.event 和 javax.Swing.event 包中。

（5）增加事件处理程序（如在 ActionListener 的 actionPerformed 中定义相应方法）。要往监听器的方法中增加实际的事件处理程序，即写出相应的事件处理代码。比如，对一个鼠标双击文件的操作作出打开文件的响应。

下面举例来说明 Java 处理事件的方法。此例是最简单的事件处理程序，界面部分只含有单个 JButton 控件和简单 JFrame。当用户按下按钮时，可以捕获到此事件。

【例 7-14】最简单的事件处理程序。

```
import java.awt.*;
import javax.swing.*;
public class Exp7_14 {
public static vold main(String args[]){
JFrame f = new JFrame("Test");
JButton b = new JButton("Press Me!");
b.addActionListener(new ButtonHandler());
f.add(b,"Center");
f,pack();
f.setVisible(true);
}
}
// ButtonHandler 类是一个处理器类，事件将委托给这个类
import java.awt.event.*;
public class ButtonHandler implements ActionListener{
public void actionPerformed(ActionEvent e){
  System.out.println("Action occurred ");
System.out.println("Button's label is: "
+e.getActionCommand());
}
}
```

这个程序的特征如下。

（1）JButton 类有一个 addActionListener(ActionListener)方法。

（2）ActionListener 接口定义了一个方法 actionPerformed。

（3）创建一个 JButton 对象时，这个对象可以通过使用 addActionListener 方法注册 ActionEvents 的监听者。调用这个方法时带有一个实现了 ActionListener 接口的类的参数。

7.8.2　事件监听器接口

事件监听器接口（EventListener）通常针对事件类所代表的不同事件类型有不同的方法。EventListener 接口试图提供一个合理的监听器接口类型，而不是为每种事件类型都提供单独的接口。

AWT 定义的低级监听器接口如下：

```
Java.Util.EventListener
ComponentListener
ContainerListener
FocusListener
KeyListener
MouseListener
MouseMotionListener
WindowListener
```

AWT 定义的语义监听器接口如下：

```
EventListener
ActionListener
AdjustmentListener
ItemListener
TextListener
```

下面分别解释每一个接口中包含的一些特殊方法。

1．ComponentListener 接口

在这个接口中定义了四种方法：

void componentResized (componentEvent ce)	组件大小改变
void componentMoved (componentEvent ce)	组件被移动
void componentShown (componentEvent ce)	组件显示
void componentHidden (componentEvent ce)	组件隐藏

2．ContainerListener 接口

在这个接口中定义了两种方法：

void componentAdded(containterEvent ce)	当一个组件被加入到一个容器中时
void componentRemoved(containerEvent ce)	当一个组件从一个容器中被删除时

3．FocusListener 接口

在这个接口中定义了两种方法：

void focusGained (focusEent fe)	当一个组件获得键盘焦点时
void focusLost(focusEvent fe)	当一个组件失去键盘焦点时

4．KeyListener 接口

在这个接口中定义了三种方法：

void keyPressed　 (KeyEvent he)	当一个键被按下时
void keyReleased　 (KeyEveot he)	当一个键释放时

| void keyTyped　(KeyEvent he) | 当一个字符已经被输入时 |

当按下和释放 A 键时，通常有三个时间顺序产生：键被按下、键入和释放。

当按下和释放 Home 键时，通常有两个事件顺序产生：键被按下和释放。

5．MouseListener 接口

在这个接口中定义了五种方法：

void mouseClicked (MouseEvent me)	当鼠标在同一点被接下和释放时
void mouseEntered (MouseEvent me)	当鼠标进入一个组件时
void mouseExited (MouseEvent me)	当鼠标离开组件时
void mouseReleased (MouseEvent m)	当鼠标被按下时
void mouseReleased (MouseEvent me)	当鼠标被释放时

6．MouseMotionListener 接口

在这个接口中定义了两种方法：

| void mouseDragged (MouseEvent me) | 当拖动鼠标时 |
| void mouseMoved (MouseEvent me) | 当移动鼠标时 |

7．WindowListener 接口

在这个接口中定义了七种方法：

void windowActivated (WindowEvent we)	当一个窗口被激活时
void windowClosed (WindowEvent we)	当一个窗口被关闭时
void windowClosing (WindowEvent we)	当一个窗口正在被关闭时
void windowDeactived (WindowEvent we)	当一个窗口被禁止时
void windowDeiconified (WindowEvent we)	当一个窗口被恢复时
void windowIconified (WindowEvent we)	当一个窗口被最小化时
void windowOpened (WindowEvent we)	当最后一个窗口被打开时

8．ActionListener 接口

在这个接口中定义了 actionPerformed()方法，当一个动作发生时，它将被调用。方法的一般形式如下所示：

```
Void actionPerformed(AdjustmentEvent ae)
```

9．AdjustmentListener 接口

在这个接口中定义了 adjustmentValueChanged()方法，当一个调整事件发生时，它将被调用.方法的一般形式如下：

```
void adjustmentValueChanged (adjustmentEvent ae)
```

10．ItemListener 接口

在这个接口中定义了 itemstateChanged()方法，当一个项的状态发生变化时，它将被调用。方法的一般形式如下所示:

```
void itemStateChanged(ltemEvent ie)
```

11．TextListener 接口

在这个接口中定义了 textChanged()方法，当文本区或文本发生变化时，它将被调用。方法的一般形式如下：

```
void textChanged (TextEvent te )
```

下面使用单个监听器建立一个简单的应用程序，如例 7-15 所示。该程序界面有两个按钮，当单击相应的按钮时，就会弹出一个对话框显示相应的内容。在这个例子中，利用一个 ActionListener 来监听事件源产生的事件，用一些 if 语句来决定是哪个事件源。

【例子 7-15】 单个监听器的使用。

```java
import java.awt.*;
import java.awt.event.*;
import javax.swing.*;
public class Exp7_15
  {
  private static JFrame Frame;                 // 定义为静态变量以便 main 使用
  private static JPanel myPanel;               // 该面板用来放置按钮组件
  private JButton button1;                      // 这里定义按钮组件
  private JButton button2;
  public Exp7_15 ()                            // 构造器建立，建立图形界面
    {
    myPanel=new JPanel();
    button1 =new JButton("按钮 1");
    button2=new JButton("按钮 2");
    SimpleListener ourListener=new SimpleListener ();
    // 建立一个 ActionLiStener 让两个按钮共享
    button1.addActionListener(ourListener);
    button2.addActionListener(ourListener);
    myPanel.add(button1);                      // 添加按钮到面板
    myPanel.add(button2);
    }
  private class SimpleListener implements ActionListener
    {
    public void actionPerformed(ActionEvent e)
    {String buttonName=e.getActionCommand();
    if(buttonName.equals("按钮 1"))
      JOptionPane.showMessageDialog(Frame,"按钮 1 被单击");
    else if(buttonName.equals("按钮 2"))
      JOptionPane.showMessageDialog(Frame,"按钮 2 被单击");
      else
      JOptionPane.showMessageDialog(Frame,"Unknown  event");
    }
  }
  public static void main(String args[])
  { JFrame f=new JFrame("Exp7_15");
```

```
        new Exp7_15();
        f.addWindowListener(new WindowAdapter(){
        public void windowClosing(WindowEvent e)
        {System.exit (0);
        }
                                            }
        );
        f.getContentPane().add(myPanel);
        f.pack();
        f.setVisible(true);
        }
    }
```

程序运行结果如图 7-13 所示。

图 7-13　程序运行结果

说明：

在以上程序的 main 方法中，首先新建 Exp7_15 组件，通过构造器建立用户 GUI；定义一个面板 JPanel，增加两个按钮；然后利用 JButton.addActionListerner 将这两个按钮加入到一个活动监听器 SimpleLister 中；最后，将这两个按钮添加到该面板。

当 GUI 建立后，将面板添加到窗体并显示结果。当单击按钮时，程序调用 actionPerformed 方法，通过 if 语句来判断是哪一个按钮被单击，然后在对话框中显示相应的内容。

7.8.3　事件适配器（Adapter）

在 Java 语言中，如果一个非抽象类要实现某个接口，就必须实现指定接口中的所有抽象方法。 但在实际应用中，并不是所有的方法都是用户感兴趣的。为了简化，Java 提供了一个适配器类，它可以使得 Java 在某些情况下的事件处理变得简单。一个适配器在接收处理与特定的事件监听器接口相对应的某一部分事件时，就可以定义一个由相应的适配器类扩展的新类作为事件监听器，并只实现与处理你所感兴趣的事件。

以 MouseListener 接口为例，它定义了如下方法：

```
    mouseClicked (MouseEvent e)
    mouseEntered (MouseEvent e)
    mouseExited (MouseEvent e)
    mousePressed (MouseEvent e)
    mouseReleased (MouseEvent e)
```

MouseAdapter 类有上面 5 个空方法，这些空方法的声明被定义在 MouseListener 接口中。

如果只对鼠标的 Click 事件感兴趣，那么就可以简单地继承 MouseAdapter 类并实现 mouseClicked ()方法。

Java.awt.event 包中定义的事件适配器类及其相应实现的监听器接口如表 7-1 所示。

表 7-1　适配器类实现的监听器接口

适配器类	监听器接口
ComponentAdapter	ConponetListener
ContainerAdapter	ContainerListener
FocusAdapter	FocusListener
KeyAdapter	KeyListener
MouseAdapter	MouseListener
MouseMotionAdapter	MouseListener

如下面的代码段所示，继承 MouseAdapter 类，并只需重用 MouseClicked 方法。

```
import java.awt.*;
import java.awt.event.*;
public class MouseClickHandler extends MouseAdapter {
    // 此处只需要实现 mouseClick,所以使用 Aapter 来避免
    // 不得不重写所有事件处理方法
    public void mouseClick, (MouseEvent e){
    // 做一些 mouseClicked 处理操作
    }
}
```

习　　题

一、选择题

1. Java 抽象窗口工具集 AWT（Abstract Window TooKkit）的核心内容是（　　）。

　　A．组件和容器　　　　　　　　B．组件和布局管理器

　　C．布局管理器　　　　　　　　D．容器

2. 以下不是布局管理器的是（　　）。

　　A．FlowLayout　　　　　　　　B．BorderLayout

　　C．GridLayout　　　　　　　　D．Layout

二、问答题

1. 什么是容器？什么是事件？

2. 什么是事件监听器？它的作用是什么？

3. Frame 类的对象的默认布局是什么布局？

第 8 章　输入/输出流控制

输入/输出是指程序与计算机的外部设备之间进行信息交换，一般的应用程序都要求输入数据并产生输出结果。输入操作的主要功能是接收来自键盘、磁盘或其他输入设备的数据，然后将其转换为对象所要求的格式，保存到内存变量、磁盘文件等地方。输出操作是将一个对象转换为字节数据或字符数据序列，显示在屏幕上，保存在磁盘上或其他输出设备上。提供输入数据的设备称为源点，接收输出数据的设备称为终点，输入/输出操作可以看成是字节数据或字符数据序列在源点和终点之间的流动。

8.1　流式输入输出

8.1.1　流输入输出的概念

流是字节数据或字符数据序列。Java 采用输入流对象和输出流对象来支持程序对数据的输入和输出。输入流对象提供数据从源点流向程序的管道，程序可以从输入流对象读取字节数据或字符数据序列。输出流对象提供数据从程序流向终点的管道，程序通过该管道把字节数据或字符数据序列写到终点。

流可以被理解为一条"管道"。这条"管道"有两个端口：一端与数据源点（当输入数据时）或数据终点（当输出数据时）相连，另一端与程序相连。在与数据源点或数据终点相连的端口，"管道"在读写数据时能够应付数据源点和数据终点的多样性，消化掉因数据源点和数据终点的多样性带来的数据读/写的全部复杂性。而在与程序相连的端口，"管道"提供了输入/输出的统一操作界面。由于在程序和数据源点/数据终点之间建立了"管道"，使得程序输入/输出时原本直接对数据源点和数据终点的繁杂操作转化为对"管道"的统一而简单的操作，这样就大大简化了输入/输出的复杂性，减轻了程序员的负担。

有了流，程序和外界的数据交换都可通过流实现。当程序要从数据源点获取数据时，必须在程序和数据源点之间建立输入流；当程序要把结果输送到数据终点时，必须在程序和数据终点之间建立输出流。

Java 中的流分为两种，一种是字节流，另一种是字符流，分别由四个抽象类来表示（每种流包括输入和输出两个，所以一共四个）：InputStream，OutputStream，Reader，Writer。Java 中其他多种多样变化的流均是由它们派生出来的。

8.1.2　输入输出流的类层次

图 8-1 至图 8-4 给出了 java.io 包中的输入输出流的类层次，从这些图中可以看出 Java 中多种多样的流均是由四个抽象类（InputStream、OutputStream、Reader、Witer）派生出来的，所有的输入字节流类都是从 InputStream 派生出来的，输出流类都是从 OutputStream 派生出来的，所有的输入输出字符流类则都是从 Reader 和 Write 派生出来的。

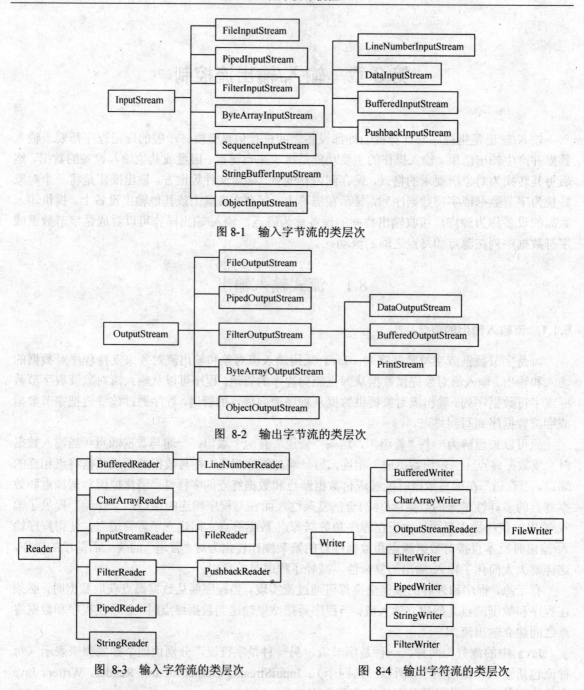

图 8-1　输入字节流的类层次

图 8-2　输出字节流的类层次

图 8-3　输入字符流的类层次　　　　图 8-4　输出字符流的类层次

8.1.3　基本输入输出流类

　　基本输入输出流是定义基本的输入、输出操作的抽象类，分别是：输入字节流类 InputStream、输出字节流类 OutputStream、输入字符流类 Reader、输出字节流类 Witer。

1．InputStream 类

　　InputStream 类中最重要的方法是读数据，read()方法按字节的方式读取数据，有以下三种形式。

（1）int read()从输入流中读取一个字节，返回值为 0~255 之间的一个整数。如果读不到数据，则返回-1。

（2）int read(byte b[])从输入流中读取多个字节，放置到字节数组 b 中，通常读取的字节的数量为 b 的长度，返回值为实际读取的字节的数量。

（3）int read(byte b[],int off, int len)读取 len 字节，放置到以下标 off 开始的字节数组中，返回值为实际读取的字节的数量。

还有其他一些常用的方法如下。

（1）int available( )返回流中可读取的字节数。

（2）long skip(long n)从当前位置向后跳过 n 个字节，返回值为实际跳过的字节数。

（3）void mark(int readlimit)标记流中的一个位置，从输入流中读出 readlimit 字节后所标记的位置才失效。

（4）void reset()返回 mark 方法所标记过的位置。

（5）Boolean marksupported()当前的流是否支持标记操作

（6）close()关闭输入流。当输入操作完成时，应该断开与外设数据源的连接，释放占用的系统资源。

有关上面方法及其他方法的详细说明，请参考 Java API 文档。

2．OutputStream 类

OutputStream 类中最重要的方法是写数据，write()方法将字节写入输入流中，有三种形式：

（1）void write(int b)将整数 b 的低位字节写入到输入流中；

（2）void write(byte[])将字节数组 b 的低位字节写入到输出中；

（3）void write(byte b[],int off,int len)将字节数组 b 中从下标 off 开始，长度为 len 的字节写入流中。

OutputStream 类中另外两个常用的方法。

（1）flush()刷空输出流，并输出所有缓冲字节。

对于缓冲式输入输出流来说，write()写法所写的数据并没有直接传到与输出流相连接的外部设备上，而是先放在缓冲区中，等到缓冲区中的数据积累到一定的数量后一次性写到外部设备上。缓冲区中的数据不满时，就需要将它写到外部设备上，可以使用 flush()方法把缓存中所有内容强制输入到流中。

（2）close()关闭输入流。当输出操作完成时，应该断开与外设数据源的连接，释放占用的系统资源。

3．Reader 类

Reader 类与 inputstream 类相似，都是输入流，不过这两个类读取的数据类型不一样，前者读入的是字符，而后者读入的是字节。

Reader 中最重要的方法是 read()，有以下三种形式。

（1）int read()从输入流中读取一个字符，并转化为整数返回。如果读不到数据，则返回-1。

（2）int read(char b[])从输入流中读取多个字符，放置到字符组 b 中，通常读取的字符数量为 b 的长度，返回值为实际读取的字节的数量。

（3）int read(char b[], int off,int len)读取 len 个字符，放置到以下标 off 开始的字符数组 b 中，返回值为实际读取的字符的数量。

Reader 类的方法如表 8-1 所示。

表 8-1　Reader 类的主要方法

abstract void close()	关闭该流并释放与之关联的所有资源
void mark(int readAheadLimit)	标记流中的当前位置
boolean markSupported()	判断此流是否支持 mark()操作
int read()	读取单个字符
int read(char[] cbuf)	将字符读入数组
abstract int read(char[] cbuf,int off,int len)	将字符读入数组的某一部分
int read(CharBuffer target)	将字符读入指定的字符缓冲区
boolean ready()	判断是否准备读取此流
void reset()	重置该流
long skip(long n)	跳过字符

4．Writer

Writer 类与 OutputStream 类相似，都是输出流，不过这两个类写出的数据类型不一样，前者写出的是字符，而后者写出的是字节。

Writer 类中的重要的方法是写数据，write()方法将字符写入输出流中。

（1）void write(int b)将整数 b 的低两位字节写入输出流。

（2）void write(char b[])将字符数组 b 中的所有字符写入到输出流。

（3）void write(char b[]，int off，int len)将字符数组 b 中从下标 off 开始、长度为 len 的字符写入输出流中。

（4）voie write(Strings)将字符串 s 写入流中。

（5）void write(String，int off，int len)将字符串 s 从 off 开始的 len 个字符写入流中。

Writer 类的方法如表 8-2 所示。

表 8-2　Writer 类的主要方法

Writer append(char c)	将指定字符添加到此 Writer 类
Writer append(CharSequence csq)	将指定字符序列添加到此 Writer 类
Writer append(CharSequence csq,int start,int end)	将指定字符序列的子序列添加到此 Writer 类
abstract void close()	关闭此流，但要先刷新它
abstract void flush()	刷新该流的缓冲
void write(char[] cbuf)	写入字符数组
abstract void write(char[] cbuf,int off,int len)	写入字符数组的某一部分
void write(int c)	写入单个字符
void write(String str)	写入字符串
void write(String str,int off,int len)	写入字符串的某一部分

8.1.4　其他输入输出流类

基本输入输出流是抽象类，在 Java 程序中真正使用的是它们的子类，对应不同的数据源和输入输出任务，以及不同的输入输出流。其中比较常用的如下。

（1）过滤输入输出流 FilterInputStream、FilterOutputStream 和 BufferedOutputStream 等子

类。过滤流在读/写数据的同时可以对数据进行处理，它也提示了同步机制，使得某一时刻只有一个线程可以访问一个 I/O 流，以防多个线程同时对一个 I/O 流进行操作所带来的意想不到的结果。

（2）文件输入输出流 FileInputStream 和 FileOutputStream，主要完成对本地磁盘文件的顺序读写操作。

（3）管道输入输出流 PipedInputStream 和 FileOutputStream，负责实现程序内部的线程间的通信或不同程序的通信。管道输入流作为一个通信管道的接收端，管道输入流则作为发送端。管道流必须是输入输出并用，即在使用管道前两者必须进行连接。

（4）字节数组流 ByteArrayInputStream 和 ByteArrayOutStream，可实现一内存缓冲区的同步读写。

（5）顺序输入流 SeqenceInputStream，可以把两个其他的输入流首尾相接，合并成一个完整的输入流等。

8.2　文件和目录

8.2.1　File 类

File 类的对象主要用来获取文件本身的一些信息，例如，文件所在的目录、文件的长度、文件读写权限等，不涉及对文件的读写操作。

创建一个 File 对象的构造方法有以下 3 个。

File(String Path)：这里的字符串参数 path 指明了新创建的 File 对象的磁盘文件或目录名及其路径名，Path 参数也可以对应磁盘上的某个目录。

File(String Path,String name)：第一个参数 Path 表示所对应的文件或目录的绝对路径或者相对路径，第二个参数 name 表示文件或目录名。将路径与名称分开的好处是相同的路径的文件或目录可共享在同一个路径字符串中。这样管理、修改都比较方便。

File(File dir,String name)：使用一个已经存在的代表某磁盘目录的 File 对象作为第一个参数，表示文件或者目录的路径，第二个字符串参数表述文件或者目录名。

1. 文件的属性

一个对应于某磁盘文件或者目录的 File 对象一经创建，就可以通过调用它的方法来获得该文件的属性。常用方法如下。

（1）public String getname() 获取文件的名字。

（2）public Boolean canread() 判断文件是否是可读的。

（3）public Boolean canwrite() 判断文件是否可被写入。

（4）public Boolean exits() 判断文件是否存在。

（5）public long length() 获取文件的长度（单位是字节）。

（6）public String getAbsolutepath() 获取文件的绝对路径。

（7）public String getpatent() 获取文件的父目录。

（8）public Boolean isfile() 判断文件是否是一个正常文件，而不是目录。

（9）public Boolean isdirectory() 判断文件是否是一个目录。

（10）public Boolean ishidden() 判断文件是否是隐藏文件。

（11）public long lastModified() 获取文件最后修改的时间。

2．目录

1）创建目录

File 对象调用方法 public Boolean mkdir()创建一个目录，如果创建成功返回 true，否则返回 false（如果该目录已经存在将返回 false）。

2）列出目录中的文件

如果 file 对象是一个目录，那么该对象可以调用下述方法列出该目录下的文件和子目录：

public String list() 用字符串星矢返回目录下的全部文件。

public file[] listfiles() 用 file 对象形式返回目录下的全部文件。

有时需要列出目录下指定类型的文件，比如.java、.txt 等扩展名的文件。可以使用 file 类的下述两个方法，列出指定类型的文件。

public String list(filenamefilter obj)该方法用字符串形式返回目录下的指定类型的所有文件。

public file[] listfiles(filenamefilter obj) 该方法用 file 对象返回目录下的指定类型的所有文件。Filenamefile 是一个接口，该接口有一个方法：

```
public Boolean accept(file dir,String name);
```

当向 list 方法传递一个实现该接口的对象时，dir 调用 list 方法在列出文件时，将调用 accept 方法检查该文件 name 是否符合 accept 方法指定的目录和文件名字要求。

8.2.2　FileInputStream 类

如果用户的文件读取需求比较简单，那么用户可以使用 FileInputStream 类，该类是从 Inputstream 中派生出来的简单输入类。该类的所有方法都是从 InputStream 类继承来的。为了创建 FileInputStream 类的对象，用户可以调用它的构造器。下面是它的两个构造器：

```
FileInputStream(String name)
FileInputStream(File file)
```

第一个构造器使用给定的文件名 name 创建一个 FileInputStream 对象。第二个构造器使用 file 对象创建 FileInputStream 对象。

表 8-3　FileInputStream 类的主要方法

int available()	返回下一次对此输入流调用的方法可以不受阻塞地从此输入流读取（或跳过）的剩余字节数
void close()	关闭此文件输入流并释放与此流有关的所有系统资源
Protected void finalize()	确保在不再引用文件输入流时调用其 close 方法
FileChannel getChannel()	返回与此文件输入流有关的唯一 FileChannel 对象
FileDescriptor getFD()	返回表示到文件系统中实际文件的连接的 FileDescriptor 对象，该文件系统正被此 FileInputStream 使用
int read()	从此输入流中读取一个数据字节
int read(byte[] b)	从此输入流中将最多 b.length 个字节的数据读入一个 byte 数组中
int read(byte[] b,int off,int len)	从此输入流中将最多 len 个字节的数据读入一个 byte 数组中
long skip(long n)	从输入流中跳过并丢弃 n 个字节的数据

1．使用文件输入流读取文件

你所要建立的许多程序都需要从文件中检索信息。文件输入流（输入流的子类）提供对文件的存取。为了读取文件，使用文件输入流构造器来打开一个到达该文件的输入流（源就是这个文件，输入流指向这个文件），文件输入流的格式如下所示：

```
FileInputStream(String name);
```

例如，为了获取一个名为 **myfile.dat** 的文件，建立一个文件输入流对象如下：

```
FileInputStream  istream=new FileInputStream("myfile.dat");
```

文件输入流构造器的另一个格式是允许使用文件对象来指定要打开哪个文件，代码如下：

```
FileInputStream(File  file);
```

例如，下面这段代码使用文件输入流构造器来建立一个文件输入流，以检索文件，代码如下：

```
File f=new file("myfile.dat");
FileInputStream  istream=new FileInputStream(f);
```

2．处理 I/O 异常

使用文件输入流构造器建立通往文件的输入流时，可能会出现错误（也常被称为异常）。

例如，要打开的文件可能不存在。当出现 I/O 错误时，**Java** 生成一个出错信号，它使用一个 **IOException** 对象来表示这个出错信号。程序必须使用一个 **try-catch** 块检测并处理这个异常。例如，为了把一个文件输入流对象与一个文件关联起来，使用类似于下面所示的代码：

```
Try{FileInputStream ins=new FileInputStream("myfile.dat");//读取输入流}
Catch(IOException e)
 {//文件 I/O 错误
  System.out.println("file read error:"+e);
 }
```

由于 I/O 操作对于错误特别敏感，所以许多其他的流类构造器和方法也会产生 I/O 异常。同样，必须按上述程序段所示的相同方式捕获处理这些异常。

3．从输入流中读取字节

输入流的唯一目的是提供通往数据的通道，程序可以通过这个通道读取数据，read 方法给程序提供一个从输入流中读取数据的基本方法。

方法的格式如下：

```
int Read();
```

Read 方法从输入流中读取单个字节的数据。该方法返回字节值（0～255 之间的一个整数），如果该方法到达输入流的末尾，则返回-1。

Read 方法还有其他的一些形式，这些形式能使程序把多个字节读到一个字节数组中：

```
int read(byte b[]);
int read(byte b[],int off,int len);
```

其中，**off** 参数指定 read 方法把数据存放在字节数组 b 中的什么地方。len 参数指定该方法将读取的最大字节数。上面所示的这两个 read 方法都返回实际被读取的字节个数，如果它们到达输入流的末尾，则返回-1。

FileInputStream 流顺序地读取文件，只要不关闭流，每次调用 read 方法就顺序地读取其余的内容，直到流的末尾或流被关闭。

4. 关闭流

虽然 Java 在程序结束时自动关闭所有打开的流，但是当使用完流后，还是要养成关闭任何打开的流的习惯。一个被打开的流可能会用尽系统资源，这取决于平台和实现。如果没有关闭那些被打开的流，那么在这个或另一个程序试图打开另一个流时，可能得不到这些资源。关闭输出流的另一个原因是把该流缓冲区的内容冲洗掉（通常冲洗到磁盘文件上）。在操作系统把程序所写到输出流上的那些字节保存到磁盘上之前，内容被存放在内存缓冲区，通过调用 close()方法，可以报告操作系统把流缓冲区的内容写到它的目的地。

【例 8-1】 简单读取文件：读取 Java 应用程序的源代码并正确显示汉字。

本程序主要使用文件输入流把 Java 应用程序的源代码读入到一个字符数组中，然后使用 String 类将字符数组转换成字符串指定字符编码，String 的构造函数请查阅 JDK 帮助文档。

```java
import java.io.*;
public class Exp8_1{
    public static void main(String args[]){
        byte[] buffer=new byte[2056];
        try
        {
        FileInputStream fileIn=new
        FileInputStream("C:\\A.java");
          int bytes=fileIn.read(buffer,0,2056);
          // 利用buffer中的内容(byte类型)来创建字符串并指定字符编码
          // 以便正确显示汉字
          String str=new String(buffer,0,bytes,"gb2312");
          System.out.println(str); // 输出字符串
        }
        catch(Exception e)  // 捕获异常
        {
          // 将异常信息转换为字符串
          String err=e.toString();
          System.out.println(err); // 输出异常信息
        }
    }
}
```

程序工作原理：创建文件输入流连接到数据源当前项目目录下的子目录 src/chapter8 中的 FileInputStreamSimpleUsage.Java 文件，从文件输入流读取数据并存放在 buffer 字节数组中，指定字节数组 buffer 字符编码为 GB2312，以便将汉字正确转换成字符串并输出。该程序使用了 try-catch-语句捕获异常，因为关于文件流的操作可能会抛出 IOException 异常。一般情况下，对文件的读写都应该采用这样的结构。

8.2.3 FileOutputStream 类

FileOutputStream 类提供了基本的文件的写入能力。除了从 FileOutputStream 类继承来的方法以外，**FileOutputStream** 类还有两个构造器：

```
FileOutputStream(String name)
```
使用给定的文件名 name 创建一个 **FileOutputStream** 对象。

```
FileOutputStream(file file)
```
使用 file 对象创建 **FileOutputStream** 对象。主要方法如表 8-4 所示。

表 8-4 FileOutputStream 类的主要方法

void close()	关闭此文件输出流并释放与此流有关的所有系统资源
protected void finalize()	清理到文件的连接，并确保在不再引用此文件输出时调用此流的 close 方法
FileChannel getChannel()	返回与此文件输出流有关的唯一 FileChannel 对象
FileDescriptor getFD()	返回与此流有关的文件描述符
void write(byte[] b)	将 b.length 个字节从指定 byte 数组写入此文件输出流中
void write(byte[] b,int off,int len)	将指定 byte 数组中从偏移量 off 开始的 len 个字节写入此文件输出流
void write(int b)	将指定字节写入此文件输出流

【例 8-2】 举例说明 **FileOutputStream** 的应用。

```java
import java.io.*;
public class Exp8_2{
    public static void main(String args[])throws FileNotFoundException
    {
        FileInputStream fileIn=new FileInputStream("in.jpg");
        FileOutputStream fileOut=new FileOutputStream("out.jpg");
        byte[] buffer=new byte[1024];
        // 每次读取或写入的二进制长度
        int len=1024;
        // 每次读取或写入的开始位置
        int startPos=0;
        try {
            // 从文件的开头位置读取 len 个字节的内容到缓冲区 buffer
            int end=fileIn.read(buffer,startPos,len);
            // 是否到达文件末尾
            while(end!=-1){
                fileOut.write(buffer);
                end=fileIn.read(buffer,startPos,len);
            }
            fileOut.flush();
            fileIn.close();
            fileOut.close();
        }catch(IOException e){
            e.printStackTrace();
```

```
        }
     }
  }
```

　　创建一个输入流 fileIn 连接到 in.jpg 文件上，创建一个输出流 fileOut 连接到 Sunset1.jpg 文件上，如果 Sunset1.jpg 不存在，则会自动创建这个文件；如果 Sunset1.jet 存在，则会覆盖这个文件。声明一个长度为 1024 字节的字节数组，每次从输入流 fileIn 中的当前位置 startPos 读取 1024 个字节存放在 buffer 数组中，并把 buffer 数组的内容通过输入流写入到 out.jpg 文件中，把当前位置向后移动 1024 个字节，重复操作直到到达 in.jpg 文件的末尾。要注意输入输出流的特点是每个数据都必须等待排在它前面的数据读入或送出之后才能读写，每次读写操作处理的是字节序列中剩余的未读写数据的第一个，而不能随意选择输入输出的位置，即读写数据是有序的。

8.2.4　FileReader 类和 FileWriter 类

　　FileReader 和 FileWriter 是按字符读写的输入输出流，它们的基类是 InputStreamReader 和 OutputStreamReader、InputStreamReader 和 OutputStreamWriter 的基类分别是 Reader 和 Writer，而 Reader 类和 Writer 类及它们的子类并不是流本身，而是提供了以字符流的形式读、写底层流的方法。因此，Reader 对象或 Writer 对象通常使用底层的 InputStream 对象和 OutputStream 对象来创建，InputStream 对象和 OutputStream 对象封装于外部设备的连接，这种外部设备就是最终的数据源或者数据目的地。在许多应用程序下，要读写文本文件，则应使用这两个类。现在就介绍这两个类的使用方法。

　　创建一个 FileReader 对象有三个方法，即它有三个构造函数分别如下。

　　FileReader(File file)：在给定从中读取数据的 File 的情况下创建一个新 FileReader。

　　FileReader(String fileName)：在给定从中读取数据的文件名的情况下创建一个新 FileReader。

　　FileReader(FileDescriptor fd)：在给定从中读取数据的 FileDescriptor 的情况下创建一个新 FileReader。

　　方法如下：

　　构造方法一：

```
    FileReader f0=new FileReader("test.dat");
```

　　构造方法二：

```
    File f=new File("test.dat");
    FileReader f1=new FileReader(f);
```

　　构造方法三：

```
    File f=new File("test.dat");
    FileReader f1=new FileReader(f);
    FileDescriptor fd=f1.getFD();
    FileReader f2=new FileReader(fd);
```

　　说明：

　　第一种方法使用更方便一些，构造一个输入流，并以文件 testFileReader.java 为输入源。

第二种方法构造一个输入流，并使 File 的对象 f 和输入流相连接。这种情况下，还可以通过对象 f 对该文件作进一步的分析，比如判断此文件是否存在，显示文件的属性、大小等。

第三种方法主要是对同一文件创建多个 FileReader 流对象，即有多个 FileReader 对象连接到数据源 test.dat，可以通过多个 FileReader 流对象读取该文件的数据。

FileReader 类的最重要的方法是 read，FileReader 有三种重载的 read 方法。

read()：返回下一个输入的字符的整型表示。

read(char b[])：读入字符放到字符数组 b 中并返回实际读入的字符数。如果所定义的字符数组容量小于所获得的字符数，则运行时将产生一个 IOException 异常情况。

read(char b[],int off,int len)：读入 len 个字符，从下标 off 开始放到数组 b 中，并返回实际读入的字符数。

【例 8-3】　FileReader 类的方法的使用。

```java
import java.io.*;
class Exp8_3{
    public static void main(String args[][])throws Exception{
        int size;
        char cbuf[]=new char[1024];
        FileReader f1=new
                FileReader("c:\\A.java");
        size=f1.read(cbuf,0,1024); // 从输入流读取数据到数组
        System.out.println("总有效的字节数："+size);
        System.out.println("文件的内容：");
        System.out.println(cbuf); // 打印数组
        f1.close(); // 关闭输入流
    }
}
```

由 FileWriter 类可以实例化一个文件输出流 FileWriter，并提供向文件中写入一个字符或者一组数据的方法。FileWriter 也有两个和 FileReader 类似的构造方法。如果用 FileWriter 来打开一个只读文件，会产生 IOException 异常。

同样，FileWriter 类有以下 5 种构造函数。

FileWriter(File file)：根据给定的 File 对象构造一个 FileWriter 对象。

FileWriter(File file,boolean append)：根据给定的 File 对象构造一个 FileWriter 对象。

FileWriter(FileDescriptor fd)：构造与某个文件描述符相关联的 FileWriter 对象。

FileWriter(String fileName)：根据给定的文件名构造一个 FileWriter 对象。

FileWriter(String filename,boolean append)：根据给定的文件名及指示是否附加写入数据的 boolean 值来构造 FileWriter 对象，其使用方法可参考 FileReader 类的构造函数的使用方法。

【例 8-4】　FileWriter 类的方法的使用。

```java
import java.io.*;
public class Exp8_4{
    public static char getInput()[] throws Exception{
```

```
            char buffer[]=new char[24];
            for(int i=0;i<24;i++)
            // 从键盘读入 12 个字符到缓冲区
                buffer[i]=(char)System.in.read();
            return buffer;
        }
    public static void main(String args[][])throws Exception{
        char buf[]=getInput();
        Writer f0=new FileWriter("out1.txt");
        Writer f1=new FileWriter("out2.txt");
        Writer f2=new FileWriter("out3.txt");
        for(int i=1;i<24;i+=2)
          // 将缓冲区中奇数位置上的字符保存到文件 out1.txt 中
            f0.write(buf[i]);
        f0.close();
        f1.write(buf); // 将缓冲区中的字符写入文件流 f1
        f1.close(); // 关闭输出流 f1
      // 将缓冲区中从位置 3 开始的连续 6 个字符写入文件流 f2
        f2.write(buf,12/4,12/2);
        f2.close(); // 关闭文件输出流 f2
    }
    }
```

如从键盘输入 "jkfkfjfjfjfjfksdkfewwwqq"，运行结束后查看三个文件的内容如下。

out1.txt 的内容为：kkjjjjkdfwwq。

out2.txt 的内容为：jkfkfjfjfjfjfksdkfewwwqq。

out3.txt 的内容为：kfjfjf。

【例 8-5】 FileReader 和 FileWriter 的综合应用——复制文本文件。

```
    import java.io.*;
    public class Exp8_5{
      public static void main(String args[]){
        File inputFile=new File("in.txt");
        File outputFile=new File("out.txt");
        try {
                FileReader in=new FileReader(inputFile);
                FileWriter out=new FileWriter(outputFile);
                int c;
                // 从文件 in.txt 中读数据
                while((c=in.read())!=-1)
                    // 将读入的数据写到文件 out.txt 中
```

```
        out.write(c);
      in.close(); // 关闭输入流 in
      out.close(); // 关闭输出流 out
    }catch(IOException e){
      System.out.println(e.getMessage());            }
  }

  }
```

程序工作原理：本程序的功能是复制文本文件，先创建 File 类的两个对象 inputFile 和 outputFile；在 in.txt 和 out.txt 文件中分别创建字符输入输出流；而后将从字符流 in 中用 read 方法一次读取一个字节，并在字符输出流 out 中用 writer 方法一次写一个字节到 out.txt 文件中，直到 in.txt 文件的末尾。

8.2.5　BufferedReader 类和 BufferedWriter 类

BufferedReader 类从字符输入流中读取文本，缓冲各个字符，从而实现字符、数组和行的高效读取，并且可把读出的内容转换成各种数据类型。使用 BufferedReader 类可以实现各种数据类型的输入。BufferedReader 类与 BufferedWriter 类各拥有 8192 个字节的缓冲区，对 BufferedReader 类来说，它可以先把一批数据读到缓冲区内，接下来的读操作都从缓冲区内获取数据，避免每次都从数据源读取数据并进行字符编码转换，从而提高操作的效率，例如，BufferedReader 在读取文本文件时，会先将字符数据读入缓冲区，而之后若使用 read()方法，会先从缓冲区中进行读取，如果缓冲区数据不足，才会再从文件中读取。BufferedReader 对象的主要方法如表 8-5 所示。

表 8-5　BufferedReader 对象的主要方法

void close()	关闭该流并释放与之关联的所有资源
void mark(int readAheadLimit)	标记流中的当前位置
boolean markSupported()	判断此流是否支持 mark()操作（它一定支持）
int read()	读取单个字符
int read(char[] cbuf,int off,int len)	将字符读入数组的某一部分
String readLine()	读取一个文本行
boolean ready()	判断此流是否已准备好被读取
void reset ()	将流重置到最新的标记
long skip(long n)	跳过字符

如何使用 BufferedReader 类实现各种数据类型的输入呢？首先，要使用其对象的方法 readLine 获得一个字符串，而后将字符串转换成各种数据以供程序处理，其中要使用 Java 基本数据类型的相应的类的静态方法 parseXXX(String s)，请看下面的示例。

【例 8-6】　用 BufferedReader 类实现各种数据类型的输入。

```
import java.io.*;
public class Exp8_6{
  public static void main(String args[][]){
```

```
        try {
            InputStreamReader ir;
            BufferedReader in;
            ir=new InputStreamReader(System.in);
            in=new BufferedReader(ir);
            String s=in.readLine();
            System.out.println("输入值为:"+s);
            int i=Integer.parseInt(s); // 转换成 int 型
            i*=2;
            System.out.println("输入值变为双倍后:"+i);
                s=in.readLine();
                System.out.println("Input value is:"+s);
                double d=Double.parseDouble(s); // 转换为 double 型
                System.out.println("d:"+d);
                 s=in.readLine();
                System.out.println("Input value is:"+s);
                boolean flag=Boolean.parseBoolean(s);
            System.out.println("flag:"+flag);
        }catch(IOException e){
            System.out.println(e);
        }
    }
}
```

程序工作原理：每次从输入流 in 读入一行，并将读取的值赋值给字符串变量 s，而后分别调用 Long、Integer、Double、Float、Boolean 等类的相同模式的静态方法 parseXXX(String s)，把字符串转换成相应的 Java 基本数据类型，以供程序使用。

【例 8-7】 BufferedReader 类和 BufferedWriter 类使用的应用程序。

```
import java.io.*;
public class Exp8_7{
    public static void main(String args[]){
        try {
            BufferedReader bufReader=new BufferedReader(
new InputStreamReader(System.in));
            BufferedWriter bufWriter=
                    new BufferedWriter(new FileWriter(args[][0]));
            String exitIn=null;
            while(!(exitIn=bufReader.readLine()).equals("exit")){
                bufWriter.write(exitIn);
                bufWriter.newLine();
```

```
            }
            bufReader.close();
            bufWriter.close();
        }catch(ArrayIndexOutOfBoundsException e)
        {
            e.printStackTrace();
        }catch(IOException e)
        {
            e.printStackTrace();
        }
    }
}
```

　　程序工作原理：由于 System.in 的类型是字节流，所以要对它进行装饰。首先用 InputStreamReader 类将它转换成字符流，然后使用 BufferedReader 类对其进行缓冲装饰。对象 bufWriter 采用了同样的原理处理，但是它是从命令行获取一个文件名，这个文件作为输出结果的数据目的地，循环语句中每次读写数据以一行为基本单位。当然，捕获的第 1 个异常是数组索引越界异常，那是因为缓冲区的默认大小是 8196 个字符。捕获的第 2 个异常可能是由于文件不存在或读写的权限等问题造成的。

习　　题

一、选择题

1. 下列选项中不是 Java 的输入输出流的是（　　　）。

　　A．文本流　　　　　B．字节流　　　　　C．字符流　　　　　D．文件流

2. 以下选项中属于文件输入输出流类的是（　　　）。

　　A．FileInputStream 和 FileOutputStream

　　B．BuffererInputStream 和 BufferOutputStream

　　C．PipedInputStream 和 PipeOutputStream

　　D．以上都不对

3. 以下属于 File 类的功能是（　　　）。

　　A．改变当前目录　　　　B．返回父目录的名字

　　C．删除文件　　　　　　D．读取文件中的数据

二、填空题

1. Java 中的字符输出流都是抽象类＿＿＿＿＿＿＿的子类。

2. FileInputStream 是＿＿＿＿＿＿＿＿＿。

3. Java 流分为＿＿＿＿＿＿和＿＿＿＿＿＿＿。

三、简答题

1. 简述输出字节流的层次关系。

2. 简述文件类的构造方法。

第9章 Java多线程

多线程是Java语言的一个重要特征，线程本身并不是操作系统的一个概念，大部分程序设计语言并不提供这种并发控制。Java将线程这样的概念纳入到程序设计中，方便编程人员利用Java提供的多线程的机制，提高计算机资源的使用效率。

9.1 线程的概念

在介绍Java线程的使用之前，要先明确线程的定义。在Windows中，经常可以一边看电影，一边和别人进行QQ聊天，同时，杀毒软件也在同时运行，这个在同一时间内进行多种CPU的资源调配的行为就叫做线程。

那么，线程是怎样工作的呢？例如，整个操作系统是由多个进程组成的（包括操作系统进程），而一个进程又由多个线程组成（一般处理单任务的进程只有一个线程）；在整个操作系统占用CPU期间，进程分配CPU的时间给每一个线程；进程占用整个空间的一部分，而线程占用其所属进程所占用的内存空间的一部分：进程由代码、数据和运行环境组成，而线程也由这三者组成。

程序（Program）是对数据描述与操作的代码的集合，是应用程序执行的脚本。

进程（Process）是对程序的一次执行过程，是操作系统运行程序的基本单位。程序是静态的，进程是动态的。系统运行一个程序的过程就是一个进程从创建、运行到消亡的过程。

线程（Thead）是进程中可以独立执行的子任务，一个进程可以包含一个或多个线程。CPU通过在多个线程间快速切换达到并发执行多个指令序列的效果。

进程与线程不同之处在于，每个进程都是独立的，仅在分配给它的内存空间中运行，有自己专属的代码和数据，不能访问其他进程的数据（就算另一个进程来自于同一个程序），进程间的通信必须通过操作系统传达，进程有权不接收其他进程（操作系统关键进程除外）发出的消息；而进程允许代码和数据的共享，一个线程可以使用其他线程的代码，也可以访问其他线程的数据，使得线程间的通信比进程间的通信更为方便快捷。

多线程是相对于单线程而言的，指的是在一个程序中可以定义多个线程并同时运行它们，每个线程可以执行不同的任务。多线程的意义在于一个应用程序的多个逻辑单元可以并发地执行。但是多线程不意味着有多个用户进程在执行，操作系统也不把每个线程作为独立的进程来分配独立的系统资源。

9.2 线程的生命周期和控制

9.2.1 线程的生命周期

线程的生命周期可以分为5种状态，即创建状态（newThread）、可运行状态（Runnable）、运行状态（Runnning）、阻塞态（UnRunnable）、死亡状态（Dead）。如图 9-1 所示。

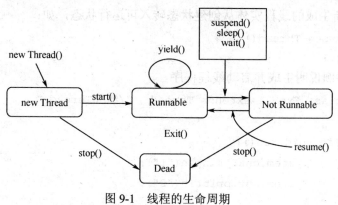

图 9-1　线程的生命周期

1）创建状态

使用 new 语句声明一个 Thread 类或其子类的对象时，线程就处于创建状态，如下所示：

```
Thread 线程名=new Thread();
```

当一个线程处于创建状态时，它仅仅是一个空的线程对象，系统不为它分配资源。

2）可运行状态

如果需要为处于创建状态的线程分配资源，就需要用 start()方法启动线程，调用 start()方法后线程就进入了可运行状态，当一个线程处于可运行状态时，系统为这个线程分配了它需要的系统资源，加入等待运行队列。

3）运行状态

系统在等待运行队列中选取一个线程来运行，那么这个线程就进入到运行状态。至于什么时候系统会选取线程，每个操作系统都不同，无法预测线程的运行时间和顺序。同样的程序在不同的系统或在重复执行过程中也会有不同的执行顺序。系统挑选程序的过程称为 CPU 调度。

4）阻塞状态

阻塞状态也就是线程暂停运行或不可以运行状态。该状态下，因为某种原因，系统不能执行线程。这时即使处理空闲也不能执行该线程，要等它所需要的事件发生。进入阻塞状态的原因大体上有调用了 yield()和 sleep()方法；为等候一个条件变量，线程调用 wait()方法；输入输出流中发生线程阻塞等几种。

5）死亡状态

死亡状态也就是线程的终止，一般可通过两种方法实现：等待线程里的 run()方法中的代码运行完毕或是被停止（调用 stop()方法）。目前不推荐通过调用 stop()来终止线程的执行，因为强迫线程对象停止运行可能会使系统进入不安全状态，从 JDK 1.1 后这个方法就不再使用了，所以只能等待线程自己执行完毕。不过也可以在程序中定义自己的 stop()方法来使线程退出。当一个线程进入死亡状态后，就不能再进入其他状态了，如果让线程对象重新运行，只能重新生成一个线程对象。

9.2.2　线程的控制

线程的控制主要是通过 Thread 中提供的线程状态转换的方法实现的。

1）start()方法

start()方法使新生成的线程实体从创建状态转入可运行状态，如：

```
Thread A=new Thread()
A.start();
```

【例 9-1】 举例说明生成并启动线程程序。

```
public class Exp9_1 extends Thread    //继承 Thread 类
  {
     public void run(){
             System.out.println("1");
             System.out.println("2");
     }
  public static void main(String args[]){
     Thread obj1=new Exp9_1();
     Thread t1=new Thread(obj1);      //生成线程
      t1.start();                     //启动线程
   }
  }
```

2）sleep()方法

从 sleep()方法的名字上就可以看出这个方法是让线程对象"睡一会儿觉"，想让线程对象暂停多少时间，只需把时间参数传入就可以了，不过这个参数是以千分之一秒为单位的，如果想停一秒钟，就要输入 1000 sleep。sleep()方法有两种格式：sleep（long millis）和 sleep(long millis, int manos)，int manos 为附加时间，单位为纳秒。运行 sleep()方法后，线程就会暂停相应的时间，当暂停的时间到了以后，线程会转入可运行状态等待运行，而不是直接进入运行状态，传入的时间参数只是保证线程对象至少会停止运行的时间。

需要指出的是，在线程暂停过程中可能会遇到外部中断异常导致程序中断，所以需要进行异常处理。

【例 9-2】 举例说明 sleep()方法应用程序。

```
public class Exp9_2 extends Thread{
    String light;
    Exp9_2(String light){
    this.light=light;}
    public void run(){
    try{
        for(int i=1;;i++)
        {System.out.println(light+i+"次");
         sleep(100);
        }
    }
    catch(Exception e){
```

```
            System.err.print(e);
        }
    }
    public static void main(String args[])
        {
        new Exp9_2("1 号灯亮").start();
        new Exp9_2("2 号灯亮").start();
        }

    }
```

　　从该程序中可以看出，虽然两个线程睡眠时间相等，重新排队等待运行，给其他可运行的进程一个运行的机会，但并不是一定就会轮到其他的线程运行，因为如果优先级相同，调用 yield()方法的线程有可能又被选中获得执行的机会，可以把例 9-2 中的 sleep()换成 yield()看一下执行结果，yiled()方法不带参数。

　　3）wait()和 notify()方法

　　wait()方法的格式为 wait(long time，int nanos)，time 为等待的时间，单位为毫秒，nanos 为附加等待时间，单位为纳秒。wait()方法使当前进程进入阻塞状态直到被唤醒或是等待的时间已到。wait()等价于 wait(0)，它使线程无限等待，直到被唤醒。notify()方法可以唤醒正在等待的线程，一条"notify()；"语句只能随机唤醒一个进程。使用 notifyAll()方法可以唤醒所有在等待的进程。

　　4）isAlive()方法

　　isAlive()方法用来判断一个线程的 run()方法是否还在执行，如果是，则返回 flase。

　　如果一个线程在执行过程中需要等到另一个线程执行完才能继续执行，就需要另一个进程调用 join()方法，该方法也要捕获异常。join()方法也可以像 wait()方法一样，带参数表示需要另一个进程运行很长时间。

　　【例 9-3】　举例说明 join()方法应用。

```
    class JianZhu extends Thread{    //建筑队类
      public void run(){
            System.out.println("房屋建设中");
            System.out.println("材料用完了，通知运输队运输");
            Thread yunshu=new YunShu();//创建运输队线程
            yunshu.start();
            System.out.println("建筑队等待材料运到");
            try{
yunshu.join();
    } //等待运输到达
            catch(Exception e)  {      //防止在等待中出现异常中断
                System.err.println("运输队中途遇阻");
                System.err.println("建设工程停工");  }
            System.out.println("建设工程继续");
```

```
        }
    }
 class YunShu extends Thread{    //运输队类
 public void run(){
        System.out.println("运输队出发，材料运回需要三个小时");
        try
            {for(int i=1;i<=3;i++)
               {Thread.sleep(3000);
                System.out.print("\n 等待"+i+"小时");
               }
            }
            catch(Exception e){
                    System.err.println("运输队在途中发动机出现故障");
                         }
        System.out.println("\n 水泥运到");
            }
 }
 public class Exp9_3{
        public static void main(String args[])
    {Thread jianzhu=new JianZhu();
     jianzhu.start();
        }
            }
```

9.2.3　线程调度与优先级

处于就绪状态的线程首先进入就绪队列排队等候处理器资源,同一时刻在就绪队列中的线程可能有多个。多线程系统会给每个线程自动分配一个线程的优先级,任务较紧急的重要线程,其优先级就较高,相反则较低。在线程排队时,优先级高的线程可以排在较前的位置,能优先享用到处理器资源,而优先级较低的线程则只能等到排在它前面的高优先级线程执行完毕之后才能获得处理器资源。对于优先级相同的线程,则遵循队列的"先进先出"原则,先进入就绪状态队列排队的线程被优先分配到处理器资源,随后才为后进入队列的线程服务。

当一个在就绪队列中排队的线程被分配到处理器资源而进入运行状态之后,这个线程就称为是被"调度"或被线程调度管理器选中了。线程调度管理器负责管理线程排队和处理器在线程间的分配,一般都配有一个精心设计的线程调度算法。在 Java 系统中,线程调度依据优先级基础上的"先到先服务"的原则。

9.3　创 建 线 程

很多计算机编程语言需要利用外部软件包来实现多线程,而 Java 语言则内在支持多线程,所有的类都是在多线程思想下定义的。Java 的每个程序自动拥有一个线程，称为主线程。当程序加载到内存时，启动主线程。要加载其他线程，程序就要使用 Thread 类（专门用来创建和控制线程的类）或 runnable 接口。

9.3.1　使用 Thread 类的子类创建

Thread 类位于 Java.lang 包中，由于 Java.lang 被自动载入到每个 Java 文件中，所以可以直接使用 Thread 类而无须使用 import 语句。Thead 类的构造方法和其他方法如表 9-1 和表 9-2 所示。

表 9-1　Thread 类的构造方法

构造方法名	含　义
public Thread()	创建一个线程对象，此线程对象的名称是"Thread"+n 的形式，这里 n 是一个整数。使用这个构造方法，必须创建 Thread 类的一个子类并覆盖其 run()方法
public Thread(Runnable target)	创建一个线程的对象，此线程对象的名称是"Thread"+n 的形式，这里 n 是一个整数。参数 target 的 run()方法将被线程对象调用，来作为其执行代码
public Thread(Runnable target,String name)	创建一个线程对象，此线程对象的名称是"Thread"+n 的形式，这里 n 是一个整数。参数 target 的 run()方法将被线程对象调用，来作为其执行代码。参数 name 指定了创建的线程名称
public Thread(String name)	创建一个线程对象，参数 name 指定了线程的名称
public Thread(ThreadGroup group,Runnable target)	创建一个线程对象，参数 group 指定新建的线程所属的线程组，参数 target 的 run()方法将被线程对象调用，来作为其执行代码。如果当前线程不能在指定的组中创建线程，就会产生一个 SecurityException 异常
public Thread(ThreadGroup group, Runnbletarget, String name)	创建一个线程对象，参数 group 指定了线程所属的组，参数 target 的 run()方法将被线程对象作为执行代码执行，参数 name 指定了线程的名称。如果 group 是 null，则新建的线程和当前线程的名称（即创建它的线程）属于同一个组，否则将调用 checkAccess()方法。检查当前线程是否能够在指定的组中创建一个线程，如果不能就抛出 SecurityException 异常，如果 target 是 null，则将 Thread 类的 run()方法作为其执行代码，否则调用 target 对象的 run()方法作为其执行代码。新创建的线程和创建它的线程拥有相同的优先级
public Thread(ThreadGroup group, String name)	创建一个线程对象，参数 group 和参数 name 的作用同前

表 9-2　Thread 类的其他方法

方法名	含义
public final void join（long millis，int nanos）	等待这个线程死亡，最多等待 millis 毫秒+nanos 纳秒。如果其他线程中断了当前线程，就会产生 InteruptedException 异常
public final viod resume()	将一个线程由挂起状态变成可运行状态。如果当前线程不能修改这个线程，就会产生 SecurityException 异常
public void run()	如果这个线程实例是使用实现了 Runnable 接口的类的实例创建的，就调用这个类的实例的 run()方法，否则什么都不做并返回
public final void setDaemon（boolean on）	将一个线程设置成精灵线程或者守护线程。Java 虚拟机在所有运行的线程都是精灵线程的时候退出。这个方法必须在 start()方法被调用以前调用，如果在线程活着的时候调用就会产生 IllegalThreadStateException 异常
public final void setName（String name）	设置线程的名称。如果当前线程不能修改这个线程，就会产生 SecurityException 异常
public final void setPriority（int new Priority）	设置线程的优先级。如果当前线程不能修改这个线程，就会产生 SecurityException 异常。如果参数不在所要求的优先级范围之内，就会产生 IllegalThreadStateException 异常
public static void sleep（long millis）	使当前执行的线程睡眠指定的时间。参数 millis 是线程睡眠的毫秒数。如果这个线程已经被其他线程中断，就会产生 InterrptedException 异常
public static void sleep（long millis，int nanos）	使当前执行的线程睡眠指定的时间。睡眠时间为 millis 毫秒+nanos 纳秒。如果这个线程已经被其他线程中断，就会产生 InterruptedException 异常
public void start()	使这个线程由新建状态变成可运行状态。如果该线程已经处于可运行状态，就会产生 IllegalThreadStateException 异常
public final void stop()	停止（杀死）这个线程。如果当前线程不能修改这个线程，就会产生 SecurityException 异常。即使这个线程刚刚新建，尚未变成可运行状态，也可以将这个线程停止。一个新建的 ThreadDeath 类的实例将作为异常被抛出

一个完整的线程的使用过程分为四个步骤。

1．创建

顾名思义，当一个线程对象被声明并创建时，它就处于新建的状态。此时，它已经有了相应的内存空间和其他的资源。

2．运行

当现场被创建之后，系统并没有给与其生命，不会自动运行，必须调用 start()方法来激活，使其进入 CPU 的运行等待队列中（在线程没有结束 run()方法之前，不要让现场再调用 start()方法，否则将发生 IllegalThreadStateException 错误）。

3．中断

由以下 4 种方法可以中断线程。

（1）CPU 资源从当前线程切换到其他线程，使本线程让出 CPU 的使用权并处于中断状态。

（2）线程使用 CPU 资源，执行了 sleep()方法，使当前线程进入休眠状态。sleep()方法是 Thread 类中的一个方法，线程一旦执行了 sleep()方法，就立即让出 CPU 使用权，使当前线程处于中断的状态，经过 sleep()的时间，该线程就重新进入线程队列中等待 CPU 资源，以便从中断处继续运行。

（3）线程使用 CPU 资源期间，执行了 wait()方法，使线程进入等待状态，不会主动进入线程队列中等待 CPU 资源，当其他线程调用 notify()方法，才能使其等待状态中的线程重新回到现场队列中，等待 CPU 分配资源。

（4）异常错误，比如是读/写操作引起的阻塞。当引发类似问题时，线程不能进入使用队列，当阻塞消除时，线程才重新回到等待队列中。

4．死亡

简单地说就是结束了 run()方法，无论是线程自己执行完毕还是被强制结束了 run()方法，线程就释放了内存。

【例 9-4】　编写一个程序，功能是通过继承 Thread 类的方式来创建线程。

```
public class Exp9_4 extends Thread{
    int count=1,number;
    public Exp9_4(int num)
    {number=num;
    System.out.println("Create the thread!"+number);
    }
    public void run()
{
        while(true)
      {
        System.out.println("Threads"+number+":Count"+count);
        if(++count==6)
            return;
      }
    }
    public static void main(String args[])
    {int i;
    for(i=0;i<5;i++)
    new Exp9_4(i+1).start();
    }
}
```

9.3.2　使用 Runnable 接口创建

在介绍 Runnable 接口之前，需要先介绍一下它和 Thread 类的区别：Thread 类可以在子类中增加新的成员变量，使线程具有某种属性，也可以在子类中新增加方法，使线程具有某种功能。但是 Java 不支持多继承，Thread 类的子类不能继承其他的类。因此，在某些需要的情况下，只能采用实现 Runnable 的方式。

【例 9-5】　编写一个程序，功能是通过实现 Runnable 接口的方式来创建线程。

```
public class Exp9_5 implements Thread{
```

```
    int count=1,number;
    public Exp9_5(int num)
{number=num;
    System.out.println("Create the thread!"+number);
}
    public void run()
{
    while(true)
    {
    System.out.println("Threads"+number+":Count"+count);
    if(++count==6)
        return;
    }
}
public static void main(String args[])
    {int i;
    for(i=0;i<5;i++)
    new Exp9_5(i+1).start();
    }
}
```

9.4　线程的优先级

尽管从概念上可以说线程能同步运行，但事实上存在着差异。如果计算机有多个 CPU 则没有问题，但大部分计算机都只有一个 CPU，一个时刻只能运行一个线程。如果有多个线程处于可运行状态，需要排队等待 CPU 资源，此时线程自动获得一个线程的优先级，CPU 资源分配是根据"先到先服务"的原则确定的。

Java 为了使有些线程可以提前得到服务，可给线程设置优先级。在单个 CPU 上运行多线程时采用了线程队列技术，Java 虚拟机支持固定优先级队列，一个线程的执行顺序取决于对其他 Runnable 线程的优先级。

线程在创建时，继承了父类的优先级。线程创建后，可以在任何时刻调用 setPriority()方法改变线程的优先级。优先级为 1～10，Thread 定义了其中三个常数。

（1）MIN_PRIORITY，最小优先级（值为 1）。

（2）MAX_PRIORITY，最大优先级（值为 10）。

（3）NORM_PRIORITY，默认优先级（值为 5）。

【例 9-6】　举例说明线程优先级。

```
    public class Exp9_6 implements Runnable
{
    long runtime=0;
```

```
private boolean bflag=true;
public void run()
{
 while(bflag)
  runtime++;
}
public void stop()
{
 bflag=false;
}
}
```

9.5　线程的同步机制与共享资源

　　有时当一些同时运行的线程需要共享数据，例如，两个线程同时存取一个数据流，其中一个对数据进行了修改，而另一个线程使用的仍是原来的数据，这就带来了数据不一致问题。因此，编程时必须要考虑其他线程的状态和行为，以解决资源共享问题。

　　Java 提供了同步设定功能。共享对象可将自己的成员的方法定义为同步化（synchronized）方法，通过调用同步化方法来执行单一线程，其他线程则不能同时调用同一个对象的同步化方法。

　　生产者和消费者模型是典型的线程同步问题，下面通过这个模型来说明线程同步的处理方法。

　　【例 9-7】　生产者和消费者线程同步化问题示例。

```
public class Exp9_7{
  public static void main(String args[])
  {
   HoldInt h=new HoldInt();
   ProduceInt p=new ProduceInt(h);
   ConsumeInt c=new ConsumeInt(h);
   p.start();
  }
            }
class HoldInt
{
 private int sharedInt;
 private boolean writerAble=true;
//表示生产者线程能生产新数据
 public synchronized void set(int val)
  {
```

```
      while(!writeAble)
       {
        try{wait();}
        catch(InterruptedException e){}
       }//生产者被唤醒后继续执行下面的语句
      writeAble=false;
      sharedInt=val;
      notify();
   }
  public synchronized int get()//同步方法
   {
      while(writeAble)
       {
         try {wait();}
         catch(InterruptedException e){}
       }
      writerAble=true;
      notify();
      return sharedInt;
   }
}
//ProduceInt 是生产者线程
class ProduceInt extends Thread
{
  private HoldInt hi;
  public ProduceInt(HoldInt hiForm)
   {
    hi=hiForm;
   }
  public void run()
   {
     for(int i=1;i<=4;i++)
      {
        hi.set(i);
        System.out.println("产生后的新数据是:"+i);
      }
   }
}
```

```
class ConsumeInt extends Thread
{
  private HoldInt hi;
  public ConsumeInt(Hold hiForm)
  {
    hi=hiForm;
  }
  public void run()
  {
    for(int i=1;i<=4;i++)
      {
        int val=hi.get();
        System.out.println("读到的数据是:"+val);
      }
  }
}
```

在这个程序中,共享数据 shareInt 的方法 set()和 get()的头部修饰符 synchronized 使 HoldInt 的每个对象都有一把锁。当 ProduceInt 对象调用 set()方法时,HoldInt 对象就被锁定。当 set() 方法中的数据成员 writeAble 值为 true 时候,set()方法就可以向数据成员 sharedInt 中写入一个值,而 get()方法不能从 shareInt 上读出值。如果 set()方法中的 writeAble 的值为 false,则调用 set()方法中的 wait()方法,把调用 set()方法的 ProduceInt 对象放到 HoldInt 对象的等待队列中, 并将 HoldInt 对象的锁打开,使该对象的其他 synchronized 方法可被调用。这个对象将一直在 等待队列中等待,直到被唤醒时它进入就绪状态,等待分配 CPU。当 ProduceInt 对象再次进 入运行状态时,HoldInt 对象就被隐含地锁定,而 set()方法将继续执行 while 循环中 wait()方法 后面的语句。而在本题中,wait()方法后面无其他语句,因此将进入下一次循环,判断 while 条件。ConsumeInt 对象调用 get()方法与 ProduceInt 对象调用 set()方法的情况类似。

没有任何事情是完美的,多线程也不例外,应该清醒地意识到在程序中使用多线程是有代 价的。它会对系统产生以下影响:

(1)线程需要占用内存;

(2)线程过多,会消耗大量 CPU 时间来跟踪线程;

(3)必须考虑多线程同时访问共享资源的问题,如果没有协调好,就会产生令人意想不 到的问题,例如可怕的死锁和资源竞争;

(4)因为同一个任务的所有线程都共享相同的地址空间,并共享任务的全局变量,所以 程序也必须考虑多线程同时访问全局变量的问题。

习　题

一、选择题

1. 线程是一组程序语句的（ ）。

　　　A．占用的内存量　　　　　　　　　B．连续行

　　　C．机器语言代码　　　　　　　　　　D．占用的存储区域

2．当创建一个 Thread 对象的时候，使用方法（　）开始执行线程。

　　　A．thread()　　　B．execute()　　　　C．run()　　　D．start()

二、简答题

1．简述线程的概念。

2．简述程序、进程、线程的概念。

3．简述线程的生命周期。

4．简述 Java 中用什么方法来进行同步访问数据的控制。

第 10 章 Applet 小应用程序

Applet 也叫小应用程序，是一种在浏览器环境下运行的 Java 程序。它的执行方式与一般应用程序不同，生命周期也较为复杂。

10.1 Applet 基本结构

要创建一个 Applet，该 Applet 对应的类必须是 java.applet.Applet 类的子类。继承 java.applet.Applet 类不仅可以使 Applet 能在浏览器内运行，还可以让 Applet 具有一般 Java Appliaction 不具有的能力，如播放音乐。Applet 对应的类必须说明是 public。类 java.applet.Applet 是 java.awt.Panel 的子类，其层次结构如图 10-1 所示。

```
java.lang.Object
    →java.awt.Component
        →java.awt.Container
            →java.awt.Panel
                →java.applet.Applet
```

图 10-1　Applet 类的继承

从层次图中可以看出，Applet 本身就是一个 Container，可作为 AWT 布局的起始点。由于它又是 Panel 的子类，所以它的默认的布局管理器是 Flow Layout manager。Applet 继承了其父类和祖先类的所有方法。

10.2 Applet 类的方法和生命周期

10.2.1 Applet 类的构造方法

public Applet()利用这个构造方法即可以创建一个 Applet 类的实例，通常，此构造方法为浏览器所调用。表 10-1 中 Applet 类的主要方法如下。

表 10-1　Applet 类的方法

方　　法	说　　明
public void destroy()	在 Applet 从系统中退出时，进行无用内存空间的收集等工作
public AppletContext getAppleiContexr()	返回一个实现了 AppletContexe 接口的对象。它包含了当前 Applet 的浏览器环境，通过它可管理 Applet 的环境
public String getAppletInfo()	返回一个字符串。在这个字符串中包含了 Applet 的作者、版权、版本号等信息
public AudioClip getAudioClip(URL url)	返回一个 AudioClip 类的实例。它是一个声音片段对象。参数 url 指明了声音数据的 URL 地址，通过使用这个声音片段对象可以在 Applet 中实现声音的播放

续表

方　　法	说　　明
public AudioClip getAudioClip(URL url,String name)	返回一个 AudioClip 类的实例。参数 url 指明了声音数据的 URL 地址，参数 name 指定了声音文件的名字
public URL getCodeBase()	返回 Applet 自己的 URL 地址
public URL getDocumentBase()	返回嵌入 Applet 的 HTML 文档的 URL 地址
public Image getImage(URL url)	返回一个 Image 类的实例。它是一幅图像的数据，参数 url 指明了图像数据的 URL 地址，参数 name 指定了图像文件的名字
public String getParameter(String name)	返回一个字符串，它是 HTML 页面中指定的参数的值。参数 name 指定了 HTML 页面中参数的名称。参数是使用＜Param＞标签嵌入 HTML 页面的
public String[][]getParameterInof()	返回一个二维的字符串的数组。它包含了 Applet 的参数信息，包括参数名称、类型、描述
public void init{}	在 Applet 被浏览器下载时调用，完成 Applet 的一些初始化操作
public Boolean isActive{}	确认 Applet 是否处于活动状态
public void play(URL url)	直接播放由 URL 地址指定的声音文件
public void play(URL url,String name)	直接播放由 URL 地址和 name 指定的声音文件
public void showStatus(String msg)	在浏览器中显示状态行信息
public void start()	在 Applet 开始运行时被调用，在 Applet 被重新访问时也会被调用
public void stop()	在 Applet 停止时被调用。一般发生在用户去访问其他的 Web 页面时

10.2.2　Applet 的主要方法及生命周期

Applet 应用程序的生命周期中有很多不同的行为如 init()、paint()或是 mouseEvent（鼠标事件）等。每一种行为都对应一个相关的方法。在 Java 小应用程序中有 5 种相对重要的方法：初始化 init()、启动 start()、停止执行 stop()、退出 destroy()、绘画 paint()。如图 10-2 所示。

1．public void init()：初始化

在整个 Applet 生命周期中，初始化只进行一次。

当第一次浏览含有 Applet 的 Web 页时，浏览器将：

（1）下载该 Applet；

（2）创建对象——产生一个该 Applet 主类的实例；

（3）调用 init()对 Applet 自身进行初始化。

2．public void start()：启动 Applet

在整个 Applet 生命周期中，启动可发生多次。

在 start()方法中，可以启动一个线程来控制 Applet，给引入类对象发送消息，或是以某种方式通知 Java Applet 开始运行。

在下列情况下，浏览器会调用 start()方法：

（1）Applet 第一次载入时；

（2）离开该 Web 页后，再次进入时（back,forward）；

（3）reload 该页面时。

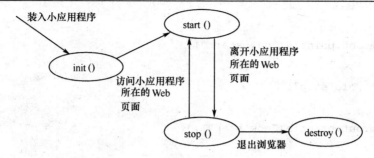

图 10-2　Applet 主要事件和其相应的方法的对应关系

3. public void stop()：停止执行 Applet

在整个 Applet 生命周期中，停止执行可发生多次。

在下列 4 种情况下，浏览器会调用 stop()方法；

（1）离开 Applet 所在 Web 页时（用 back.forward）；

（2）reload 该页面时；

（3）在浏览含有 Applet 的 Web 页时单击浏览器右上角"缩放"按钮缩放浏览窗口大小时；

（4）Close 该 Web 页（彻底结束对该页面的访问）结束浏览器运行时（从含有该小应用程序的 Web 页退出时）。

4. public void paint(Graphics g)绘制

在下列情况下，浏览器会调用 pain()方法：

（1）Web 页中含有 Applet 的部分被卷入窗口时；

（2）Applet 显示区域在视线内调整浏览器窗口大小、缩放浏览窗口、移动窗口或 reload 等需要重绘窗口时，都会调用 paint()方法。

5. public void destroy()，退出或取消

在整个 Applet 生命周期中，退出只发生一次。在彻底结束对该 Web 页的访问和浏览器运行时（close exit）调用一次。

【例 10-1】 举例说明 Applet 几个方法的调用过程。

```
import java.awt.*;
import java.applet.Applet;
public class exp10_1 extends Applet
{
public static int colors=10;
Font font;
public void init()
{
System.out.println("Now init");
Font Font= new Font("TimesRoman",font.PLAIN,36);
}
public void start()
```

```
{
System.out.println("now start");
}
public void stop()
{
System.out.println("now stop");}

public void paint(Graphics g)
{
//随即生成颜色
int red=(int) (Math.random()*50);
int green=(int)(Math.random()*50);
int blue=(int)(Math.random()*256);
g.setFont(font);
g.setColor(new Color((red+colors*30)%256,(green+colors/3)%256,blue));
colors=colors+10;
System.out.println("now paint");
g.drawString("hello",30,30);
}
public void destroy()
{
System.out.println("now destroy");
}
}
```

10.3　在 HTML 文件中嵌入 Applet 程序

10.3.1　在 Web 浏览器中运行 Applet

要运行某个 Applet 程序，必须把它嵌入到某个网页中，然后使用支持 Java 的 Web 浏览器来观看这个网页。将 Applet 嵌入到网页的过程如下。

1. 调用"applet"格式（以 Applet.class 为例）

```
<applet code="Applet.class" codebase="javabase"width=60 height=45
Vspace=2 hspace=3 align="top" name="java01"alt="你的浏览器不支持 javaApplet
程序">
</applet>
```

（1）code 属性。定义调用的 Java Applet 程序名，要注意全名和大小写。

（2）codebase 属性。定义 Java Applet 程序的路径或地址（URL）。当 Java Applet 与 HTML 文档不在同一目录时用它来定位，上面调用格式中 codebase= "Javabase" 说明该 JavaApplet

程序存放在"javabase"目录里（建议将 Java Applet 程序和 HTML 文档放在同一目录）。

（3）widh 和 height 属性。给出 Java Applet 程序显示区域以像素为单位的宽度和高度。

（4）vspace 和 hspace 属性。用来设置以像素为单位的竖直和水平边距。

（5）align 属性。控制 Java Applet 的对齐方式。取值如下：

- left（屏幕的左边）；
- right（屏幕的右边）；
- top（与该行中最高项的顶部对齐）；
- texttop（与该行文本的顶部对齐）；
- middle（使该行的基线与该 Java Applet 程序显示域的中间对齐）；
- absmiddle（使该行的中间与该 Java Applet 的程序显示域的中间对齐）；
- baseline（使该行的基线与该 Java Applet 的程序显示域底部对齐）；
- bottom（使该行的基线与该 Java Applet 的程序显示域的底部对齐）；
- absbottom（使该行的底部与图像的底部对齐）；

（6）archive 属性。用逗号分隔的归档文件列表（HTML 4.0）。

（7）object 属性。序列化的 Applet 文件（HTML 4.0）。

（8）name 属性。为应用的 Applet 实例赋予具体的名字。

（9）alt 属性。为不支持 Java Applet 程序的浏览器显示替代的文字；如果支持，则该属性被忽略。为不支持 Java Applet 程序的浏览器显示替代的文字，还可以用在<applet>与</applet>之间插入文字的方法进行；反之该插入文字被忽略不显示。

2．向 Applet 传递变量

确定该 Java Applet 程序所接受的变量名，比如 size、font 等变量。

在<applet></applet>之间输入<param>标记，

```
<applet code ="Applet.class"codebase="javabase" width=100 height=60 >
<param>
</param>
```

给<param>标记加入 name 属性并设置为 Java Applet 中将接收值的变量名：

```
<applet code="Applet.class" codebase="javabase" width=100 height=60>
<param name="size"value="5">
<param name="font"value="bold">
</applet>
```

当浏览器遇到<applet>标记时，它读取的变量名和赋予的值传递给当前 Java Applet 中的命名变量。

10.3.2　Applet 实例

【例 10-2】　举例 Applet 的应用——读取文件。

在 Java Applet 中出于安全性考虑，Applet 是不允许对文件进行操作的：不仅不允许写文件，而且不允许读文件。尽管在编写 Applet 源代码时使用文件操作的语句，编译时 Java 也没有报错，在某些开发工具中调试时也能够正常运行，但当在浏览器中运行这个 Applet 时浏览器就会报错。可有时的确要读取文件中的内容，比如要将服务器中的.txt 文件内容在 Applet

中显示出来。

怎样解决这个问题呢？只要不把这些服务器上的文件作为普通文件来处理，而是将它们作为网络资源来获取它们的内容。在 Java 中可以用于获取网络资源的类主要有两种：一个是 URL 类，另一个是 **URLConnection** 类。两个类都提供了以字节流的方式读取资源信息的方法，而且可以对资源信息的类型作出判断，以便作相应的处理。不同之处是 **URLConnection** 类可提供的信息比 URL 类要多一些，它除了可以获取资源数据外，还可以提供资源长度、资源发送时间、资源最新更新时间、资源编码、资源的标题等许多信息。

下面以读取服务器上的.txt 文件内容为例说明如何在 Applet 中读取文件。设服务器的 IP 地址为 127.0.0.1，.txt 文件的路径为 /file/sample.txt。以下是读取 sample.txt 内容的 Applet 的源代码。

Getfile.html 文件中

```
<html>
<head>
<title> 读取文件的 Applet</title>
</head>
<body>
这是服务器上 TXT 文件的内容：<br>
<Appletcode="exp10_2.class" width=400 height=300>
</body>
</html>
```

Exp10_2.java 文件中

```
import java.awt.*;
import java.applet.*;
import java.net.*;
import java.io.*;
public class exp10_2 extends Applet
{
    String info;
    public void init()
    {
    URL url;
    URLConnection urlc;
    resize(200,100);
    setBackground(Color.white);
    //使用 URL 类
    try
    {
    url=new URL("http://127.0.0.1/1.txt");
    //url=new URL(getCodeBase()+"1.txt");
```

```
        urlc=url.openConnection();

        urlc.connect();

        info=getInfo(urlc);

        }

        catch(MalformedURLException mfe)

        {

            System.out.println("URL form error!");

        }

        catch(IOException ioe)

        {

            System.out.println("IOException!");

        }

    }


    public void paint(Graphics g)

    {

        g.setColor(Color.red);

        g.drawString(info,50,50);

    }


    public String getInfo(URLConnection urlc)

    {

        String txt=new String();

        InputStream is;

        int i;

        try{

            is=urlc.getInputStream();

            i=is.read();

            while(i!=-1)

            {

                txt=txt+(char)i;

                i=is.read();

            }

            is.close();

        }

        catch(IOException ioe)

        {

        System.out.println("IOEception!");

        txt=new String("File read failed!");
```

```
        }
    return txt;
    }
    }
```

10.4　Applet 其他类型

10.4.1　图像文件的显示

Graphics 类中确实提供了不少绘制图形的方法，但如果用它们在 Applet 运行过程中绘制一幅较复杂的图形（例如一条活泼可爱的小狗），就好比是在用斧头和木块去制造航天飞机。因此，对于复杂图形，大部分都事先用专业的绘图软件绘制好，或者是用其他截取图像的工具（如扫描仪、视效卡等）获取图像的数据信息，再将它们按一定的格式存入图像文件。Applet 运行时，只要找到图像文件存储的位置，将它装载到内存里，然后在适当的时机将它显示在屏幕上就可以了。

1. 图像文件的装载

Java 目前所支持的图像文件格式有两种，它们分别是 GIF 格式和 JPEG 格式。因此若是其他格式的图像文件，就先要将它们转换为这两种格式。能转换图像格式的软件有很多，如 Photoshop 等。

Applet 类中提供了 getImage()方法用来将准备好的图像文件装载到 Applet 中，但必须首先指明图像文件所存储的位置。由于 Java 语言是面向网络应用的，因此文件的存储位置并不局限于本地机器的磁盘目录，而大部分情况是直接存取网络中 Web 服务器上的图像文件，因此，Java 采用 URL（Universal Resource Location，统一资源定位器）来定位图像文件的网络位置。表示一个 URL 信息可以有两种形式。

（1）一种称为绝对 URL 形式，它指明了网络资源的全路径名，例如，绝对 URL: "http//www.sun.com/java/sample/images/img1.gif "。

（2）一种称为相对 URL 形式，分别由基准 URL（即 base URL）再加上相对于基准 URL 的相对 URL 两部分组成，例如上面的例子可表示为：

```
基准 URL:"http//www.sun.com/java/sample/"
相对 URL:"images/img1.gif"
```

现在可以来看一下 gatImage()方法的调用格式：

```
Image getImage(URL url)
Image getImage(URL url,String name)
```

可以发现，这两种调用格式的返回值都是 Image 对象。确实，Java 特别提供了 java.awt. Image 类来管理与图像文件有关的信息，因此执行与图像文件有关的操作时不要忘了 import 这个类。getImage()方法的第一种调用格式值需要一个 URL 对象作为参数，这便是绝对 URL。而后一种格式则带有两个参数：第一个参数给出的 URL 对象是基准 URL；第二个参数是字符串类型，它描述了相对基准 URL 下的路径和文件名信息。因此这两个参数的内容综合在一起就构成了一个绝对 URL。例如，下面两种写法所返回的结果是一样的：

```
Image  img=getImage(new URL ("http://www.sun.com/java/sample/images/
img1.gif f"));
Image  img=getImage(new URL("http://www.sun.com/java/sample/"),"images/
img1.gif");
```

表面看来，好像第一种调用格式比较方便一些。但实际上第二种调用格式用得更普遍，因为这种格式更具灵活性。原来，Applet 类中提供了两个方法来帮助方便地获得基准 URL 对象。它们的调用格式如下：

```
URL.getDocumentBase()
URL.getCodeBase()
```

其中 getDocumentBasse()方法返回的基准 URL 对象代表了包含该 Applet 的 HTML。例如，该文件存储在 http://www.sun.com/java/sample/images/img1.gif 中，则该方法就返回 http://www.sun.com/java/sample 路径。而 getCodeBase()方法返回的基准 URL 对象代表了该 applet 文件（.class 文件）所处的目录。它是根据 HTML 文件的 Applet 标记中的 CODEBASE 属性值计算出来的。若该属性没有设置，则同样返回该 HTML 文件所处的目录。

现在可以感受到基准 URL 的灵活性了。只要写以下语句：

```
Image  img=getImage(getDocumentBase(),"images/img1.gif");
```

那么即使整个 imgsample 目录移到任何地方，也可以正确装载图像文件。而采用绝对 URL 形式则需要重新修改 Applet 代码并重新编译。

2．图像文件的显示

getImage()方法仅仅是将图像文件从网络上装载进来，交出 Image 对象管理。怎样把得到的 Image 对象中的图像显示在屏幕上呢？这又要用到 Graphics 类的方法了。因为 Graphics 类提供一个 drawImage()方法，能完成将 image 对象中的图像显示在屏幕的特定位置上，就像显示文本一样方便。Drawimage()方法的调用格式如下：

```
Boolean drawImage(Image  img, int x, int y, ImageObserver observer)
```

其中 img 参数就是要显示的 Image 对象，x 和 y 参数是该图像左上角的坐标值。observer 参数则是一个 ImageObserver 接口（interface），用来跟踪图像文件装载是否已经完成的情况，通常都将该参数置为 this，即传递对象的引用去实现这个接口。

除了将图像文件照原样输出以外，drawImage()方法的另外一种调用格式还能指定图像显示的区域大小。

```
boolean  drawImage(Image  img,  int x,  int y,  int width,  int height,
ImageObserver observer)
```

这种格式比第一种格式多了两个参数 width 和 height，即表示图像显示的宽度和高度。当实际图像的宽度和高度与这两个参数值不一样时，Java 系统会自动将它进行缩放，以适合所定的矩形区域。

有时，为了不使图像因缩放而变形失真，可以将原图的宽和高均按相同的比例进行缩小或放大。那么怎样知道原图的大小呢？只需调用 Image 类中的两个方法就可以分别得到原图的宽度和高度。它们的调用格式如下：

```
int getWidth(ImageObserver observer)
int getHeight(ImageObserver observer)
```

同 drawImage()方法一样，通常用 this 作为 observer 的参数值。

【例 10-3】 举例说明显示图像文件。

```
import java.awt.Graphics;
import java.awt.Image;
public class exp10_3 extends java.applet.Applet
{
    Image img;
  public void init()
  {
img=getImage(getCodeBase(),"mm.gif");

}
  public void paint(Graphics g)
  {
int  w=img.getWidth(this);
int  h=img.getHeight(this);
g.drawImage(img,20,10,this);//原图
g.drawImage(img,100,10,w/2,h/2,this);//缩小一半
g.drawImage(img,20,100,w*2,h/3,this);//宽扁图
g.drawImage(img,180,10,w/2,h*2,this);//瘦高图
}
}
```

10.4.2　声音文件的播放

对声音媒体的直接支持可以说是 Java 的一大特色，尤其是在动画中配上声音效果，就可以使人在视觉和听觉上均得到美的享受。Java 中播放声音文件与显示图像文件一样方便，同样只需要先将声音文件装载进来，然后播放就行了。

Java 目前支持的声音文件只有一种格式，那就是 Sun 公司的 AU 格式（.au 文件），也称为 u-law 格式。由于 AU 格式的声音仅有 8kHz 的采样频率且不支持立体声效果，所以音质不算太好。唯一的好处就是 AU 声音文件的尺寸比其他格式小，有利于网上传输。一般地，较熟悉的大都是 WAV 格式的声音文件，因此必须先将它们转换为 AU 格式（可以选用各种转换软件来进行格式转换）。

声音文件准备好以后，就可以考虑将它装载进来并播放。在 Applet 类中提供的 play()方法可以将声音文件的装载与播放一并完成。其调用格式如下：

（1）void play(URL url)；

（2）void play(URL url,string name)。

可见，play()方法的调用格式与 getImage()方法与完全一样，也采用 URL 来定位声音文件。

由于 play()方法只能将声音播放一遍，若想循环某声音作为背景音乐，就需要用到功能更强大的 AudioClip 类。它能更有效地管理声音的播放操作。因为它被定义在 java.applet 程序包

中，所以使用该类时，不要忘了在程序头部加上

```
import java.applet.AudioClip;
```

为了得到 AudioClip 对象，可以调用 Applet 类中的 getAudioClip()方法。它能装载指定 URL 的声音文件，并返回一个 AudioClip 对象。其调用格式如下：

（1）AudioClip   getAudioClip(URL url);

（2）AudioClip   getAudioClip(URL url,String name)。

得到 AudioClip 对象以后，就可以调用 AudioClip 类中所提供的各种方法来操作其中的声音数据。

如果 getAudioClip 方法没有找到指定的声音文件，就会返回 null 值。所以，在调用方法前，应该先检查一下得到的 AudioClip 对象是不是 null，因为在 null 对象上调用上述方法将导致出错。

如果需要，还可以在 Applet 中同时装载几个声音文件一起播放，这些声音将混合在一起，就像二重奏一样。另外，还有一点要说明的是，如果使用 AudioClip 对象的 loop()方法来重复播放背景音乐，千万不要忘记在适当的时候调用 AudioClip 对象的 stop()方法来结束。因此，一般都在 Applet 的 stop()方法中添上停止播放的代码。

【例 10-4】 举例播放两段声音，一段是连续播放背景音乐，另一段是讲话录音。

```java
import java.applet.*;
import java.applet.AudioClip;
public class exp10_4 extends java.applet.Applet{
    AudioClip Bgmusic,Speak;
    public void init()
    {
        Bgmusic=getAudioClip(getDocumentBase(),"babygirl.au");
        Speak=getAudioClip(getDocumentBase(),"introduction.au");
    }
    public void start(){
        if(Bgmusic!=null)
            Bgmusic.loop();
        if(Speak!=null)
            Speak.play();
    }
    //当 Applet 被关闭的时候，同时关闭背景音乐
    public void stop(){
        if(Bgmusic!=null)
            Bgmusic.stop();//关闭背景音乐
    }
}
```

10.5　Applet 鼠标事件

对于鼠标的按键，AWT 会产生两种事件。当鼠标左键按下时产生 mouseDown 事件，当鼠标左键弹起时产生 mouseUp 事件。对于这两种事件，系统会分别调用相应的处理方法 mouseDown()和 mouseUp()。所以为了在程序中接收这两个事件，需要在程序中覆盖这两个事件的处理方法。例如对 mouseDown()方法，其调用方式为：

```
public Boolean mouseDown(Event evt, int x , int  y)
{
...
}
```

其中 X，Y 是事件发生时鼠标的位置，evt 参数是由系统产生的 Event 类的一个实例，它包含了关于这个事件的一些信息。如果将程序改写为：

```
public boolean mouseDown(Event evt, int x, int y) {
System. Out.println("A mouse click happened") :
return true:
}
```

那么在每次鼠标按下时，都会输出这句话。mouseUp()的使用与 mouseDown()是相同的。需要说明的一点是，这个方法必须返回一个布尔值。返回什么样的布尔值，取决于方法对事件的处理，如表 10-2 所示。如果返回 true，则表明方法已完成对事件的处理；如果返回 false，则表明需要其他 AWT 构件来处理。在大多数情况下，返回 true。

表 10-2　主要的鼠标事件类型

方法名	描述
mouseDown()	当按下鼠标时
mouseUp()	当放开鼠标时
mouseDrag()	当鼠标处于拖动状态时
mouseMove()	当鼠标移动时
mouseEnter()	当鼠标进入 Applet 区时
mouseExit()	当鼠标离开 Applet 区时

【例 10-5】举例说明 mouseDrag 和 mouseUp 方法。

```
import java.applet.*;
import java.awt.*;
public class exp10_5 extends Applet
{
  private Graphics  mygraphics;
//记录前一个点的坐标
  private int previousx,previousy;
    public exp10_5()
      {
```

```
}
public void init()
{
resize(640,480);
//调用 compoent 类的方法 getGraphics()来获取 Applet 的图形上下文
mygraphics = getGraphics();
}
public void destroy()
{
}
public void paint (Graphics g)
{
}
public void start()
{
}
public void stop()
{
}
```

//下面几个方法就是鼠标事件的处理

```
public boolean mouseDown(Event evt,int x, int y)
{
return true;
}
public boolean mouseUp(Event evt,int x, int y)
{
previousx=-1;
previousy=-1;
return true;
}
public Boolean  mouseDarg(Event evt,int x, int y)
{
if(previousx>=0&&previousy>=0)
{
mygraphics.drawLine(previousx, previousy,x,y);
}

previousx=x;
previousy=y;
```

```
return true;
}
public boolean mouseMove(Event evt, int x, int y)
{
return true;
}
}
```

【例 10-6】举例介绍 mouseDown()、mouseEnter()、mouseExit()三个方法的使用。

```
import java.applet.*;
import java.awt.*;
import java.net.*;
public class exp10_6 extends Applet
{
private String m_pictrue1="picl.gif";
private String m_pictrue2="pic2.gif";
private String m_sound="californian dreaming.au";
private String m_href="http://www.263.net/";
Image image1,image2,current;
private final String PARAM_pictrue1="pictrue1";
private final String PARAM_pictrue2="pictrue2";
private final String PARAM_sound="sound";
private final String PARAM_href="href";
public void DemoParam()
{}
public String[][] getparameterinfo()
{
String[][] info=
{
 {PARAM_pictrue1,"String","first pictrue"},
 {PARAM_pictrue2, "String","second pictrue"},
 {PARAM_sound,"String","Californian dreaming.au"},
 {PARAM_href,"String","a hyper link"},
};
return info;
}
public void init()
{
String param;
//从 HTML 页面中获取参数值
```

```
param=getParameter(PARAM_pictrue1);
if (param!=null)
m_pictrue1=param;
param=getParameter(PARAM_pictrue2);
if (param!=null)
m_pictrue2=param;
param=getParameter(PARAM_sound);
if (param!=null)
m_sound=param;
param=getParameter(PARAM_href);
if (param!=null)
m_href=param;
//装入图像
MediaTracker tracker=new MediaTracker(this);
try
{
image1=getImage(getDocumentBase(),m_pictrue1);
tracker.addImage(image1,0);
image2=getImage(getDocumentBase(),m_pictrue2);
tracker.addImage(image2,0);
}catch(Exception e){}
try
{
tracker.waitForID(0);
}catch(Exception e){}
current=image1;
resize(280,200);
}
public void paint(Graphics g)
{
//显示图像
g.drawImage(current,0,0,this);
}
public boolean mouseDown(Event evt,int x,int y)
{
URL hrefURL=null;
try
{
hrefURL=new URL(m_href);
```

```
getAppletContext().showDocument(hrefURL);
}
catch(Exception e)
{
System.out.println("Could not go to URL");
}
return true;
}
public boolean mouseEnter(Event evt,int x, int y)
{
//播放声音片段
try
{
play(getDocumentBase(),m_sound);
}catch(Exception e)
{
System.out.println("Unalbe to play Sound");
}
//改变成另一幅图像
current=image2;
repaint();
return true;
}

public boolean mouseExit(Event evt,int x,int y)
{
current=image1;
repaint();
return true;
}
}
```

习　题

一、选择题

1. Java.applet 类实际上是下面（　　　）的子类。
    A. java.awt.Panel   B. java.awt.Window
    C. java.awt.Frame   D. java.awt.Content
2. 在 Applet 中，通常在（　　　）中初始化类。

A．init() 　　B．start() 　　C．stop() 　　D．destory()

3．在 Applet 中，通常使用（　　　）来停止其运行。

A．init() 　　　B．start() 　　C．stop() 　　D．destory()

4．下面描述正确的是（　　　）。

A．Applet 程序中不需要 main()方法，也不能有

B．Application 程序中可以没有 main()方法

C．Applet 程序中可以不定义 init()方法

D．Application 程序中必须有 run()方法

二、简答题

1．简述 Applet 的基本结构。

2．简述 Applet 的生命周期。

第 11 章　Java 网络编程

Java 是针对网络环境的程序设计语言，提供了强大的网络支持机制，Java 的出现就是将网络上众多装有不同操作系统的计算机连接起来。

11.1　网　络　协　议

Internet 上互相通信的计算机采用的协议是 TCP 或者 UDP 协议，在 Java 中编写网络程序时，通常只关心应用层，而不关心传输层。但是，必须理解 TCP 和 UDP 之间的不同，以便关心程序中的应用在哪一个 Java 类来进行网络连接。

TCP 是传输控制协议，根据该协议的设计宗旨，它具有高度的可靠性，而且能保证数据顺利到达目的地。UDP 是用户数据报协议，它并不可以追求数据报完全发送出去，也不能担保抵达的顺序与它们发出时相同。因此，UDP 被认为是一种不可靠的协议。但是，它传输速度快。

11.2　基于 TCP/IP 的 Socket 通信

在 Java 环境下，Socket 编程主要是指基于 TCP/IP 协议的网络编程。基于 TCP/IP 协议的网络编程就是利用 TCP 协议在客户与服务器之间建立一个专门的点到点的通信连接来实现数据交换。网络上的两个程序通过一个双向的通信连接实现数据的交换，这个双向链路的一端称为一个 Socket，一个 Socket 由一个 IP 地址和一个端口号唯一确定。基于 TCP 协议的 Socket 通信编程主要使用 java.net 包中的 Socket 类和 ServerSocket 类。

1. Socket 通信的一般过程

利用 TCP 协议进行通信，需要编写服务器端和客户端的两个程序。一般的通信过程是这样的：首次服务器端和客户端都可以通过打开连接到 Socket 的输入/输出流并按照一定的协议对 Socket 进行读/写操作与对方通信，通信结束，Socket 完毕。如图 11-1 所示。

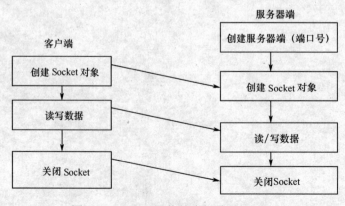

图 11-1　Socket 通信的一般过程

对于一个功能齐全的 Socket，其工作过程包含以下四个基本的步骤：

（1）创建 Socket；

（2）打开连接到 Socket 的输入/输出流；

（3）按照一定的协议对 Socket 进行读/写操作；

（4）关闭 Socket。

第（3）步是程序员用来调用 Socket 和实现程序功能的关键步骤，其他三步在各种程序中基本相同。

2．创建 Socket

Java 在包 java.net 中提供了两个类 Socket 和 ServerSocket，分别用来表示双向连接的客户端和服务器端。

创建客户端 Socket：

```
try{
    Socket socket=new Socket("127.0.0.1",5555);
    }catch(IOException e){
    System.out.println("异常:"+e);
    }
```

这个小程序使客户端创建了一个面向连接的 Socket 对象，并将它连接到主机名为 host 的计算机的 port 端口。

除了这种根据主机名（host）和端口号（port）创建 Socket 对象的方法外，其他常用的构造方法有以下几种。

（1）Socket(InetAddress address，int port)构造一个面向连接的 Socket 对象，并将它连接到 IP 地址为 address 的计算机的 port 端口上。

（2）Socket(String host，int prot，boolean stream)构造一个面向连接的 Socket 对象，并将它连接到 IP 地址为 address 的计算机的 port 端口上，此 Socket 是面向连接还是数据报，由 stream 来决定。

（3）Stocket(InetAddress address，int port，boolean stream)构造一个 Socket 对象，并将它连接到 IP 地址为 address 的计算机的 port 端口上，此 Stocket 是面向连接还是数据报，由 stream 来决定。

创建服务器的 ServerSocket：

```
ServerSocket server=null;
try{
    server=new ServerSocket(5555);
    } catch(IOException e){
    System.out.println("异常:" +e);
    }
    Socket socket=null;
    try{
    socket=server.accept();
    } catch(IOException e){
```

```
                    System.out.println("异常: " +e) ;
        }
```

这个案例中创建服务器端 Socket 的构造方法如下。

（1）ServerSocket(int port)构造了一个绑定在 port 端口上的服务器端 Socket 对象。

常用的构造方法还有：

（2）ServerSocket(int port, int count)构造一个绑定在 port 端口上的服务器端 Socket 对象，count 则表示服务端所能支持的最大连接数。

（3）accept()是 ServerSocket 提供的一个方法，用来等待客户的连接，是一个阻塞函数，等待客户的请求，直到一个客户启动并请求连接到相同的端口，然后返回一个对应于客户的新的 socket 对象，通过这个对象，新的服务与客户连接开始进行通信，由各个 Socket 分别打开各自的输入/输出流。

注意：在创建 Socket 时如果发生错误，将产生 IOException，在程序中必须对之作出处理，所以创建 Socket 或 ServerSocket 时必须捕获或抛出异常。

3．打开输入/输出流

类 Socket 提供了方法 getInputStream()和 getOutStream()来得到对应的输入/输出流以进行读/写操作，这两个方法分别返回输入流数据和输出流数据，具体为：

```
InputSteam  getInputStream()  throws IOExcetion//获得输入的数据流

PrintSteam  getOutputSteam  throws IOExcetion//获得输出的数据流,PrintStream
为 OutputStream 的子类
```

为了便于读/写数据，可以在返回的输入/输出流对象上创建过滤流，如 DataInputStream、DataOutputSteam 或 PrintStream 类对象，对于文本方式的流对象，可以采用 InputStreamReader 和 OutputStreamWriter、PrintWriter 等处理。

例如：

```
PrintSteam os=new PrintSteam(new bufferedOutputStream(socket.
getOutputSteam()));

DataInputStream is=new DataInputStream(socket. getInputStream());

PrintWriter out=new PrintWriter(socket. getOutputSteam(),true);

BufferedReader in=new BufferedReader(new InputStreamReader
(Stocket.getInputStream));
```

输入/输出流是网络编程的实质部分，具体部分构造所需要的过滤流，要根据需要而定。

4．关闭 Socket

每一个 Socket 存在时，都将占用一定的资源，在 Socket 对象使用完毕时，要将其关闭。关闭 Socket 可以调用 Socket 的 Close()方法。关闭 Socket 之前，应将与 Socket 相关的所有的输入/输出流全部关闭，以释放所有的资源。而且要注意关闭的顺序，与 Socket 相关的所有的输入/输出流首先关闭，然后再关闭 Socket。

```
        os.close();                    //关闭输出流
        is.close();                    //关闭输入流
        socket.close();                //关闭 Socket
```

5. 客户端和服务器端构建

1）客户端的程序结构

- 创建一个纸箱固定主机的固定端口的 Socket 对象；
- 建立与 Socket 对象绑定的输入/输出对象流；
- 利用输入/输出流进行读写，即与服务器进行通信；
- 要结束通信时，关闭各个流对象，结束程序。

2）服务器端的程序结构

- 创建一个等待接收连接的 ServerSocket 对象；
- 使用 ServerSocket 对象的方法 accept 等待接收客户端的连接请求，当接收到一个连接请求时，创建一个用于通信的 Socket 对象；
- 创建与 Socket 对象绑定的输入/输出流；
- 利用输入/输出流进行读写，即与客户端进行通信；
- 当客户端离去时，关闭各个流对象，结束程序。

在客户端，与服务器端的程序结构相似，但是客户端只需要创建一个 Socket 对象，服务器端需要创建两个 Socket 对象。

通过能够实现服务器和客户程序进行聊天的软件系统设计程序，演示 Socket 通信程序的设计过程。

【例 11-1】 基于 TCP/IP 的 Socket 通信服务器端程序设计举例。

```
import java.io.*;
import java.net.*;
public class Exp11_1
{
    public static void main(String args[])
    {
        try
        {
        ServerSocket server=new ServerSocket(5700);
        Socket socket=server.accept();
        //生成监听 5700 端口的 ServerSocket 对象 Server，并通过 accept 接受外界的
        //Socket 连接请求，程序会停止在该处，直到有外界 Socket 请求。此时生成一个和
        //外界请求进行通信的 Socket 对象，然后程序才向下执行
        String line;
        BufferedReader is=new BufferedReader(new
        InputStreamReader(socket.getInputStream()));
        //实现能够通过 Socket 发送字符串信息的 is 流对象
        intWriter os=new PrintWriter(socket.getOutputStream());
        //通过 PrintWriter 对象将字符串类型数据转变成字节类型数据，然后通过 Socket
        //对象的 OutputStream 流输出到 Socket 上
    BufferedReader sin=new BufferedReader(newInputStreamReader(System.in));
```

```
                                                    // 标准输入上读取数据
        System.out.println("Client:"+is.readLine());
        line=sin.readLine();
        while(!line.equals("bye"))
            {
            os.println(line);
            os.flush();
            System.out.println("Server:"+line);
            System.out.println("Client:"+is.readLine());
            line=sin.readLine();
            }
            is.close();
            os.close();
            socket.close();
            server.close();//关闭所有的流对象和 Socket 对象
        }catch(Exception e)
            {
            System.out.println("Error"+e);
            }
        }
    }
```

以下程序是客户端程序的具体代码。客户端程序在结构上首先定义进行数据通信所需要的各种流对象，然后按照特定协议和服务器进行通信。这里服务器端和客户端的通信协议十分简单：客户端首先向服务器发送一个字符串，等待服务器的恢复，服务器端向客户端发送完后，接着等待客户端的下一个信息。客户端和服务器端依次进行数据的传递和接收，而且客户端代码首先发送第一句，服务器端首先接听第一句。

【例 11-2】　基于 TCP/IP 的 Socket 通信客户端代码举例。

```java
import java.io.*;
import java.net.*;
public class Exp11_2
{
    public static void main(String args[])
    {
        try
        {
        Socket ssocket=new Socket("127.0.0.1",5700);
// 生成一个到本机 5700 端口的一个 Socket 连接对象
 BuffereReader sin=new BufferedReader(new InputStreamReader(System.in));
// 生成从键盘读取字符串数据的流对象结构
```

```
PrintWriter os=new PrintWriter (socket.getOutputStream());
BufferedReader is=new BufferedReader(newInputStreamReader
(socket.getInputStream()));
```
//生成通过 Socket 进行字符串读写的流对象结构，和服务器端的对应结构类似，可以参考服务
//器端对应代码的解析

```
            String readline;
            readline=sin.readLine();
            while(!readline.equals("bye"))
             {
                 os.println(readline);
                  os.flush();
                 System.out.println("Client:"+readline);
                 System.out.println("Server:"+is.readLine());
                 readline=sin.readLine();
             }
             os.close();
             is.close();
             socket.close();
        }catch(Exception e)
         {
             System.out.println("Error"+e);
         }
     }
 }
```

11.3　基于 UDP 的 Socket 网络编程

下面介绍 TCP/IP 协议传输层的另一个协议：UDP 协议。相比而言，UDP 的应用不如 TCP 广泛，几个标准的应用层协议 HTTP、FTP、SMTP 用得都是 TCP 协议。但是 UDP 协议具有自己的特点，如在网络游戏、视频会议等需要很强的实时交互性场合，应用 UDP 是非常合适的。

11.3.1　Datagram 通信

UDP 协议是无连接的协议，它以数据报（Datagram）作为数据传输的载体，数据报是一个在网络上发送的独立信息，它的到达、达到时间及内容本身都不能得到保证，就跟日常生活中的邮件系统一样，是不能保证可靠地寄到的，数据报的大小是受限制的，每个数据报的大小限定在 64KB 以内。

java.net 中提供了两个类：数据报 Socket 类 DatagramSocket 和数据包类 DatagramPacket。利用这两个类，可编写基于 UDP 协议的网络通信程序。

1. Datagram 通信的一般过程

基于 UDP 协议的数据报 Socket 通信一般过程是：构造一个绑定在本机端口的数据报 Socket 对象，再建立一个用于接收报文的数据报 Packet 对象，然后利用数据报 Socket 对象的接收方法，等待接收外面发来的数据报：若要发送数据，首先要知道对方的 IP 地址和端口号，然后将地址信息及发送的报文打成一个发送的数据包，再利用数据报 Socket 对象的发送方法进行发送。如图 11-2 所示。

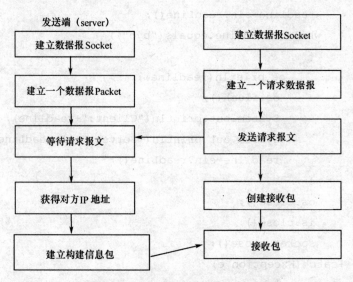

图 11-2　Datagram 通信的一般过程

开发基于 UDP 协议的网络通信应用程序，同样需要编写两个端点的程序，一个是发送端，一个是接收端，或者可以认为发送端就是服务器端，接收端就是客户端。但这两个程序的结构和使用方法是完全相似的，即

（1）建立一个数据报 Socket 对象；

（2）构造用于接收数据或者发送数据的数据包；

（3）利用数据报套接口对象的 receive()方法或者 send()方法接收或者发送数据包。

不同之处仅在于服务器端的程序是先等待接收客户的数据包，后发送回应信息的数据包，而客户端正好相反，先发送数据包，后等待接收服务器端回应的数据包。

2. 创建数据 Socket

java.net 包中的 DatagramSocket 可创建数据报 Socket 对象，用于在程序之间建立传送数据报的通信连接，执行发送与接收数据的任务。

DatagramSocket 的常用构造方法如下。

DatagramSocket()构造一个系统自动确定端口号的数据报 Socket 对象。

DatagramSocket(int port)构造一个绑定的 port 端口的数据报 Socket 对象。

其中，port 指明 Socket 所使用的端口号，如果未指明端口号，则把 Socket 加到本地主机上的一个可用的端口，端口的选择要保证不发生端口冲突，否则会生成 SocketExcetion 类异常。

注意： 在创建 DatagramSocket 时如果发生错误，将产生 IOException，在程序中必须对之作出处理，所以在创建时必须捕获或抛出异常。

3．创建数据报

java.net 包中的类 DatagramPacket 则用来表示一个数据报，包含了所要传送的数据。

以数据报方式编写通信程序时，无论在客户端还是在服务器端，首先都要建立一个 DatagramSocket 对象，用来接收或发送数据报，然后使用 DatagramPacket 对象作为传输数据的载体。常用的构造的方法如下。

DatagramPacket(byte buf[]，int length)构造一个用于接收报文的数据报对象，buf 中存放数据报数据，length 为数据报中数据的长度。

DatagramPacket(byte buf[]，int offset，int length)构造一个用于接收报文的数据包对象，buf 中存放数据报数据，length 为数据报中数据的长度，offset 为数据在数据包中存放的起始位置。

DatagramPacket(byte buf[]，int length，Inet Address addr，int port)构造一个用于发送报文的数据包对象，buf 中存放数据报数据，length 为数据报中的数据的长度，addr 和 port 指明目的地址。

DatagramPacket(byte buf[]，int offset，int length，Inet Address addr，int port)构造一个用于发送报文的数据包对象，offset 为数据在数据包中存放的起始位置，buf 中存放数据报数据，length 为数据报中的数据的长度，addr 和 port 指明目的地址。

例如：

```
byte[]buf = new byte[256];
DatagramPacket packet = new DatagramPacket(buf,buf.length);
```

构造一个用于接收长度为 256 的报文的数据包对象。

4．接收与发送数据报

1）接收数据报

在接收数据前，首先生成一个 DatagramPacket 对象，给出接收数据的缓冲区及其长度，然后调用 DatagramSocket 的方法 receive()等待数据报的到来，receive()将一直等待，直到收到一个数据报为止。例如：

```
DatagramPacket packet=new DatagramPacket(buf, 256);
Socket.receive(packet);
```

Receive()方法会阻塞当前系统的报文，直到有一个报文到达 Socket。基于 UDP 和基于 TCP 是有区别的，一个比较明显的区别是 UDP 的 Socket 编程是不提供监听功能的，也就是说通信双方更为平等，面对的接口是完全一样的。在使用 UDP 时可以使用 DatagramSocket.receive()来实现类似于监听的功能。这跟 accept()是很相像的，因而可以根据读入的数据报来决定下一步的动作，这就达到了跟网络监听相似的效果。

2）发送数据报

发送数据前，首次也要生成一个新的 DatagramPacket 对象，在给出存放发送数据的缓冲区的同时，还要给出完整的目的地址，包括 IP 地址和端口号。发送数据是通过 DatagramSocket 的方法 send()实现的，send()根据数据报的目的地址来寻径，以传递数据报。例如：

```
DatagramPacket packet=new Datagrampacket(buf, length, address, port)
Socket.send(packet);
```

注意：receive()方法和 send()方法如果发生错误，将产生 IOException，在程序中必须对之作出处理，所以在创建时必须捕获或抛出异常。

11.3.2　基于 UDP 的简单通信程序设计

Java 对数据报 UDP 的支持与它对 TCP 的支持大致相同，但也存在明显的区别。

1．UDP 协议与 TCP 协议的异同

对 UDP 协议来说，在服务器端打开数据报套接字 DatagramSocket，这与 TCP 不同（TCP 协议是在服务器端打开 ServerSocket，等待建立连接），DatagramSocket 不会等待建立连接的请求。这是因为不再存在"连接"，而是数据报在网络上传递（每个数据报走的路可能不一样）。

对 TCP 来说，连接一旦建立，就不再需要关心谁向谁传递数据，而只需要通过会话流来回传送数据即可。而对数据报来说，它的数据必须知道自己来自何处，到何处去。

2．UDP 服务器的连接过程

（1）在服务器的指定端口上创建 DatagramSocket 数据报套接字对象，该对象用于收发数据报。

```
DatagramSocket socket=new DatagramSocket(INPORT)
```

（2）创建 DatagramPacket 数据报包对象，用来存储接收到的数据报包。

DatagramPacket dp=new DatagramPacket(buf,buf.length)

其中，buf 为字节数组。

（3）要接收数据，通过数据报套接字对象的 receive()方法接收一个数据报包到创建的数据报包对象 dp 中。

```
socket.receive(dp);
```

（4）要发送数据，将数据组合成数据包对象，通过数据报套接字对象的 send()方法发送数据。注意，数据组合成数据报包对象时，要给出对方的 IP 地址和端口号。

3．UDP 客户机的连接过程

（1）在客户机上创建 DatagramSocket 数据报套接字对象，该对象用于收发数据报。系统将决定采用哪个端口。

```
DatagramSocket socket=new DatagramSocket()
```

（2）创建 DatagramPacket 数据报包对象，用来存储接收到的数据报包。

```
DatagramPacket dp=new DatagramPacket(buf,buf.length)
```

其中，buf 为字节数组。

（3）要接收数据，通过数据报套接字对象的 receive()方法接收一个数据报包到创建的数据报包对象 dp 中。

```
socket.receive(dp);
```

（4）要发送数据，将数据组合成数据包对象，通过数据报套接字对象的 send()方法发送数据。注意，数据组合成数据报包对象时，要给出对方的 IP 地址和端口号。

4．DatagramSocket 类的解析

（1）public DatagramSocket()，构造器方法，创建一个与本地机的数据报套接字，端口由系统决定。

（2）public DatagramSocket(int port)，构造器方法，创建一个与本地机的指定端口的数据报套接字。

（3）public void close()，成员方法，关闭该数据报套接字。

（4）public DatagramPacket receive(DatagramPacket dp)，成员方法，从该套接字接收一个数据报包。

（5）public void send(DatagramPacket dp)，成员方法，从该套接字发送一个数据报包。

5．DatagramPacket 类的解析

（1）public DatagramPacket(byte[] buf,length)，构造器方法，创建一个数据报包，用于接收数据报包数据，允许接收的数据报包长度为 length。

（2）public DatagramPacket(byte[] buf,length,InetAddress addr,int port)，构造器方法，创建一个数据报包，用于发送数据报包数据。

（3）public InetAddress getAddress()，成员方法，返回该数据报包中的 IP 地址。

（4）public int getPort()，成员方法，返回该数据报包中的端口地址。

（5）public byte[] getData()，返回该数据报包中的数据。

（6）pubic int getLength()，返回该数据报包中的数据长度（不包括 IP 地址和端口）。

6．数据报的多用户服务问题

由于数据报服务采用的是非连接方式，因此，不需要采用线程，就可以实现多用户。这是因为，对接收来说，无论从哪个客户机来的信息，都是存放在其数据报包里，程序在分解数据时可以知道来自哪台客户机；对发送来说，由于指定了 IP 地址和端口，系统知道如何将数据报包送到指定的位置。

7．应用实例

【例 11-3】 UDP 交互系统服务器程序。

```
import javax.swing.*;
import java.awt.*;
import java.awt.event.*;
import java.net.*;
import java.io.*;
public class Exp11_3 extends JFrame implements ActionListener{
    JLabel jL1;
    JButton jB1;
    JTextField jF1;
    JTextArea jT1;
    byte[] buf=new byte[1000]; //字节数组成员变量，用于发送和接收数据
    DatagramPacket dp=new DatagramPacket(buf,buf.length); //数据报包
    DatagramSocket socket; //数据报套接字
    public Exp11_3(){
    super("UDP-服务器");
    jL1=new JLabel("监听端口");
    jL1.setBounds(15,5,60,30);
    jF1=new JTextField("6544",15);
    jF1.setBounds(85,5,100,30);
    jB1=new JButton("启动系统");
```

```java
            jB1.setBounds(200,5,100,30);
            jB1.addActionListener(this);
            jT1=new JTextArea();
            JScrollPane jS=new JScrollPane(jT1);
            jS.setBounds(15,45,310,160);
            Container w1Container=this.getContentPane();
            w1Container.setLayout(null);
            w1Container.add(jL1);
            w1Container.add(jF1);
            w1Container.add(jB1);
            w1Container.add(jS);
            this.setSize(350,250);
            this.setVisible(true);
    }
    public static void main(String[] args){
        Exp11_3 w1=new Exp11_3();
    }
    public void actionPerformed(ActionEvent e){
        try{
            /*建立数据报套接字*/
            socket=new DatagramSocket(Integer.parseInt(jF1.getText()));
            jT1.append("系统提示：服务器数据报套接字建立\n");
        }catch(IOException e1){ //捕捉可能产生的异常
            jT1.append("服务器端口打开出错\n");
        }
        if(socket!=null){
            /*启动读信息线程*/
            ReadMessageThread readThread=new ReadMessageThread();
            readThread.start();
        }
    }
    class ReadMessageThread extends Thread{
        public void run(){
            while(true){
                try{
                    socket.receive(dp); //读入数据报包
                }catch(IOException e1){ //捕捉可能产生的异常
                    jT1.append("读端口信息出错\n");
                }
```

```
        /*分离数据报包的信息，将分离的数据信息转换为 String 类型*/
        String rcvd=new String(dp.getData(),0,dp.getLength());
        InetAddress ip=dp.getAddress();
        int port=dp.getPort();
        rcvd=rcvd+",from address:"+ip+",port:"+port;
        jT1.append("从客户机读入如下的信息:"+rcvd+"\n");
        String echo="服务器已接收到来自"+ip+"的信息";
        /*将反馈信息字符串转换为字节数组*/
        buf=echo.getBytes();
        /*构建发送信息数据报包*/
        dp=new DatagramPacket(buf,buf.length,ip,port);
        try{
            socket.send(dp);  //发送数据报包
        }catch(IOException e2){  //捕捉可能产生的异常
            jT1.append("发送信息出错\n");
        }
    }
}
}
```

【例 11-4】　UDP 交互系统客户机程序。

```
import javax.swing.*;
import java.awt.*;
import java.awt.event.*;
import java.net.*;
import java.io.*;
public class Exp11_4 extends JFrame implements ActionListener{
    JLabel jL1,jL2;
    JButton jB1,jB2;
    JTextField jF1,jF2,jF3;
    JTextArea jT1;
    DatagramSocket socket;
    byte[] buf=new byte[1000];
    DatagramPacket dp=new DatagramPacket(buf,buf.length);
    InetAddress serverHost;
    int serverPort;
    public Exp11_4(){
        super("UDP-客户机");
        jL1=new JLabel("服务器 IP");
```

```
        jL1.setBounds(15,5,60,30);
        jF1=new JTextField("127.0.0.1",15);
        jF1.setBounds(85,5,100,30);
        jL2=new JLabel("端口");
        jL2.setBounds(200,5,40,30);
        jF2= new JTextField("6544",15);
        jF2.setBounds(245,5,60,30);
        jB1=new JButton("连接服务器");
        jB1.setBounds(325,5,100,30);
        jB1.addActionListener(this);
        jF3=new JTextField("",30);
        jF3.setBounds(15,45,290,30);
        jB2=new JButton("发送信息");
        jB2.setBounds(325,45,100,30);
        jB2.addActionListener(this);
        jT1=new JTextArea();
        JScrollPane Js=new JScrollPane(jT1);
        jS.setBounds(15,85,410,120);
        Container w1Container=this.getContentPane();
        w1Container.setLayout(null);
        w1Container.add(jL1);
        w1Container.add(jF1);
        w1Container.add(jL2);
        w1Container.add(jF2);
        w1Container.add(jB1);
        w1Container.add(jF3);
        w1Container.add(jB2);
        w1Container.add(jS);
        this.setSize(450,250);
        this.setVisible(true);
    }
    public static void main(String[] args){
        Exp11_4 w1=new Exp11_4();
    }
    public void actionPerformed(ActionEvent e){
        try{
            serverHost=InetAddress.getByName(jF1.getText());
        }catch(IOException e1){
            jT1.append("发送信息出错\n");
```

```
    }
    serverPort=Integer.parseInt(jF2.getText());
    if(e.getSource()==jB1){ //单击 "连接服务器" 按钮
        try{
            socket=new DatagramSocket();
            jT1.append("系统提示：客户机数据报套接字建立\n");
        }catch(IOException e2){ //捕捉可能产生的异常
            jT1.append("端口打开出错\n");
        }
        if(socket!=null){
            ReadMessageThread readThread=new ReadMessageThread();
            readThread.start();
        }
    }
    if(e.getSource()==jB2){ //单击 "发送" 按钮实现的功能
        if(socket!=null){
            String str=jF3.getText();
            jT1.append("向服务器发送如下的信息："+str+"\n");
            buf=str.getBytes();
            dp=new
DatagramPacket(buf,buf.length,serverHost,serverPort);
            try{
                socket.send(dp);
            }catch(IOException e3){ //捕捉可能产生的异常
                jT1.append("发送信息错误\n")
            }
        }
    }
}
class ReadMessageThread extends Thread{
    public void run(){
        while(true){
            try{
                socket.receive(dp);
            }catch(IOException e1){ //捕捉可能产生的异常
                jT1.append("读端口信息出错\n");
            }
            String rcvd=new String(dp.getData(),0,dp.getLength());
            InetAddress ip=dp.getAddress();
```

```
        int port=dp.getPort();
        rcvd=rcvd+",from address:"+ip+",port:"+port;
        jT1.append("从服务器读入如下的信息: "+rcvd+"\n");
      }
    }
  }
}
```

习　题

一、填空题

1. 基于 TCP 协议的 Socket 编程，需要使用 java.net 中的＿＿＿＿和＿＿＿＿两个类，分别适用于＿＿＿＿端和＿＿＿＿的程序。

2. ＿＿＿＿类代表了 UDP 中的数据报，＿＿＿＿类完成数据报的发送与接收。

二、简答题

1. 什么叫做 Socket？试述怎样进行一个 Socket 通信。

2. 什么叫做数据报？试述怎样进行一个数据报 Socket 通信。

3. 试述服务器怎样可将数据发送到服务器。

第 12 章 Java 与数据库

随着越来越多的编程人员对 Java 语言的喜欢，越来越多的公司在 Java 程序开发上投入的精力日益增长，使得 Java 与数据库开发之间的关系越来越紧密。

12.1 JDBC 概述

在 Java 中对数据库的访问主要是通过 JDBC 进行的。JDBC 是 Java 数据库连接（Java Database Connectitvity）技术的简称，它是一种用于执行 SQL 语句的 JavaAPI，由一组用 Java 编程语言编写的类和接口组成。JDBC 为数据库开发人员提供了一组标准的 API，使他们能使用纯 JavaAPI 来编写数据库应用程序，使得程序人员无须对特定的数据库系统的特点有过多的了解，从而大大简化和加快了开发程序的速度。通过 JDBC，开发人员可以很方便地将 SQL 语句传送给任何一种数据库。简单地说，JDBC 可以做三件事：与数据库建立连接，发送 SQL 语句，处理结果。如图 12-1 所示。

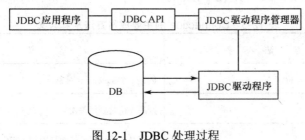

图 12-1 JDBC 处理过程

12.1.1 JDBC 的主要类和接口

JDBC 的核心是提供了一个 JavaAPI。JavaAPI 是定义在 Java.sql 包中的，其中包括了所有的 JDBC 的类、接口和方法，主要是类和接口，如表 12-1 所示。

表 12-1 JavaAPI 的主要类和接口

Java.sql.DriverManager	驱动程序管理器类
Java.sql.Connection	连接接口类
Java.sql.Strtement	静态的数据库操作类
Java.sql.Resultset	查询返回的结果集类
Java.sql.SQLException	数据库操作的异常类

1. Java.sql.DriverManager 类

DriverManager 是 Java.sql 包中用于数据库驱动程序管理的类，作用于用户和驱动程序之间。它跟踪可用的驱动程序，并在数据库和相应驱动程序之间建立连接，也处理诸如驱动程序登录世界限制及登录和跟踪消息的显示等事务。DriverManager 类直接继承自 Java.lang.object，其常用方法如表 12-2 所示。

表 12-2　DriverManager 的主要成员方法及其含义

方　法	含　义
Stati void deregister Driver(DriverManager)	从驱动程序列表中删除已登记的驱动程序
Stati Connection　getConnection(String url)	通过指定的数据 url 来建立数据库的连接
Stati Connection　getConnection(String url,properties info)	通过指定的数据 url 和属性信息来建立数据库的连接
Stati Connection　getConnection (String url,String user,sting password)	通过指定的数据 url、用户名和密码来建立数据库的连接

值得注意的是，对于简单的应用程序，程序开发人员需要在此类中直接使用的唯一方法是
DriverManage getConnection，该方法是用来建立与数据库的连接的，一般形式如下：

DriverManage.getConnection(URL)；

2．Java.sql.Connection 接口

Connection 接口是用来表示数据库连接的对象，对数据库的一切操作都是在这个连接的
基础上进行的。Connection 对象由 DriverManage 类的 getConnection 方法建立，一般形式如下：

Connection con=DriverManage. getConnection(URL)；

Connection 类的主要方法如表 12-3 所示。

表 12-3　Connection 的主要成员方法及其含义

方　法	含　义
Statement create Statement()	创建一个 statement 对象
boolean isClouse()	判断连接是否已关闭
void close()	立即释放连接对象的数据库和 JDBC 资源

3．Java.sql.Statement 接口

Statement 是用于在已经建立的连接的基础上向数据库发送 SQL 语句的对象。它只是一个
接口的定义,其中包括了执行 SQL 语句和获取返回结果的方法。实际上有三种 Statement 对象：
Statement、PreparedStatement（继承自 Statement）和 CallableStatement（继承自 Prepared
Statement）。它们都作为在给定连接上执行 SQL 语句的容器，每个都专用于发送特定类型的
SQL 语句：Statement 对象用于执行不带参数的简单 SQL 语句；PreparedStatement 对象用于执
行带或不带 IN 参数的预编译 SQL 语句；CallableStatement 对象用于执行对数据库已存储过程
的调用。Statement 接口提供了执行语句和获取结果的基本方法；PreparedStatement 接口添加
了处理 IN 参数的方法；而 CallableStatement 添加了处理 OUT 参数的方法。这里重点介绍
Statement 对象。

创建一个 Statement 对象的方法很简单，只需要 Connection 的方法 createStatement 就可以
了。一般形式如下：

```
Statement stmt=con.createStatement();
```

Statement 接口定义中包括的常用方法如表 12-4 所示。

表 12-4　Statement 的主要成员方法及其含义

方　　法	含　　义
boolean execute(String sql)	执行指定的 SQL 语句
int execulteUpdate(sting sql)	进行数据库更新
ResultSet executeQuery(String sql)	进行数据库查询，返回结果集
Void close()	关闭 Statement 语句指定的数据库连接

4．Java.sql.resultset 接口

结果集 ResultSet 用来暂时存放数据库查询操作获得的结果。它的对象一般由 Statement 类及其子类通过方法 executeQuery 执行 SQL 查询语句后产生，包含这些语句的执行结果。ResultSet 的通常形式类似于数据库中的表，包含符号查询要求的所有行。由于一个结果集可能包含多行数据，位置读取方便，使用指针（corsor）来标记当前行，指针的初始位置指向第一行之前。ResultSet 接口定义中包括的主要方法如表 12-5 所示。

表 12-5　ResultSet 的主要成员及其含义

方　　法	含　　义
boolean next()	将指针移动到当前行的下一行
boolean previous()	将指针移动到当前行的前一行
string getString(int columnIndex)	获取当前行中某一列的值，返回一个字符串
int getInt(int columnIndex)	获取当前行中某一列的值，返回一个整型值
void close()	关闭结果集

从表 12-5 中可以看出，ResultSet 类不仅提供了一套用于访问数据的 get 方法，还提供了很多移动指针的方法。Cursor 是 Results 维护的指向当前数据行的指针。最初它位于第一行之前，因此第一次访问结果集时通常调用 next 方法将指针置于第一行上，使它成为当前行。

随后每次调用 next 指针向下移动一行。它包含了符合 SQL 语句中条件的所有行，并且它提供了一套 get 方法对这些行中的数据进行访问。

结果集 ResultSet 用来暂时存放数据库查询操作获取的结果，一般形式如下：

```
ResultSet rs=stmt.executeQuery(query SQL);
While(rs.net()){
//处理每一结果行
}
```

5．Java.sql.SQLException 类

SQLException 类是 Java.lang.Exception 类的子类，提供在数据库操作过程中的错误信息的处理。在进行数据库连接和对数据库操作的过程中，都有可能产生异常，如连接失败时就产生 SQLException 异常，成功时产生一些警告信息。在 JDBC 中经常遇到的异常是 SQLException，因此，在进行数据库连接时应注意检查这些警告信息，以便寻找错误，同时应注意捕获异常及做相应的处理。SQLException 类定义中包括的方法如表 12-6 所示。

表 12-6　SQLException

方　　法	含　　义
Pubic String getMessage()	打印出异常信息
Pubic String toString()	创建并返回当前异常的字符串表示形式

12.1.2　JDBC 驱动程序

1. 驱动程序类型

使用 JDBC API 和数据库建立连接之前，首先必须要有连接到该种数据库的 JDBC 驱动程序。JDBC 驱动程序负责特定的数据库与 JDBC 接口之间的数据转换，它是一个中间层，把 Java 方法调用翻译成特定数据库的 API 调用，然后用来操作数据库。目前的 JDBC 驱动程序大致可以分为以下 4 个种类。

1）JDBC-ODBC 桥加 ODBC 驱动程序

JavaSoft 桥产品利用 ODBC 驱动程序提供 JDBC 访问。注意，必须将 ODBC 二进制代码（许多情况下还包括数据库客户机代码）加载到使用该驱动程序的每个客户机上。

2）本地 API 部分用 Java 来编写的驱动程序

该驱动程序把客户机 API 上的 JDBC 调用转换为 Oracle、Sybase、Informix、DB2 或其他 DBMS 的调用。注意，像桥驱动程序一样，这种类型的驱动程序要求将某些二进制代码加载到每台客户机上。

3）JDBC 网络协议驱动程序

该驱动程序将 JDBC 转换为与 DBMS 无关的网络协议，这种协议又被某个服务器转换为一种 DBMS 协议。这种网络服务器中间件能够将它的纯 Java 客户机连接到多种不同的数据库上。所用的具体协议取决于提供者。通常，这是最为灵活的 JDBC 驱动程序。有可能所有这种解决方案的提供者都提供适合于 Intranet 用的产品。为了使这些产品也支持 Internet 访问，它们必须处理 Web 所提出的安全性、通过防火墙的访问等方面的额外要求。几家提供者正将 JDBC 驱动程序加到它们现有的数据库中间件产品中。

4）JDBC 本地协议驱动

该驱动程序将 JDBC 调用直接转换为 DBMS 所使用的网络协议。这将允许从客户机机器上直接调用 DBMS 服务器，是 Intranet 访问的一个很实用的解决方法。由于许多这样的协议都是专用的，因此数据库提供者自己将是主要来源。

2. 驱动程序的加载

驱动程序的加载只需一行代码。例如，加载类型的 JDBC-ODBC 桥驱动程序可以用下列代码：

```
Class.forName("sun.jdbc.JdbcOdbcDriver");
```

其中，**JdbcOdbcDriver** 为 JDBC-ODBC 桥驱动程序的类名，**sun.jdbc.odbc** 为该类所在的包。

12.1.3　JDBC URL 的标准语法

JDBC URL 是 JDBC 用来标识数据库的方法，JDBC 驱动程序管理器根据 JDBC URL 选择正确的驱动程序，由驱动程序识别该数据库并与之建立连接。JDBC URL 的标准语法由三部分组成，各部分之间用冒号分隔：

jdbc：<子协议>：<子名称>

三个部分可分解如下。

（1）jdbc。JDBC URL 中的协议总是 jdbc。

（2）<子协议>。为驱动程序名或数据库连接机制（这种机制可由一个或多个驱动程序支持）的名称。例如，子协议是"odbc"，该名称是为用于指定 ODBC 数据资源名称的 URL 使用的。

（3）<子名称>。它是用于标识数据库的，子名称可以依不同的子协议而变化。它可以有子名称的子名称，使用子名称的目的是为了给数据库提供足够的信息。

12.1.4　JDBC 的使用

JDBC 的使用是指建立 JDBC 与 DBMS 的连接，这也是程序员开发 JDBC 数据库程序需要做的第一件事。本书中采用 JDBC-ODBC 桥形式。这个过程包含以下两个步骤。

1．装载驱动程序

所有与数据库有关的对象和方法都在 java.sql 包中，因此在使用 JDBC 的程序中必须加入"import java.sql.*;"。JDBC 要连接 ODBC 数据库，必须首先加载 JDBC-ODBC 桥驱动程序。装载驱动程序只需要非常简单的一行代码。如果想要使用 JDBC-ODBC 桥驱动程序，可以用下列代码装载它：

```
Class.forName("sun.jdbc.odbc.JdbcOdbcDriver");
```

驱动程序文件将会告诉你应该使用的类名。例如，如果类名是 jdbc.DriverABC，需用以下的代码装载驱动程序：

```
Class.forName("jdbc.DriverABC");
```

加载驱动程序不需要创建一个 Driver 类的实例并且用 DriverManager 登记它，因为调用 Class.forName 将自动加载 Driver 类。如果自己创建实例，将创建一个不必要的副本，但它也不会带来什么坏处。

加载 Driver 类后，它们即可用来与数据库建立连接。

2．建立连接

这一步就是用适当的 Driver 类与 DBMS 建立一个连接。要连接一个特定的数据库，你必须创建 Connect 类的一个实例，并使用 URL 语法连接数据库。下列代码是一般的做法：

```
Connection con = DriverManager.getConnection(url, "Login","Password");
```

这个步骤也非常简单，难的是提供 URL。如果正在使用 JDBC-ODBC 桥，JDBC URL 将以 jdbc:odbc 开始，余下 URL 通常是数据源名字或数据库系统。因此，假设正在使用刚才设置的 ODBC 存取一个叫"MyDB"的 ODBC 数据源，则 JDBC URL 就是 jdbc:odbc:MyDB。把"Login"及"Password"替换为登录 DBMS 的用户名及口令。如果登录数据库系统的用户名为"admin"，口令为"admin"，只需下面的两行代码就可以建立一个连接：

```
String URL="jdbc:odbc:MyDB";
Connection conn=DriverManager.getConnection(URL,"admin","admin");
```

如果使用的是第三方开发的 JDBC 驱动程序，文件将会提示该使用什么 subprotocol，就是在 JDBC URL 中放在 JDBC 后面的部分。例如，如果驱动程序开发者注册了 acme 作为 subprotocol，JDBC URL 的第一和第二部分将是 jdbc:acme。驱动程序文件也会告诉你余下 JDBC

URL 的格式。JDBC URL 最后一部分提供了定位数据库的信息。

如果装载的驱动程序识别了提供给 DriverManager.getConnection 的 JDBC URL，那个驱动程序将根据 JDBC URL 建立一个到指定 DBMS 的连接。顾名思义，DriverManager 类在幕后为管理建立连接的所有细节。除非是正在写驱动程序，可能无需使用此类的其他任何方法。一般程序员需要在此类中直接使用的唯一方法是 DriverManager.getConnection。

DriverManager.getConnection 方法返回一个打开的连接，可以使用此连接创建 JDBCstatements 并发送 SQL 语句到数据库。在前面的例子里，con 对象是一个打开的连接，并且要在以后的例子里使用它。

12.2　JDBC 开发数据库应用

12.2.1　开发步骤

使用 JDBC 开发一个访问数据库的应用程序，需要以下步骤：

（1）创建数据库；

（2）配置 ODBC 数据源；

（3）编写数据库应用程序，结构如下：

- 加载数据库驱动程序；
- 创建 Connection 对象（连接数据库）；
- 创建 Statement 对象；
- 调用 Statement 对象的方法，发送 SQL 语句访问数据库，如果是查询操作，则将查询结果存储在 Results 对象中；
- 对 ResultSet 对象进行解析，获取操作结果并作相应处理；
- 关闭数据库连接。

12.2.2　实现过程

1．创建数据库

创建一个数据库为 Student.mdb，使用设计器创建一个 Student 表。

2．配置 ODBC 数据源

（1）选择"开始"|"控制面板"|"管理工具"命令，打开"数据源（ODBC）选项"窗口，在弹出的 ODBC 数据源管理器窗口中选择"系统 DSN"选项卡，如图 12-2 所示。

（2）单击"添加"按钮，在弹出的窗口中选择"Microsoft Access Driver（*.mdb）"，如图 12-3 所示。

（3）在接下来的对话框中输入数据源名 Student，如图 12-4 所示。

（4）单击"选择"按钮，出现"选择数据库"对话框，选择 Student.mdb 的目录后选中 Student.mdb，如图 12-5 所示。

（5）单击"确定"按钮后获得配置好的数据源 Student，如图 12-6 所示。

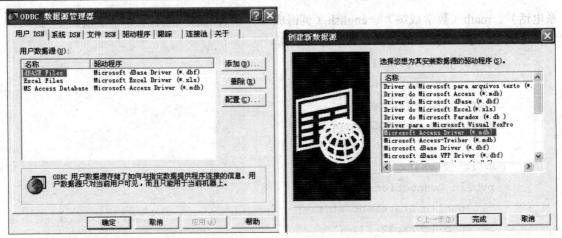

图 12-2　选择"系统 DSN"选项卡　　　　　　图 12-3　添加 ODBC 驱动程序

图 12-4　输入数据源名　　　　　　　　　　图 12-5　选择数据库

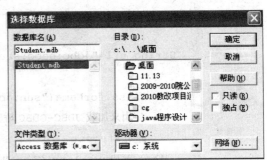

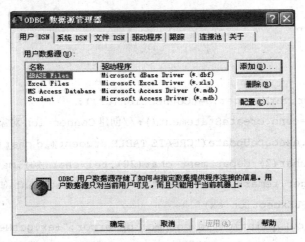

图 12-6　数据源配置结果

12.2.3　数据库应用程序

1．数据库的连接与表的建立

应用 JDBC-ODBC 桥加 ODBC 驱动程序连接 Student 数据库,建立了一个年级成绩信息表,表名是 student,包含 id(学号)、name(姓名)、sex(性别)、department(系)、tel(联系电话）、math（数学成绩）、english（英语成绩）和 remark（备注）8 个字段。

【例 12-1】 数据库的连接和表的建立举例。

```java
import java.sql.DriverManager;
import java.sql.Connection;
import java.sql.Statement;
import java.sql.SQLException;

public class Exp12_1 {
  public Connection conn;
    public Statement stmt;
    public Exp12_1() {
    this.conncet();
    }
  public void conncet()
  {
      String url="jdbc:odbc:student";
      try {
        Class.forName("sun.jdbc.odbc.JdbcOdbcDriver");
        //用来加载 JDBC-ODBC 桥驱动程序，使用 Class.forName 方法显示加载，数据
        源是 student
      }catch(java.lang.ClassNotFoundException ex)
        {
          System.out.print(ex.toString());
        }
      try
      {
    conn=DriverManager.getConnection(url);
    stmt=conn.createStatement();//创建 Connection 对象，建立与数据库的连接
    stmt.executeUpdate("CREATE TABLE student(id char(30),name char(20),
    sex char(2),department char(20),tel char(40),math integer,English
    integer,remark char(100))");    //创建 Statement 对象
  }catch(SQLException ex){
    System.out.println("\n connect db error:"+ex.getMessage()+"\n");
                //调用 Statement 对象的方法，发送执行访问数据库的 SQL 语句
  }
  finally {
      try {
          if(conn!=null){
              stmt.close();    //程序结构(6)：关闭各个对象
```

```
                  conn.close();
              }
          }catch(SQLException ex){
              System.out.println("\n"+ex.getMessage()+"\n");
          }
      }
    public static void main(String args[]){
    Exp12_1 demo=new Exp12_1();
                                        }

    }
```

2. 数据的定义与更新

对表中记录进行修改、插入和删除的数据库操作，分别对应 SQL 的 UPDATE、INSERT 和 DELETE 语句，使用 Statement 中的 ExecuteUpdate()方法的返回值为一个整型数据，这个整型数据代表所操作的记录数。但是，对于 CREATE 和 DROP 不返回值的 SQL 语句，executeUpdate() 方法的返回值是 0。

【例 12-2】 数据表的定义与更新举例。

```
    import java.sql.*;
    public class Exp12_2
    {
    public Connection conn;
    public Statement stmt;
    public Exp12_2()
    {
      this.update();
    }
    public void update()
    {
    String url="jdbc:odbc:student";
        try{
            Class.forName("sun.jdbc.odbc.JbbcOdbcDriver");
        }
        catch(java.lang.ClassNotFoundException ex)
        {
        System.out.print(ex.toString());
        }
    try{
    conn=DriverManager.getConnection(url);
     stmt=conn.createStatement();
```

```
        //(id,name,sex,department,tel,math,english)
    stmt.executeUpdate("INSERT INTO student VALUES('1101','陈明','男','经济管
    理','112288',80,63)");
    stmt.executeUpdate("INSERT INTO student VALUES('1102','张琳','男','电气
    ','123689',60,78)");
    stmt.executeUpdate("INSERT INTO student VALUES('1103','周秦','女','机电
    ','125632',77,4)");
    stmt.executeUpdate("UPDATE student set math=80 where id='1101'");
    stmt.executeUpdate("DELETE from student where math=60");
        }
    catch(SQLException ex)
    {
    System.out.println("\n connect db error:"+ex.getMessage()+"\n");
        finally{
            try{
                if(conn!=null){
                stmt.close();
                conn.close();
                }
            }catch (SQLException ex){
                System.out.println("\n"+ex.getMessage()+"\n");
                }
            }
    }
    public static void main(String aargs[])
    {
        Exp12_2  demo=new Exp12_2();
    }
}
```

3. 数据的查询

Statement 中的 executeQuery()方法一般用于执行 SQL 的 SELECT 语句,返回值是执行 SQL 语句后产生的结果集,是一个 ResultSet 中的方法查看结果。

【例 12-3】 数据的查询举例。

```
import java.sql.DriverManager;
import java.sql.Connection;
import java.sql.Statement;
import java.sql.SQLException;
import java.sql.ResultSet;
```

```
public class Exp12_3
{
    public Connection conn;
    public Statement stmt;
    public ResultSet rs;
    public Exp12_3()
    {
    this.update();
    }
    public void update()
    {
    String url="jdbc:odbc:student";
    try{
        Class.forName("sun.jdbc.odbcDriver");
      }
     catch(java.lang.ClassNotFoundException e)
      {
        System.out.print(e.toString());
      }
     try
     {
     conn=DriverManager.getConnection(url);
     stmt=conn.createStatement();
     String query="SELECT*FROM student";//SQL 语句串
     rs=stmt.executeQuery(query);
    System.out.println("\t+学号"+"\t 姓名"+"\t 数学");
     while(rs.next())
     {
    String id=rs.getString("id").trim();
    String name=rs.getString("name").trim();
    int math=rs.getInt("math");
    System.out.println("\n\t"+id+"\t"+name+"/t"+math);
     }
      }

     catch(SQLException ex)
     {
    System.out.println("\n connect db error:"+ex.getMessage()+"\n");
     }
```

```
        finally
        {
            try
            {
                if(conn!=null)
                {
                    rs.close();
                stmt.close();
                conn.close();
                }
            }
            catch(SQLException ex)
            {
            System.out.println("\n"+ex.getMessage()+"\n");                    }
            }
        }


    public static void main(String args[])
    {
        Exp12_3 demo=new Exp12_3();
    }
    }
```

习　题

一、填空题

1. JDBC 提供了三种用于向数据库发送 SQL 语句的类_____、_____和_____。

2. JDBC URL 由三个部分组成：_____、_____和_____组成。

3. _____包含执行一个 SQL 查询的结果，可通过指定_____或者_____来获取当前执行的字段的数据。

二、简答题

1. 简述 JDBC 的驱动类型。

2. 简述 JDBC 提供的连接数据库的方法。